Renate Ziegler
Celia – Sehnsucht im Herzen

RENATE ZIEGLER

Celia

Sehnsucht im Herzen

SCM

Hänssler

SCM

Stiftung Christliche Medien

SCM Hänssler ist ein Imprint der SCM Verlagsgruppe, die zur Stiftung Christliche Medien gehört, einer gemeinnützigen Stiftung, die sich für die Förderung und Verbreitung christlicher Bücher, Zeitschriften, Filme und Musik einsetzt.

MIX
Papier aus verantwortungsvollen Quellen
FSC® C014496

SCM Hänssler in der SCM Verlagsgruppe GmbH
Max-Eyth-Straße 41 · 71088 Holzgerlingen
Internet: www.scm-haenssler.de; E-Mail: info@scm-haenssler.de

Umschlaggestaltung: Nakischa Scheibe / Stephan Schulze
Titelbild: Dorf Provence: © Oleh Slobodeniuk / iStock, Frau: © Diana Hirsch / iStock,
Renate Ziegler: © Karin Ruider / Fotostudio Karin in Rottenburg
Satz: Satz & Medien Wieser, Aachen
Druck und Bindung: GGP Media GmbH, Pößneck
Gedruckt in Deutschland
ISBN 978-3-7751-6009-4
Bestell-Nr. 396.009

Inhalt

I

Rom

95 nach Christus

1. Priscilla

Priscilla hatte die Augen geschlossen und genoss es, Eusebias Hände in ihren Haaren, an ihrem Kopf zu spüren. Sie mochte es, von ihrer Sklavin frisiert zu werden, die darin sehr geschickt war. Priscilla hatte sie kurz nach ihrer Eheschließung mit Gaius Dexter gekauft und zu ihrer Leibsklavin gemacht.

Eusebia steckte die letzte Nadel in das blonde Haar, prüfte noch einmal, ob alles gut und sicher saß. »Herrin, ich bin fertig«, sagte sie.

Priscilla öffnete die Augen und schnippte mit dem Finger. Eine junge Sklavin, die abwartend neben ihr stand, reichte ihr einen mit Blumenranken aus Silber umfassten Handspiegel. Priscilla betrachtete sich wohlgefällig darin. Sie war vielleicht nicht mehr so schön wie vor zwanzig Jahren und hatte vielleicht ein etwas zu rundes Gesicht, aber andere Frauen in ihrem Alter sahen deutlich älter aus. Und Eusebia schaffte es immer wieder, die Frisur so zu legen, dass diese ihre vollen Backen schmaler und ihre kleinen Augen größer wirken ließ. Zufrieden nickte sie. Ja, Eusebia verstand ihr Handwerk sehr gut. Und heute war das besonders wichtig, da Priscilla zusammen mit ihrem Mann beim Kaiser zu Gast sein würde.

Plötzlich durchriss ein lauter Schrei die Stille. Priscilla fuhr auf. »Das war Lia.«

Hastig legte sie den Spiegel zur Seite und verließ den Raum hin zum Peristylium, dem großräumigen Innenhof, der als Garten angelegt war, gefolgt von Eusebia, die ständig »Herrin, deine Frisur!« rief.

Aber Priscilla hörte nicht darauf. Sie durchsuchte das Peristylium mit ihren Augen. Der Garten war groß und umgeben von einem Säulengang, an den die Schlafräume grenzten. So schön er auch war mit den Blumenbeeten und dem kreuzförmigen Wasserbecken in der Mitte, jetzt erschien er Priscilla zu groß, um ihn mit einem Blick erfassen zu können.

Dann aber sah sie ihre kleine Tochter Julia, die von allen nur Lia genannt wurde. Sie lag neben dem Wasserbecken auf dem Boden, ihre drei Brüder hatten sie fest im Griff. Die 16-jährigen Zwillinge hielten sie an den Händen und Füßen fest, während der 18-jährige Gaius versuchte, ihr etwas in den Mund zu stecken. Lia versuchte verzweifelt, sich aus der Umklammerung zu lösen. Aus ihrem Mund kam nur noch ein kaum hörbares Schluchzen. Die Sklavin Tuja, die sich um Lia kümmern sollte, stand hilflos daneben. »Jetzt iss schon!«, rief Gaius und lachte dabei boshaft. »Das wird dir schmecken.«

Außer sich vor Sorge rannte Priscilla zu ihren Kindern. »Gaius. Was tust du da? Was hast du in der Hand?« Entsetzt erkannte sie, dass es sich um einen mit Gipspulver und Wasser getränkten Schwamm handelte, wie er zum Scheuern der Steinböden benutzt wurde. Priscilla war aufgebracht. Was, wenn sich Lia daran verschluckte? Warum mussten die Jungen ihre kleine Schwester immer ärgern, ja, sogar in Gefahr bringen? »Gaius!«, schrie sie. »Hör auf!«

Ihr Sohn richtete sich auf. Aus dem Schwamm, den er immer noch in seiner Hand hielt, tropfte es auf den Bauch seiner Schwester. Sein schlanker Körper straffte sich, mit kalten Augen sah er Priscilla an.

Diese zuckte zusammen und blieb erschrocken stehen. Wie sehr ähnelte ihr ältester Sohn doch seinem Vater!

»Was willst du?« Die Stimme ihres Sohnes klang verächtlich. »Du hast mir nichts zu befehlen.«

»Ich bin immer noch deine Mutter.«

»Na und? Du bist trotzdem nur eine Frau.«

Es war nicht das erste Mal, dass ihr Sohn sie so behandelte. Sie kannte es gar nicht anders. So wandte sie sich an die Zwillinge. »Lasst eure Schwester los!«

Aber beide grinsten sie nur unverschämt an und lockerten den Griff um Arme und Beine von Lia kein bisschen. Dem kleinen Mädchen liefen die Tränen ungehindert über die Wangen, doch sie hatte es aufgegeben zu schreien oder sich zu wehren. Zu stark waren ihre Brüder für sie.

»Das werde ich eurem Vater erzählen. Er wird euch das nicht durchgehen lassen.«

Das Grinsen auf den Gesichtern ihrer Söhne wurde breiter. Priscilla lief es kalt den Rücken hinunter. Nein, ihr Mann würde die Jungen nicht tadeln, sondern sie in ihrem Tun bestärken. Nur schon deswegen, um sie zu demütigen. Und das wussten ihre Söhne.

Die vierjährige Lia lag noch immer leise schluchzend auf dem Boden. »Bitte«, flehte Priscilla. »Lasst sie los.«

Die Zwillinge schauten ihren ältesten Bruder an. Dieser nickte herablassend, sodass sie ihre Schwester freigaben.

Priscilla bückte sich und half dem Mädchen beim Aufstehen. »Komm, mein Liebes.« Sanft strich sie ihr die Tränen aus dem Gesicht. Dann hob sie sie auf und trug sie unter dem höhnischen Gelächter ihrer Söhne aus dem Peristylium hinaus. In ihrem eigenen Schlafraum setzte sie sich mit dem weinenden Mädchen aufs Bett. »Du bleibst heute Nacht hier. Tuja und Eusebia werden auf dich aufpassen, wenn ich weg bin. Deine Brüder können dir heute nichts mehr tun.«

Die kleine Lia ließ sich jedoch nicht beruhigen. Im Gegenteil. Hilflos sah Priscilla zu ihrer Leibsklavin. Diese nickte. »Du kannst dich auf mich verlassen, Herrin. Aber – es ist spät. Deine Frisur ist wieder durcheinandergekommen. Und du musst noch dein Festkleid anlegen.«

Priscilla seufzte. Dieses Fest. Lieber wäre sie zu Hause geblieben, hätte sich um Lia gekümmert. Zärtlich strich sie ihrer Tochter über die Wangen. »Macht es dir etwas aus? Du kannst ja mitkommen und dabei zusehen, wie Eusebia mich zurechtmacht.«

Lia nickte. Sie schluchzte noch einmal auf und wischte sich mit den Händen die Tränen aus dem Gesicht. Dann stand sie auf und nahm die Hand ihrer Mutter. Gemeinsam gingen sie in den Ankleideraum, wo Eusebia ihr Werk vollendete.

Als Priscillas Ehemann, der Tribun Gaius Dexter, wenig später das Haus betrat, kam ihm seine Frau bereits vollständig für den Abend zurechtgemacht entgegen.

Priscilla trug ein blaues Seidenkleid, das ihre Figur in kunstvoll gelegten Falten umspielte und gut zu ihrem blonden Haar passte. Der Saum schloss mit einem schmalen golddurchwirkten dunkelblauen Band ab. Das gleiche Band, doppelt gefasst, diente als Unterbrustband. Der Stoff fiel sanft über Schultern und Brust. Eine Kette aus Gold, ein Armband und Ohrringe, die mit blauen Steinen besetzt waren und die Form einer Schlange nachzeichneten, rundeten das Ganze ab. Priscillas Haare waren zu einer kunstvollen Frisur hochgesteckt. Das gleiche Goldband wie an ihrem Kleid war so eingewoben, dass es immer wieder zwischen den geflochtenen Haaren hervorsah und diesem einen eleganten und zugleich leichten Eindruck bescherte.

Der Tribun musterte sie kurz. Ja, so konnte er sich mit ihr blicken lassen. Er wäre lieber ohne sie gegangen, aber der Kaiser hatte die Einladung ausdrücklich auch für die Ehefrauen ausgesprochen. Da musste er sie wohl mitnehmen.

Ohne Gruß und ohne ein einziges Wort ging er an ihr vorbei, um sich von seinem Sklaven für die Feier rasieren und ankleiden zu lassen.

Priscilla folgte ihm.

»Was willst du?«, fragte Gaius unfreundlich, schaute seine Frau jedoch nicht an, während er weiterging. »Habe ich nicht mal in meinem Ankleideraum Ruhe vor dir?«

»Ich muss mit dir reden. Über deine Söhne. Vor allem über deinen Ältesten. Er ist respektlos mir gegenüber und boshaft zu seiner Schwester. Und die Zwillinge machen es ihm nach.« Sie erzählte ihm, was passiert war.

Ein selbstgefälliges Lächeln glitt über Gaius' Gesicht, während er sich zu ihr umdrehte. »Was regst du dich auf? Er hat recht. Du bist nur eine Frau. Was willst du ihm befehlen? Er ist alt genug, um zu beurteilen, ob er richtig oder falsch handelt. Seine Brüder sehen ihn als Vorbild. Das ist gut. So soll es auch sein.«

»Vorbild in was? In Gemeinheit und Respektlosigkeit?« Priscilla hatte Mühe, ihre Stimme unter Kontrolle zu haben.

»Er ist ein Mann. Ein richtiger Mann. Kein Schwächling. Und was Lia anbelangt: Sie soll sich wehren. Wer schwach ist, verdient es, auch so behandelt zu werden.«

»Gaius, wie kannst du nur? Sie ist erst vier Jahre alt!« Priscilla war entsetzt.

Aber ihr Mann wandte sich gelangweilt ab. »Bist du jetzt fertig? Du verhätschelst die Kleine zu sehr. Sieh zu, dass du das änderst. Meine Söhne sind gut, so wie sie sind. Und jetzt geh hinaus, damit ich mich ankleiden kann.« Er setzte sich und würdigte seine Frau keines Blickes mehr.

Enttäuscht verließ Priscilla den Raum. Wie konnte Gaius nur so reden? Wie sich seiner Verantwortung als Vater entziehen? Wie zulassen, dass sie von ihren eigenen Söhnen gedemütigt wurde?

Es war furchtbar. Aber sie musste sich eingestehen, dass es schon immer so gewesen war. Immer hatte er sich auf die Seite der Jungen gestellt.

Es war nicht einfach, mit einem Mann verheiratet zu sein, der außer Verachtung und Hohn nichts für sie übrighatte.

Gaius Dexter und seine Frau Priscilla betraten den Festsaal. Sie waren nicht die ersten Gäste.

Ein Sklave verneigte sich vor ihnen. »Verzeih mir, ehrenwerte Herrin, aber der Kaiser bittet dich, hier auf deinen Mann zu warten.« Er wandte sich an den Tribun. »Herr, ich soll dich in die Privatgemächer des Kaisers bringen, bevor die Feier beginnt.«

»Was will Domitian?«, fragte Gaius erstaunt.

»Herr, ich weiß es nicht. Ich weiß nur, dass er dich sprechen will.«

»Gut.« Gaius straffte die Schultern. »Dann folge ich dir.« Und ohne sich nach seiner Frau umzusehen, ging er mit dem Sklaven davon. Er war gespannt, was der Kaiser von ihm wollte. Furcht empfand er nicht. Warum auch? Es gab nichts, was der Kaiser ihm vorwerfen konnte.

Domitian erwartete ihn bereits. »Gaius Dexter. Sei mir willkommen. Komm, setz dich.« Freundlich lächelnd deutete er auf einen Stuhl. Dem Sklaven befahl er, den Raum zu verlassen.

Als sie allein waren, verschwand sein Lächeln umgehend. »Gaius. Ich muss dich sprechen, weil ich wissen muss, wo du stehst.« Domitian hatte sich ebenfalls gesetzt und sah den Tribun mit einem seltsam ernsten, fast bedrohlichen Blick an. »Du weißt, dass es Menschen gibt, die mir Übles wollen. Sie belauern mich, versuchen, mich auszuspionieren, legen mir Steine in den Weg, wo es nur geht. Ja, sie wünschen mein Unglück und sogar meinen Tod.«

Gaius zuckte mit den Schultern. »Was sollen sie dir schon anhaben, Herr und Gott? Du bist der Kaiser, du stehst über ihnen.«

»Ja, aber ich kann nicht sehen, was hinter meinem Rücken passiert. Ich weiß nicht, was meine Feinde planen. Ich weiß nicht einmal, wer meine Feinde sind.« Der Kaiser war lauter geworden.

»Was erwartest du von mir, Herr? Was soll ich tun?«

»Du bist Soldat. Ich habe dich zum Tribun meiner Prätorianergarde, meiner Leibwache, gemacht, die dazu bestimmt ist, mich und die Stadt zu schützen. Ich muss von dir wissen, ob ich mich voll und ganz auf dich verlassen kann.«

Mit einem eiskalten Lächeln musterte er sein Gegenüber. »Das kann ich doch, Gaius Dexter? Du bist mir doch treu ergeben? Nicht wahr?«

»Natürlich, Herr! Ich weiß, wem ich meinen Eid als Soldat geschworen habe. Du kannst dich auf mich verlassen!« Gaius bemühte sich, mit fester Stimme zu sprechen.

»Kann ich das? Ich frage mich, inwieweit dein Verhalten von der Treulosigkeit deines Schwagers Dequinius beeinflusst wird. Er war Prätor, oberster Richter. Auch er hat einen Eid auf mich und auf

Rom geleistet. Auch er stand im Dienst des Staates. Aber war er treu? War dieser Eid bindend für ihn?«

»Herr, glaube mir. Dass er Rom verlassen hat und seine Ämter niedergelegt hat, kann ich weder verstehen noch unterstützen. Er ist ein Verräter, warum also sollte er mir ein Vorbild sein?« Finster sah der Tribun den Kaiser an, während er redete. Es war ihm deutlich anzusehen, dass die Wut auf seinen Schwager echt war. So fügte er entschlossen hinzu: »Wie ich gerade sagte, Herr: Ich weiß, wem ich meine Treue schulde: nur dir, meinem Kaiser und Gott.«

»Gut. Ich wollte nur sichergehen. Es wird dein Schaden nicht sein, wenn du weiterhin zuverlässig deinen Dienst versiehst.« Der Kaiser lächelte herablassend. »Tribun der Prätorianergarde ist ein Posten, den auch manch anderer anstrebt. Ein Posten, den man sich nicht nur verdienen, sondern auch sichern muss.«

»Was verlangst du von mir, Herr?« Der Tribun war sich sicher, dass er seinen Kaiser nicht enttäuschen würde. Sein Wort war ihm Befehl. Er war Soldat, gehorsam und loyal.

»Halte deine Augen und Ohren offen. Wenn du von einer Verschwörung hörst, sie auch nur vermutest, erstattest du mir Bericht. Mir persönlich. Keinem anderen. Verstehst du?«

Gaius nickte. Wenn es weiter nichts war? »Natürlich, Herr, das tue ich.« Er verstand nicht, warum der Kaiser so viel Aufheben um etwas so Selbstverständliches machte.

»Schwöre es! Schwöre es bei deinen Hausgöttern!«

Gaius hob feierlich die Hand. »Ich schwöre es, Herr und Gott, bei den Göttern meiner Vorfahren.« Jetzt erst begriff er, dass es wohl um etwas Konkretes ging. Gespannt fragte er sich, wozu ihn Domitian verpflichten wollte.

Der Kaiser nickte zufrieden. »Gut.« Er stand auf und ging ans Fenster, die Hände hinter dem Rücken verschränkt. »Dann habe ich einen ersten Auftrag für dich: Mein Vetter, Marius Flavius, führt etwas im Schilde. Du wirst ihn beobachten.«

Gaius straffte die Schultern. »Herr, gibt es etwas, das ich dazu wissen sollte?«

»Nein. Aber Menschen, die so wie er um mich herumschleichen, die sich anbiedern und schöntun, haben selten Gutes im Sinn. Behalte ihn im Auge, finde heraus, was er plant.«

»Vielleicht erhofft er sich nur einen guten und einträglichen Posten?«

»Du bist naiv, Tribun. Nicht jeder denkt wie du.«

Gaius zuckte bei diesen Worten zusammen. Aber es war wahr. Er hatte kein Problem damit, aber es so deutlich gesagt zu bekommen, war nicht schön.

Der Kaiser wandte sich ihm mit einem spöttischen Lächeln zu. »Die Welt ist, wie sie ist. Menschen sind, wie sie sind. Genauso du. Und Marius Flavius. Er ist falsch, hinterhältig, brutal. Auch wenn er schön und leutselig tut. Also. Kümmere dich um ihn. Und vor allem: Berichte nur mir! Lass niemanden wissen, was dein Auftrag ist. Traue keinem. Er ist nicht der Einzige, der mir schaden will.« Er kam zurück vom Fenster und klopfte dem Tribun auf die Schulter. »Ich weiß, dass du gute Arbeit leisten wirst. Aber jetzt komm. Wir werden auf dem Fest erwartet.«

Gemeinsam verließen sie die Privatgemächer des Kaisers und betraten den Festsaal.

Der Saal war festlich geschmückt. In der Mitte war ein großer Brunnen, um den sich Platz für Musiker, Tänzerinnen und Artisten befand. Tische und Diwane, meist in Zweier- oder Vierergruppen aufgestellt, standen auf mehreren Ebenen rundherum verteilt, sodass jeder einen guten Blick auf die Saalmitte hatte. Die meisten Gäste waren bereits da, hatten ihre Plätze eingenommen. Sklaven eilten geschäftig zwischen den Gästen herum, reichten Wein, Wasser und Speisen aller Art. Gelächter, lautes Reden und Musik erfüllten den Raum.

Die Gäste erhoben sich, als der Kaiser mit Gaius im Gefolge eintrat. Gespräche und Musik verstummten. »Ave, Caesar.« Der Gruß erscholl durch den Saal. Domitian erwiderte den Gruß, indem er seine Hände hob und seine Gäste mit einer einladenden Handbewegung aufforderte, sich wieder auf ihre Plätze zu setzen. Sofort wurden die Gespräche wieder aufgenommen und die Musiker begannen zu spielen. Domitian ging direkt auf Priscilla zu, die wartend neben dem Platz stand, der ihr zugewiesen worden war. »Ah.« Domitian hob zur Begrüßung freundlich seine Hände. »Edle Priscilla. Sei mir willkommen. Es ist lange her, dass du in meinem Hause zu Gast warst.«

Priscilla verneigte sich. »Ich danke dir, Herr und Gott, dass du uns für würdig ansiehst, an deinem Fest teilzunehmen«, sagte sie ehrerbietig.

Der Kaiser fasste sie am Arm, richtete sie wieder auf. »Ich bitte dich, gute Frau. Dafür brauchst du mir nicht zu danken. Schließlich ist dein Mann mir treu ergeben und bereit, mir in allem zu dienen.« Er klopfte dem Tribun, der neben ihn getreten war, herablassend auf die Schulter. Dann winkte er einen Sklaven herbei. »Sieh zu, dass es meinen Gästen an nichts fehlt«, befahl er. »Und ihr«, wandte er sich erneut an Gaius und Priscilla, »genießt das Fest. Esst, trinkt. Ja, labt euch an dem, was euer Kaiser euch gibt.« Dann wandte er sich von ihnen ab und ging auf seine anderen Gäste zu.

Priscilla war hellhörig geworden. Was war passiert? Was hatte der Kaiser mit ihrem Mann zu besprechen gehabt? Ihr gefiel nicht, wie Domitian ihn behandelt und mit welchem Blick er von seiner Treue gesprochen hatte.

»Gaius, was ist los?«, fragte Priscilla, während sich beide auf ihrem Diwan niederließen. Sie machte sich Sorgen.

Aber ihr Mann lachte nur. »Nichts Besonderes. Der Kaiser hat sich meiner Treue versichert. Und mich an meine Pflichten erinnert.«

»Warum? Gibt es einen Grund dafür?«

»Nein. Das habe ich ihm auch gesagt. Er weiß, dass er sich auf mich verlassen kann. Was man nicht von jedem in seinem Umfeld behaupten kann.«

»Wie meinst du das?«

»O Priscilla! Wie kannst du nur so dumm fragen? Natürlich hat er Feinde. Es gibt immer Menschen, die gerne selbst Kaiser wären. Aber ich werde dafür sorgen, dass diese nicht zum Zuge kommen.« Den Auftrag, den er erhalten hatte, verschwieg er.

»Gaius.« Priscilla ließ sich nicht beruhigen. Sie richtete sich halb auf. »Was verlangt er von dir? Und was passiert, wenn du nicht tust, was er befiehlt?«

Der Tribun winkte ab. »Er verlangt nichts Unehrenhaftes. Nur, dass ich meine Pflicht erfülle. Dass ich im Falle einer Befehlsverweigerung meinen Posten verlieren kann, weiß ich selbst. Ich bin Soldat. Da zählen Befehl und Gehorsam. Er ist der Kaiser, mein Herr und mein Gott. Und mein oberster Befehlshaber. Warum sollte ich ihm nicht gehorchen?«

»Er hat dir gedroht, Gaius?!« Priscilla schüttelte den Kopf und flüsterte, damit die anderen Gäste an den Nachbartischen sie nicht hören konnten. »Nimm dich in Acht! Ich bitte dich, sei vorsichtig. Der Kaiser ist unberechenbar!«

»Unsinn. Ich habe ihn noch nie enttäuscht. Was sollte also passieren?«

»Ja, das stimmt. Du hast ihn noch nie enttäuscht.« Priscillas Stimme klang bitter, aber das merkte Gaius nicht. Er hatte längst nach dem Trinkglas gegriffen und ließ es sich mit Wein füllen. Jetzt wollte er feiern, den Dank Domitians in vollen Zügen genießen. Seine Frau beachtete er nicht mehr.

Priscilla aber vergaß nicht, was der Kaiser gesagt hatte. Vor allem sein kalter Blick und die herablassende Art hatten sie aufschrecken lassen. Ging es wirklich nur um die Erinnerung an die Soldatenpflicht ihres Mannes? Nein, daran konnte sie nicht glauben. Domitian war gefährlich. Aber wie sollte sie das Gaius begreiflich machen?

Der Tribun und seine Frau kehrten tief in der Nacht von dem Fest zurück. Gaius zog sich in seine Räume zurück, ohne Priscilla eine gute Nacht zu wünschen.

Priscilla seufzte. Sie war es nicht anders gewohnt. Aber wenn sie ehrlich zu sich selbst war, musste sie sich eingestehen, dass es ihr so lieber war. Er war seit Jahren nicht mehr zu ihr ins Bett gekommen, außer nach jener durchzechten Nacht, in der er betrunken und schlecht gelaunt von einem Trinkgelage nach Hause gekommen war. Das an sich war noch nichts Besonderes. Ungewöhnlich war, dass er in ihr Schlafgemach gekommen war und sich zu ihr gelegt hatte. Sie hatte es nicht gewollt, aber auch in seinem betrunkenen Zustand war er stärker als sie gewesen. So war sie mit ihrer Tochter Lia schwanger geworden. Später hatte sie erfahren, dass ihr Mann in dieser Nacht lediglich eine lächerliche Wette verloren hatte und sie diejenige gewesen war, an der er seine Wut ausgelassen hatte.

Jetzt saß sie auf dem Stuhl in ihrem Ankleideraum, während ihr Eusebia die Frisur löste. Müde wartete Priscilla, bis die Sklavin ihr die Haare durchgebürstet und für die Nacht zum Zopf gebunden hatte. »Wie geht es Lia?« Ihr war eingefallen, dass das Mädchen in ihrem Bett liegen musste. »Schläft sie?«

»Ja, Herrin. Aber sie ist sehr unruhig, wacht immer wieder weinend auf. Tuja ist bei ihr. Aber ich denke, sie wartet darauf, dass du kommst.«

Priscilla nickte. Ihr kleines Mädchen. Die Nacht, in der Gaius zu ihr gekommen war, versuchte sie immer wieder zu verdrängen. Aber ohne sie hätte sie ihre Tochter nicht. Ihre süße, kleine Lia, die sie über alles liebte. Umso mehr, da das Mädchen ihrem Vater gleichgültig und ihren Brüdern lästig war. »Bist du fertig?«

Eusebia nickte. Sie geleitete ihre Herrin in den Schlafraum.

Priscilla trat an ihr Bett. Lia lag eingerollt in der Mitte des Bettes. Ihre Wangen waren rot vom Schlaf, deutlich waren darauf Spuren von Tränen zu erkennen. Tuja hatte neben dem Bett gesessen, war aber aufgestanden, als ihre Herrin hereinkam.

Priscilla hob die Decke und legte sich zu ihrer Tochter. Das Mädchen wachte auf. »Mutter«, murmelte sie. »Mutter.« Sie kuschelte sich eng an sie und schlief sofort wieder ein. Zärtlich zog Priscilla die Decke über den kleinen Körper. »Ihr könnt gehen«, sagte sie leise, ohne sich zu den Sklavinnen umzudrehen. »Aber lasst ein Licht brennen, wenn ihr hinausgeht. Die Kleine soll nicht erschrecken, wenn sie erwacht.«

Die Sklavinnen taten, was ihre Herrin befohlen hatte, und verließen leise den Raum.

Am nächsten Morgen betrat Priscilla mit Lia an der Hand den Speiseraum. Der Tisch war gedeckt. Brot, klein geschnittener Käse, Früchte und Krüge mit Milch und Wasser standen bereit. Ihre Söhne hatten sich bereits eingefunden und saßen am Tisch, grüßten aber nicht, als ihre Mutter den Raum betrat. Gaius, der in einer Ecke des Raumes stand und einen Becher in der Hand hielt, bemerkte das wohl. Aber er unternahm nichts, hatte er seine Frau doch genauso wenig begrüßt wie die Jungen. Priscilla seufzte. Es war seine Aufgabe, ihren Söhnen Achtung vor den Eltern beizubringen. Aber durch sein eigenes Verhalten ermutigte er sie dazu, ihrer Mutter respektlos zu begegnen.

Anstatt einer Begrüßung zeigte der Tribun auf Lia. »Sie hat bei dir geschlafen?«

Priscilla nickte. »Du weißt, was gestern passiert ist. Und du weißt auch, dass es nicht das erste Mal war. Ich konnte sie nicht ohne Schutz lassen.« Sie hob das Mädchen auf den Platz neben sich und nahm den Milchkrug, um ihrer Tochter den Becher zu füllen.

»Schutz!« Der Tribun trat an den Tisch und nahm sich ein Stück Brot. »Schutz!« Er brach einen Bissen ab und warf den Rest zurück in den Korb. »Wer schwach ist, braucht keinen Schutz. Sie sollte lernen, sich zu wehren. Aber nein, du verhätschelst sie. Und bedienst sie auch noch.« Er riss Priscilla, die sich gerade über den Becher ihrer Tochter gebeugt hatte, den Krug mit der Milch aus der Hand. »Dafür haben wir unsere Sklaven. Oder was denkst du, wofür ich die durchfüttere?«

Hastig nahm ihm eine ältere Sklavin den Krug ab und füllte den Becher des Mädchens.

Die Jungen feixten. Das gefiel ihnen.

Priscilla wurde wütend, durfte das aber nicht zeigen. »Wie oft soll ich es dir noch sagen. Sie ist erst vier Jahre alt. Sie braucht Schutz!«

»Klar«, rief der älteste Sohn. Er riss seiner Schwester den Becher aus der Hand. »Vor ihren bösen, bösen Brüdern.«

Die Zwillinge lachten.

Lia sah ihre Mutter derweil mit großen Augen an. Sie wagte nicht vor ihrem Vater zu weinen. Das würde alles nur noch schlimmer machen. So viel hatte selbst sie schon begriffen. Priscilla stand auf. Sie nahm das Mädchen auf ihren Arm.

Gaius schüttelte den Kopf. »Willst du wieder in die Küche mit der Kleinen und dort mit ihr essen? Wegen eines so kleinen Scherzes?« Er setzte sich neben seinen ältesten Sohn und nahm diesem Lias Becher aus der Hand. »Hol ihn dir und gib ihn deiner verwöhnten Tochter. Vor allem aber!« Gaius wurde laut. »Setz dich wieder. Hier ist dein Platz, nicht in der Küche. Und wage es nicht noch einmal, einfach zu gehen, solange dein Gemahl noch bei Tisch ist.«

Priscilla kämpfte mit den Tränen. Sie nahm ihm den Becher aus der Hand, ohne ihn anzusehen, und stellte ihn auf den Tisch. Er war ihr Mann, sie war ihm zu Gehorsam verpflichtet. Warum demütigte er sie immer wieder vor den Kindern? Was hatte sie ihm getan?

Widerwillig ließ sie sich nieder, behielt Lia aber auf ihrem Schoß. Die Kleine drängte sich ganz nah an ihren Körper, hatte Angst. Sanft strich ihr Priscilla über die Wangen. »Keine Angst, meine Kleine, ich bin da. Komm, trink einen Schluck.«

Sie beachtete weder ihren Mann noch ihre Söhne, kümmerte sich nur noch um Lia. Wenn sie niemanden von den vieren ansah und sich ganz auf ihre Tochter konzentrierte, konnte sie vielleicht für diesen Augenblick vergessen, wie furchtbar ihr Leben in ihrer eigenen Familie war.

2. Briefe

Seit dem Fest waren fast drei Wochen vergangen.

Priscilla hatte sich auf eine Bank im Peristylium gesetzt. Die Mittagssonne schien warm auf sie herab. Eusebia hatte ihr Wasser und verschiedene Früchte gebracht. Die Söhne waren fort zum Unterricht, Lia wurde von Tuja betreut. Endlich hatte sie Zeit und Ruhe, den Brief zu lesen, den sie seit dem Morgen bei sich trug.

»Ich, Berenike, grüße dich, meine liebste und teure Freundin Priscilla.

Ich danke dir für deinen offenen Brief. Darf ich dir sagen, dass ich mich jedes Mal freue, von dir zu hören?

Jetzt ist es bereits ein Jahr her, dass mein Mann mich zur Frau nahm, dass er und sein Sohn Rom verlassen haben, um mit mir zu leben. Damals dachte ich, dass sich niemand aus seinem früheren Leben darum kümmern würde, wie es ihm geht. Es gibt viele Freunde in der Gemeinde, aber außerhalb? Ich weiß noch, wie ich mich über deinen ersten Brief gewundert habe. Schließlich sind wir uns nie begegnet, als ich noch als Sklavin im Hause meines Mannes, deines Schwagers, gelebt habe.

Ich gebe zu, dass ich mir zuerst nicht sicher war, ob du eine Freundin bist. Aber heute bin ich froh, dass ich deine Freundschaft angenommen habe.

Dein Brief hat mich nachdenklich gemacht. Was du schreibst, beunruhigt mich.

Du hast mir in deinen Briefen viel von eurer Ehe erzählt. Es schmerzt mich zu hören, was dein Mann dir antut. Ebenso deine Söhne. Dass du in Lia Trost findest, freut mich aber sehr.

Wie sehr muss es dich quälen, dass du deinen Mann mit deiner Sorge nicht erreichst. Einer Sorge, die berechtigt ist! Ja, es geht mir wie dir. Auch ich traue Domitian nicht. Man weiß nie, was er im Schilde führt. Und ja, ich denke auch, dass dein Mann dem Kaiser zu sehr vertraut, sich viel zu sehr auf seine eigene Treue verlässt. Sobald der Kaiser diese anzweifelt, ist er, seid ihr in Gefahr.

Bitte verzeih mir. Aber ich habe deinen Brief meinem Mann gezeigt. Marcus bietet dir seine Hilfe an. Wenn du es möchtest, wird er nach Rom kommen und versuchen, mit Gaius zu reden. Wir wissen alle, dass dein Mann für Marcus nur Verachtung empfindet, dennoch ist er sein Schwager. Er war Prätor, ein angesehener Mann, gebildet und klug. Es besteht trotz allem eine geringe Hoffnung, dass Gaius auf ihn hört oder zumindest über eine Warnung von ihm nachdenkt.

Teure Priscilla, du bist mir Freundin und Vertraute. Deine Sorge ist auch meine Sorge. Heute möchte ich dir nicht wie sonst von meinem Gott erzählen, nur das: Ich werde für dich und für euch beten. Ich weiß, dass Gott mein Gebet hört. Er sieht dich, deine Not, deine Angst. Wende auch du dich an ihn. Ich weiß, dass du viele Fragen hast und den Schritt zum Glauben nicht wagst. Aber versuche dennoch, ihn um Hilfe zu bitten, nicht die toten Götter Roms. Und dann sieh, was geschieht.

Ich befehle dich seinem Schutz an, seinem Rat.

Gott, unser Herr, segne und behüte dich und deine Familie.

In Freundschaft und schwesterlicher Liebe – Berenike«

Priscilla legte den Brief auf ihren Schoß und schloss ihre Augen, während die Gedanken in ihrem Kopf durcheinanderwirbelten. Sollte sie Berenikes Angebot annehmen und ihren Schwager Marcus Dequinius bitten, mit Gaius zu reden?

Sie erinnerte sich daran, wie Marcus Rom verlassen hatte. Er, der

Gaius' Schwester geheiratet hatte und viele Jahre nach deren Tod ohne Frau gelebt hatte, hatte sich schließlich seiner Sklavin zugewandt und ihretwegen vor einem Jahr sein Amt als Prätor niedergelegt und Rom den Rücken gekehrt. Gaius hasste seinen Schwager dafür, hielt ihn für schwach, vor allem da Marcus und seine Frau Christen geworden waren. Jämmerlich nannte Gaius ihn. Und einen Verräter Roms.

War es einfältig, zu hoffen, dass Gaius von diesem Mann eine Warnung annehmen würde?

Aber hatte sie eine Wahl? Sie selbst wurde von ihrem Mann nicht ernst genommen. Im Gegenteil. Vielleicht gelang es Marcus, zu ihm durchzudringen. Auch wenn das unmöglich schien – eine geringe Hoffnung bestand.

Seit dem Brief waren mehrere Wochen vergangen. Längst hatte Berenike geantwortet und Marcus Dequinius' Besuch angekündigt. Bis es so weit war, lief das Leben wie gewohnt weiter.

Der Sommer schritt immer weiter fort, noch waren die Tage lang und warm. Priscilla saß mit Lia im Peristylium und genoss die angenehme Luft, den leichten Wind, der ab und zu ihre Haut streifte.

Lia hielt ihre Puppe in der Hand. Sie ließ sie über den Boden gleiten, wie im Tanz. Dazu sang sie. Sie war völlig vertieft in ihr Spiel.

Ihre Mutter saß auf einer Bank und betrachtete die Tochter liebevoll. Es war schön, ihr beim Spielen zuzusehen.

Jetzt hob das Mädchen den Kopf und unterbrach ihren Gesang. »Weißt du, Mutter, wenn ich groß bin, will ich auch so ein schönes Kleid.« Sie hielt ihre Puppe hoch, die in gelbe Seide gekleidet war.

»Das wirst du haben, mein Kind.«

Lia sprang auf und lief zu Priscilla. Sie kletterte auf die Bank und ließ sich auf deren Schoß fallen. Eng kuschelte sie sich an ihre Mutter. »Werde ich schön sein, wenn ich groß bin? So wie du?«

»Du findest mich schön?«

Das Mädchen lachte und strahlte über das ganze Gesicht. »Du bist die schönste Frau, die es gibt.«

Priscilla betrachtete ihre Tochter. Wie ihr Vater hatte sie schwarz gelocktes Haar und auffallend blaue Augen. Aber sonst glich sie eher ihr selbst. Sie hatte das gleiche runde Gesicht, die gleiche kleine Nase und die vollen Lippen wie Priscilla. Überhaupt, hätte sie braune Augen und blondes Haar, wäre sie das genaue Abbild ihrer Mutter.

»Du siehst genau so aus, wie ich mit vier Jahren ausgesehen habe. Nur die Augen- und die Haarfarbe stimmen nicht überein.«

»Hm.« Lia überlegte. »Hm.« Sie sah ihre Mutter an. »Dann bin ich auch schön, wenn ich groß bin«, stellte sie fest und lachte fröhlich. Damit war das Thema für sie erledigt. Sie kuschelte sich noch enger an ihre Mutter und fing an zu singen. Priscilla stimmte in das Lied mit ein. Sie genoss jeden Moment, jede Berührung, jedes Lachen ihrer Tochter. Die Zeit schien stillzustehen, das Leben war für Augenblicke unbeschwert und frei.

Aber das würde es nicht bleiben. Noch heute erwartete sie die Ankunft von Marcus Dequinius. Dann würde sie sich wieder ihrem Leben stellen müssen.

Gaius Dexter betrat sein Haus. Es war bereits spät, seine Familie hatte sicher schon die Abendmahlzeit eingenommen. Ein Sklave brachte ihm andere Schuhe und nahm ihm die Toga ab. »Herr, du hast Besuch«, sagte er.

»Besuch? Um diese Zeit? Wer ist es?«

Der Sklave zögerte kurz, sagte dann aber mit fester Stimme: »Dein Schwager, Herr, der frühere Prätor Marcus Dequinius.«

Der Tribun packte ihn am Arm. »Das ist nicht dein Ernst.«

Aber der Sklave nickte. »Doch, Herr, er ist bereits um die Mittagszeit gekommen.«

»Und da schickt ihr nicht nach mir?« Wütend ließ der Tribun den Mann wieder los. »Wo ist er?«

»Er befindet sich im kleinen Speiseraum. Zusammen mit deiner Frau.«

Gaius schüttelte den Kopf. Was wollte Dequinius von ihm? Warum war er hier? Vor einem Jahr hatte er Rom verlassen, hatte sich von seinen Ämtern und Pflichten losgesagt und sein Haus verkauft. Und jetzt war er hier? Das machte keinen Sinn.

Schnell durchquerte der Tribun das Atrium und betrat den kleinen Speiseraum. Dort saß seine Frau, neben ihr sein Schwager. Auf dem Tisch standen eine Karaffe mit Wein und zwei Becher, daneben Schalen mit Früchten und Brot. Priscilla hatte den Gast also bewirtet.

Marcus Dequinius erhob sich. Er war ein großer, stattlicher Mann. Sein Kopf war kahl geschoren, sein Gesicht war nicht gerade schön zu nennen, aber seine dunklen und ausdrucksstarken Augen waren das, was als Erstes an ihm auffiel. »Ich grüße dich, Gaius, mein Schwager.« Seine Stimme klang freundlich.

Das machte den Tribun misstrauisch. »Was willst du?«, fragte er in scharfem Ton, ohne den Gruß zu erwidern.

»Nun, ich bin hier, weil deine Frau mich darum gebeten hat.«

»Meine Frau?« Gaius wandte sich ihr zu. »Gibt es etwas, das du mit ihm besprechen musst anstatt mit mir?«

»Gaius, bitte …« Priscilla hob die Hände. »Ich habe versucht, mit dir zu reden, aber du hörst mir nicht zu.«

Verächtlich wandte sich der Tribun von ihr ab und wieder seinem Schwager zu. »Und?«

»Sollten wir uns nicht setzen?«

Gaius zuckte mit den Schultern. »Wenn du meinst.« Er ließ sich auf einem Stuhl nieder, betont lässig lehnte er sich zurück und betrachtete seinen Schwager. »Und jetzt rede.«

Dequinius sah kurz auf seine Hände, hob dann aber wieder den Kopf und sah den Tribun direkt an. »Gaius, als ich vor einem Jahr Rom verlassen habe, tat ich das, ohne mich von dir zu verabschieden. Du weißt wenig von dem, was mich dazu veranlasst hast.«

»Ha!«, unterbrach ihn Gaius. »Da brauche ich nur einen Namen zu nennen. Berenike. Deine Frau.« Er lachte höhnisch auf. »Du hast eine Sklavin geheiratet, mit der du zuvor ein Verhältnis hattest. Du tugendhafter und aufrechter Mann.«

»Du hast mir nie verziehen, dass du sie nicht haben konntest, nicht wahr?«

»Was soll das? Sie hat mir nichts bedeutet.«

Marcus nickte. »Nein, das hat sie nicht.« Er nahm seinen Becher und drehte ihn nachdenklich in seiner Hand. »Aber deswegen bin ich nicht hier.« Er hob den Kopf. »Ich bin hier, um dich zu warnen.«

»Mich? Warnen? Vor wem oder was?«

»Vor dem Kaiser. Du traust ihm, aber er wird dich nur solange dulden, wie du ihm nützlich bist.«

»Der Kaiser weiß, was er an mir hat. Er wird mir nichts tun. Wie kommst du darauf? Ich war Domitian immer treu ergeben, ich habe ihm immer gedient, im Gegensatz zu dir. Wovor also willst du mich warnen?«

Priscilla ergriff das Wort. »Gaius, du weißt, was er zu dir gesagt hat. Bitte pass auf. Es klang wie eine Drohung. Und du handelst nicht nur für dich. Wenn du schon nicht an mich und an deine Tochter denkst, so denk doch wenigstens an deine Söhne.«

»Pah, gedroht! Er hat mir nicht gedroht, er hat mir nur gesagt, dass er ganz mit meiner Treue rechnet. Und das kann er auch.«

Doch seine Frau schüttelte den Kopf. »Nein, du weißt, dass er mehr gesagt hat.«

»O bei Jupiter! Ihr hört Dinge, die so nie gesprochen wurden. Der Kaiser mir drohen! Mir, seinem treuesten Anhänger. Nur weil er sagte, dass auch andere auf diesen Posten warten. Das hat er schon zu vielen gesagt, ohne dass es Folgen hatte. Er will nur, dass ich mir meiner Pflichten bewusst bin. Punkt. Mehr nicht.«

Dequinius hob die Hand. »Gaius, sei nicht leichtsinnig. Nimm den Kaiser ernst. Du weißt, dass er sich verfolgt wähnt. Nicht einmal du kannst übersehen, dass Menschen sterben, ohne dass irgendjemand mit ihrem Tod gerechnet hat. Senatoren, Patrizier, Bürger Roms. Keiner ist vor ihm sicher!«

»Gerüchte sind das. Nur Gerüchte. Warum sollte der Kaiser hinter all dem stecken? Du warst schon immer gegen ihn. Er hat dem Römischen Reich zu ungeahnter Größe verholfen. Und damit ist er noch nicht am Ende. Ha, wenn jemand dem Staat dient, dann er.«

»Nein, Gaius, nein.« Marcus war aufgesprungen. »Er traut keinem mehr. Auch dir nicht. Siehst du das nicht? Glaubst du, er hat die Säulen im Palast glatt polieren lassen, weil er das schöner findet? Nein! Er sieht darin jeden, der sich ihm von hinten nähert. Sie spiegeln ihm das, was in seinem Rücken geschieht. Macht das jemand, der Vertrauen hat? Jemand, der nichts zu befürchten hat? Gaius, öffne deine Augen! Der Kaiser wird dich nicht schonen, wenn es seiner Macht und seiner Sicherheit dient. Er kann dich vernichten, dich und dein ganzes Haus!« Langsam setzte er sich wieder und sah seinen Schwager fest an. »Oder er wird von dir verlangen, dass du deine Treue unter Beweis stellst. Mit welcher Tat auch immer.«

Der Tribun stand auf. »Das höre ich mir nicht länger an. Du warst schon damals ein Verräter, du bist es noch immer. Der Kaiser hat recht, wenn er euch Christen verfolgt. Was wollt ihr mehr als den Untergang Roms? Ich aber bin treu. Der Kaiser kann sich auf mich verlassen.« Er wandte sich zur Tür.

»Gaius. Bitte.« Marcus versuchte es ein letztes Mal. »Glaube mir, dass ich es gut meine. Du bist mein Schwager, und ich möchte dich vor dem Schlimmsten bewahren.«

Der Tribun nahm den Türgriff in die Hand. »Mein Schwager bist du schon lange nicht mehr. Durch den Tod meiner Schwester bist du es vielleicht noch geblieben, aber als du Berenike geheiratet hast, hast du dich endgültig von mir und meiner Familie getrennt. Daran ändert auch dein Sohn nichts.« Er öffnete die Tür. »Ich sollte dich dem Kaiser überantworten. Aber ich bin kein Unmensch, auch wenn du das von mir denkst. Ein letztes Mal will ich mich dir gegenüber gastfreundlich zeigen. Du kannst hier übernachten. Aber morgen bei Tagesanbruch verlässt du mein Haus. Und merke dir: Ich will dich hier nie wieder sehen. Ein zweites Mal werde ich mich dir gegenüber nicht gnädig erweisen. Solltest du noch einmal hier erscheinen, übergebe ich dich und dein ganzes Haus dem Kaiser.« Damit verließ er den Speiseraum.

Priscilla sah Marcus hilflos an. Er erwiderte ihren Blick, nahm ihre Hand. »Verzeih mir. Ich hätte dir gerne geholfen.«

Sie nickte. »Ich weiß«, sagte sie leise. »Jetzt kann ich nur hoffen, dass er in seiner Überheblichkeit keine Dummheiten macht.«

»Wovor fürchtest du dich, Priscilla? Es geht dir nicht um deinen Ehemann, nicht wahr? Du fürchtest um deine Kinder.«

Die Frau nickte. »Ja, das ist wahr. Gaius war mir nie ein guter Gatte. Er hat mich nicht geheiratet, weil er mich liebte, sondern weil es so arrangiert war. Ich weiß, das ist normal. Allen Frauen und Männern geht es so. Aber er hat nicht einmal versucht, mich zu sehen oder mir Achtung entgegenzubringen. Die Jahre an seiner Seite sind für mich verlorene Jahre.«

»Du hast vier Kinder von ihm, Priscilla.«

»Ja, ich weiß. Und ich habe alles getan, um ihnen eine gute Mutter zu sein. Aber du weißt selbst, dass mein Mann unsere Söhne gelehrt hat, mich zu verachten. Von ihnen habe ich nichts zu erwarten. Und egal, was mit Gaius passiert, sie werden ohne mich zurechtkommen können. Sie sind alt genug. Der Große möchte Soldat werden wie sein Vater und bald in die Armee eintreten, die Zwillinge werden ihm zwei Jahre später folgen. Um sie muss ich mich nicht sorgen. Es geht mir um Lia. Sie ist das Einzige, was ich habe, das Einzige, was er mir gelassen hat. Aber auch nur, weil er sich nichts aus ihr macht.« Priscilla umklammerte Marcus' Hand. »Aber wie soll ich sie schützen? Eine Frau, die ein Mädchen schützen soll? Egal, was passiert, mir werden immer die Hände gebunden sein.«

»Ja, Priscilla, leider ist unser Recht so, wie du sagst. Aber eines sollst du wissen: Egal, was kommt, du kannst immer auf mich und auf Berenike zählen. Du und deine Tochter, ihr seid uns immer willkommen. Ihr könnt immer mit unserer Hilfe rechnen. Das verspreche ich bei meinem Gott. Er ist mein Zeuge.«

Da konnte Priscilla ihre Tränen nicht mehr zurückhalten. »Ich danke dir, Marcus«, flüsterte sie. »Ich danke dir.« Sie senkte den Blick, dachte nach. »Aber was ist, wenn Gaius versuchen wird, jeden Kontakt zu dir zu unterbinden? Bis jetzt konnte ich meine Briefe an deine Frau einem Boten übergeben. Du weißt, wie Gaius von mir denkt. Er hält mich für dumm. Über den Briefwechsel hat er sich immer lustig gemacht. Es hat ihm nie gefallen, aber er hat das immer als lächerlich abgetan und darum geduldet.« Sie hob den Kopf und strich sich eine Haarsträhne aus dem Gesicht. Fragend sah sie Marcus an. »Aber jetzt? Wie wird er das Ganze beurteilen, nachdem du da warst und dich in sein Leben eingemischt hast? Ich rechne damit, dass er mir verbieten wird, weiterhin Briefe mit Berenike auszutauschen.«

Marcus überlegte. »Wem in deinem Haus kannst du vertrauen?«

»Meiner Leibsklavin Eusebia und Tuja, die Sklavin, der ich Lia anvertraut habe.«

»Gut. Dann wende dich mit deren Hilfe an den griechischen Arzt Manassos, einer der Ältesten der Gemeinde. Er ist ein guter Freund. Über ihn kannst du mich jederzeit erreichen. Ich werde dafür sorgen, dass die Briefe meiner Frau auf demselben Weg zu dir gelangen werden. Mit Gottes Hilfe wird das gelingen.«

Priscilla nickte. »Wie finde ich diesen Manassos?«

Marcus schüttelte leicht den Kopf. »Mach dir darüber keine Gedanken. Er wird dich finden. Darauf kannst du dich verlassen.«

Priscilla legte ihre Hand auf seinen Arm. »Ich danke dir, Marcus. Von Herzen danke.« Traurig fügte sie hinzu: »So hintergehe ich mit deiner Hilfe meinen eigenen Mann. Aber er lässt mir keine Wahl.« Sie zog ihre Hand zurück. Erleichterung und Freude machte sich in ihr breit. Sie war nicht allein, egal, was kommen würde.

Sie lächelte ihn an. »Aber jetzt erzähle. Wie geht es euch? Wie geht es Berenike? Deinen Kindern? Und verzeih mir, dass ich jetzt erst danach frage.«

Marcus schüttelte den Kopf. »Du musst dich nicht entschuldigen. Das hier war wichtiger.« Er nahm einen Schluck aus seinem Becher. »Es geht uns gut. Claudius hat enge Freunde gefunden. Sie werden zusammen unterrichtet und verbringen viel Zeit miteinander. Mein Sohn genießt es, nicht mehr in der Stadt zu wohnen, und hält sich viel an der frischen Luft auf. Und unsere Tochter wächst und gedeiht. Beide machen uns viel Freude.« Erneut nahm er seinen Becher. Ein kleines Lächeln huschte über sein Gesicht. »Berenike wollte mir zuerst einen Brief für dich mitgeben, aber dann meinte sie, ich solle dir das Neueste erzählen. Sie erwartet unser zweites Kind. Die Niederkunft wird im Winter sein.«

»O Marcus! Das freut mich sehr.« Priscilla hatte erneut seine Hand ergriffen, drückte sie fest. »Wie geht es deiner Frau? Kämpft sie mit Übelkeit? Hat sie eine leichte Schwangerschaft?«

Marcus erwiderte den Griff. »Es geht ihr gut. Sehr gut. Die Zeit der morgendlichen Übelkeit ist vorbei. Berenike genießt jeden Tag. Noch ist es nicht beschwerlich.«

»Grüße sie von mir. Ich wünsche ihr von ganzem Herzen, dass sie eine gute Schwangerschaft erlebt und dass euer Gott sie bei der Geburt beschützen möge.« Sie lächelte. »Ihr Männer könnt das nicht nachvollziehen. Aber es ist etwas Wunderbares. Das eigene Kind im Leib zu spüren. Zu wissen, es wird zur Welt kommen und dann in meinen Armen liegen.«

»Ich erinnere mich. Du warst sehr glücklich, wenn du ein Kind in dir getragen hast.«

»Das hast du gemerkt?«

»Natürlich habe ich das.« Er lächelte seine Schwägerin an. »Ich erinnere mich an alles. Auch daran, wie glücklich du am Tage deiner Hochzeit warst.«

Priscilla wurde nachdenklich. »Auch wenn die Ehe arrangiert war, so habe ich mich doch auf meinen Mann gefreut. Gaius konnte so einnehmend und freundlich sein. Er wusste immer Geschichten zu erzählen. Er war unterhaltsam, humorvoll. Ihm zuzuhören, hat mir immer viel Freude bereitet. Du kennst ihn. Diese Seite zeigt er, wenn er mit anderen zusammen ist. Jeder hört ihm gerne zu. Wo er zu Gast ist, wird es nicht langweilig. Dazu kam, dass er sehr gut aussah. Ich hatte mich in ihn verliebt, in den Mann, den ich gesehen habe. Wie er wirklich ist, wie er mich sieht, habe ich erst gemerkt, als ich mit ihm verheiratet war. Aber auch da hat es lange gedauert, bis ich begriffen habe, wie wenig er für mich empfindet, wie wenig er mich achtet.« Sie seufzte. »Ich war blind, als ich mit ihm vermählt wurde. Blind und dumm.«

»Nein, Priscilla, das warst du nicht. Du warst einfach eine junge Frau, die Träume hatte und davon überzeugt war, dass sich diese mit dem Mann, den man für sie erwählt hatte, erfüllen würden. Gaius war immer, wie er ist. Dass er ein schlechter Ehemann werden würde, hat aber niemand erwartet.«

»Weißt du, wie sehr mich andere Frauen um ihn beneiden? Sie wissen nichts davon, wie er sich hier im Hause verhält. Sie sehen ihn nur, wie ich ihn vor der Ehe gekannt habe. Und die, die es wissen, meinen, dass es ihnen besser ergangen wäre. Es muss an mir liegen, dass er mich so behandelt.« Sie schüttelte den Kopf. »Aber reden wir nicht mehr davon. Lieber erzähle ich dir von Lia. Sie macht mir sehr viel Freude. Sie ist ein lebhaftes und fröhliches Kind. Wenn ihre Brüder nicht da sind und sie quälen, lacht und singt sie ununterbrochen. Ich hoffe nur, dass sie es nicht schaffen werden, ihr Wesen zu verändern.«

»Du liebst sie sehr.«

Priscilla atmete tief durch. »Sie ist mir das Wichtigste auf der Welt. Ich werde nicht zulassen, dass sie mir irgendjemand entfremdet oder gar entreißt.« Noch einmal nahm sie Marcus' Hand. »Wie du siehst, wurde auch ich beschenkt. Mit einem kleinen, fröhlichen Mädchen.«

Der Abschied von Marcus Dequinius am nächsten Morgen fiel Priscilla schwer. Nachdem sich die Tür hinter ihm geschlossen hatte, blieb sie noch lange im Eingangsbereich in Gedanken versunken stehen.

Für wenige Stunden hatte sie sich nicht mehr allein gefühlt. Sie war mit dem Gefühl eingeschlafen, dass Hilfe jederzeit möglich war, dass die Freundschaft von Marcus und Berenike sie durch ihre Ängste tragen konnte, aber sobald ihr Schwager das Haus verlassen hatte, war dieses Gefühl wieder verschwunden. Sie empfand Angst, Machtlosigkeit. Plötzlich wurde ihr bewusst, dass nicht nur der Kaiser unberechenbar war, sondern auch ihr Mann. Wie weit würde er gehen, um sich als treu zu erweisen? Was wäre er bereit zu tun, um sich die Gunst Domitians zu sichern?

»Sehe ich Tränen?«

Priscilla fuhr auf. Die scharfen Worte ihres Mannes rissen sie aus ihren Gedanken. Er war noch da? Sie hatte ihn nicht bemerkt und gedacht, dass er längst das Haus verlassen hatte.

Jetzt stand er vor ihr, die Hände in die Hüften gestützt. »Dieser Mann tut dir nicht gut. Und seine Frau erst recht nicht. Ich verbiete dir jeden Umgang mit ihnen.«

»Nein! Das kannst du nicht tun!« Priscilla keuchte erschrocken auf und sah ihn mit großen Augen an.

»So? Kann ich das nicht?« Er drehte sich um und lief durch das Atrium zum hinteren Teil des Hauses.

Priscilla folgte ihm. Was hatte er vor? Entsetzt sah sie, wie er das Peristylium durchquerte und auf ihren Schlafraum zuhielt.

»Was willst du in meinen Gemächern?«, schrie sie, und als er nicht antwortete: »Gaius, ich rede mit dir!«

Aber der Tribun stieß die Tür auf, ohne sich nach seiner Frau umzusehen. Zielstrebig ging er auf ein Schränkchen zu, das neben ihrem Bett stand. Das Schränkchen, in dem sie all das verwahrte, was ihr wichtig war.

Er öffnete die Tür und nahm die Briefe in die Hand, die mit einem Band umwickelt darin lagen.

Eusebia, die gerade das Bett ihrer Herrin machte, sah erstaunt auf. Was war hier los?

»Nein!« Priscilla, die nach ihm in den Raum gestürmt war, versuchte, ihrem Mann die Briefe aus der Hand zu nehmen.

Aber er stieß sie so hart zur Seite, dass sie stürzte und gegen die

Truhe mit ihren Kleidern fiel. Ein stechender Schmerz durchzuckte ihren rechten Arm, aber größer als dieser Schmerz war ihre Angst. »Gib mir die Briefe! Gaius! Bitte!«

Der Tribun beachtete sie nicht, ging stattdessen zielstrebig Richtung Tür.

»Bitte, Gaius, bitte.« Priscillas Stimme war nur noch ein Wimmern. »Bitte. Nimm mir nicht die Briefe.«

Da wandte er sich um. »Nie mehr wirst du Berenike auch nur eine Zeile schicken! Verstehst du? Nie mehr!«, herrschte er sie an. »Und nie mehr wird ein Brief von ihr in mein Haus gelangen! Ihre Briefe sind Gift. Sie verpesten deine Seele und deine Gedanken. Glaubst du, ich weiß nicht, was sie schreibt? Von ihrem ketzerischen Glauben! Ein Glauben, der unseren Kaiser nicht anerkennt! Der sich über das Römische Reich erhebt! Damit hetzt sie dich gegen mich auf, ja, gegen den Kaiser und damit gegen ganz Rom. Du weißt, was der Kaiser von den Christen hält. Du weißt, dass er sie nicht duldet. Sie sind eine Gefahr für Rom. Du wirst diese Gefahr nicht weiter in mein Haus bringen. Domitian ist Herr und Gott, ihm gebührt unsere Verehrung! Ihm gehört unsere Treue! Du wirst uns nicht mehr dadurch in Gefahr bringen, dass du mit Verrätern gemeinsame Sache machst!«

Er wandte sich um und verließ den Raum.

Priscilla hatte sich mühsam aufgerichtet, und obwohl ihr Arm und Rücken von dem Sturz schmerzten, folgte sie ihrem Mann so gut sie konnte. Die Angst um ihre Briefe verlieh ihr dabei eine ungeahnte Kraft.

Die entsetzte Eusebia folgte ihrer Herrin. Gerne hätte sie ihr geholfen. Aber wie?

Gaius ging in die Küche und steuerte die Kochstelle an. Die Sklavinnen, die dort das Essen für den Mittag und den Abend vorbereiteten, stieß er rücksichtslos zur Seite. Priscilla, die trotz ihrer Schmerzen auch in der Küche angekommen war, versuchte ihn an den Kleidern zu fassen, um ihn aufzuhalten.

Aber es war zu spät. Gaius riss das Band von den Briefen und warf diese ins offene Feuer. Dann griff er nach einem eisernen Schürhaken, verteilte damit die Briefe, sodass sie besser von den Flammen erfasst wurden.

Priscilla heulte auf. Verzweifelt versuchte sie, ihrem Mann den Haken zu entreißen. Aber sie war ihm nicht gewachsen.

Machtlos musste sie mitansehen, wie die Briefe ihrer Freundin, die Briefe, die sie wie einen Schatz gehütet hatte, ein Opfer der Flammen wurden. Unwiederbringlich. Für immer verloren.

Kraftlos sank Priscilla zu Boden. Sie spürte keinen Schmerz mehr, fühlte sich leer. Ihr Mund war trocken, Tränen hatte sie keine mehr.

Gaius warf schließlich den Haken zur Seite. »Ich hoffe, du hast jetzt verstanden«, sagte er kalt und ging davon.

Priscilla starrte in die Flammen, wo die letzten Reste der Briefe in sich zusammenfielen. Die Sklavinnen standen regungslos da, wussten nicht, was sie tun sollten.

Schließlich beugte sich Eusebia über ihre Herrin. »Komm, ich bringe dich in dein Bett.«

Priscilla stand langsam auf, ließ sich von ihrer Sklavin in ihren Schlafraum führen. Eusebia half ihr aufs Bett. »Du blutest, Herrin.« Aber Priscilla nahm das nicht wahr. Als Eusebia begann, die Wunde am Arm zu reinigen, war ihr der Schmerz willkommen. Denn er war das Einzige, was ihr Mann ihr gelassen hatte. Schmerz. Sonst fühlte sie nichts mehr.

3. Freundschaft

Priscilla hatte es sich im größeren Speisesaal bequem gemacht. Angeregt unterhielt sie sich mit den Frauen aus anderen vornehmen Häusern, die bei ihr zu Gast waren. Sie sprachen über Mode und Frisuren, über geplante Eheschließungen und neugeborene Kinder. Die Gespräche flossen leicht und ohne besondere Tiefe dahin. Es gab Wein mit Wasser gemischt, Obst, frisch gebackenes Brot und kleine, mit Honig gesüßte Kuchen.

Normalerweise waren diese Treffen für Priscilla eine willkommene Abwechslung in ihrem Alltag. Aber seit ihr Mann die Briefe verbrannt hatte, fühlte sie sich zunehmend unwohl. Heimlich musterte sie die anderen Frauen. Sie dachte an das, was diese Frauen von ihren Ehen erzählten. Flavia, die immer mit ihrem Glück prahlte. Gaia, die jedem erzählte, wie gut sie mit ihrem Mann reden konnte, welch wunderbare Gespräche sie mit ihm führte. Und Paulla, die einmal gesagt hatte, dass ihr Mann sie niemals schlagen würde. Obwohl, bei Paulla konnte das schon sein. Sie erschien Priscilla immer etwas anders als die anderen. Geduldiger, freundlicher.

Priscilla musterte die Gesichter der anderen Frauen. Sie war sicherlich nicht die einzige Frau, die von ihrem Mann weder geachtet noch in irgendeiner Weise bei der Erziehung ihrer Söhne unterstützt wurde.

Priscilla hatte den Wunsch, den anderen zu erzählen, was vorgefallen war. Aber wie sollte sie das tun? Keine hatte je von schlimmen Ereignissen erzählt. Alle stellten sich schützend vor ihre Männer, obwohl Priscilla genau wusste, wer von diesen trank, gewalttätig oder korrupt war. Wie würden sie reagieren, wenn sie ihnen ihr Leid klagte? Würden sie ihr nur klarmachen, dass es an ihr lag, das zu ändern und das Beste daraus zu machen? Würden sie ihr all ihre

Pflichten aufzählen, die sie als Ehefrau hatte? Allem voran der absolute Gehorsam gegenüber ihrem Gatten?

Einmal hatte eine junge Frau versucht, sich Hilfe bei den anderen Frauen zu holen, als sie von ihrem Ehemann geschlagen worden war. Priscilla konnte sich gut daran erinnern, dass niemand ihr mit Verständnis oder Sorge begegnet war. Stattdessen war die junge Frau am Ende mit dem Gefühl nach Hause gegangen, sie allein sei schuld, wenn ihr Mann gewalttätig wurde.

Auf einmal fühlte sich Priscilla so einsam wie noch nie in ihrem Leben. Was waren diese Freundschaften wert, wenn es nicht möglich war, Leid, Ängste und Trauer zu benennen und teilen zu können? Was bedeuteten diese Freundschaften, wenn sie sich auf Belanglosigkeiten, auf Klatsch und Tratsch beschränkten? Wenn sie allein war, wusste sie wenigstens, warum sie einsam war. Aber so war es unerträglich.

Endlich gingen die Frauen. Flavia küsste sie zum Abschied auf die Wange. »Du warst heute sehr schweigsam, meine Liebe.« Sie zog ihre Stola zurecht. »Und deine Leibsklavin war sehr unaufmerksam. Dass sie den Raum verlassen hat, ohne dich um Erlaubnis zu bitten, ist unentschuldbar. Nur weil ein Sklave in der Tür erscheint und ihr zuwinkt. Du hast sie wohl nicht mehr richtig im Griff? Kümmere dich darum, sonst tanzt sie dir irgendwann auf der Nase herum.«

Priscilla erwiderte nichts darauf. Sie verabschiedete die Freundinnen. Nacheinander verließen sie das Haus. Als Letzte war Paulla an der Reihe. Diese wartete, bis die anderen gegangen waren.

»Priscilla, ich kann noch nicht gehen. Den ganzen Nachmittag habe ich gesehen, dass dich etwas quält. Wenn du darüber reden möchtest, werde ich gerne bleiben.«

»O Paulla. Es ist nichts. Ich …« Priscilla sah die Freundin an. Dann schüttelte sie den Kopf. »Im Peristylium ist es jetzt noch angenehm warm. Lass uns dort hingehen.«

Gemeinsam begaben sie sich in den hinteren Teil des Hauses und setzten sich auf eine Bank.

»Darf ich dich etwas fragen, Paulla?«

Die Freundin nickte.

»Bist du wirklich so glücklich in deiner Ehe, wie du immer sagst? Stimmt es …« Priscilla machte eine Pause. Wurde sie zu persönlich? Aber sie musste es wissen. »Stimmt es, dass dein Mann dich noch nie geschlagen hat?«

Paulla seufzte. »Ich will offen zu dir sein. Ja, Tiberius hat mich geschlagen. Damals, als er noch getrunken hat. Danach versuchte er mir einzureden, dass ich selbst Schuld habe, ich ihn mit meinem Verhalten reizen würde. Das habe ich mir auch lange einreden lassen. Erstaunlich fand ich, dass er es schaffte, mich so zu schlagen, dass die blauen Flecken immer von einem Kleidungsstück verdeckt werden konnten.«

»Du redest in der Vergangenheit.«

»Ja. Weil es Vergangenheit ist. Mein Mann betrinkt sich nicht mehr.«

Priscilla nickte. »Das hat Gaius mir erzählt. Aber … Na ja, er hat sich nicht sehr wohlwollend darüber geäußert.«

Paulla lachte. »Das kann ich mir denken. Wenn ein Mann von heute auf morgen seinen Lebensstil ändert, findet das selten Zustimmung.«

»Was ist passiert? Warum die Veränderung?«

Paulla sah Priscilla lange an. Sie biss sich auf die Lippen. Sie schien mit sich zu ringen, ob sie mehr erzählen sollte.

»Paulla, bitte.«

Die Freundin sah sie nachdenklich an. »Du und Berenike, ihr schreibt euch gegenseitig Briefe, nicht wahr?«

Priscilla erschrak. »Wie kommst du darauf? Was soll diese Frage? Und was hat das mit meiner Ehe zu tun?« Sie stockte, als ihr klar wurde, was diese Frage zu bedeuten hatte. »Du … Du kennst Berenike?«

»Ja, ich kenne sie. Oder besser gesagt, ich weiß von ihr.«

»Wie meinst du das? Jeder weiß, dass Dequinius sie geheiratet hat. Aber das meinst du nicht, oder?«

Paulla atmete tief durch. Sie setzte sich aufrechter hin. »Nun gut. Warum sollte ich schweigen. Du wirst mich nicht verraten, da du in einer ähnlichen Situation zu stecken scheinst.« Die Freundin faltete ihre Hände ineinander, als wolle sie sich an sich selbst festhalten. »Mein Mann und ich sind Christen. Wir stehen über den Prediger Manassos im engen Kontakt zu Marcus Dequinius und dessen Frau. Wir gehören zu denjenigen, die verfolgten Christen die Flucht aus Rom ermöglichen, um bei den beiden Unterschlupf und Hilfe zu finden.«

Priscilla erschrak bei diesen Worten: »Aber das ist gefährlich! Ihr könntet schneller, als euch lieb ist, selbst zu Flüchtlingen werden.«

»Das ist wahr. Ich erzähle dir auch nur davon, damit du weißt, dass du mir vertrauen kannst. Wir haben gemeinsame Freunde. Und ich weiß um deine Not.« Sie nahm Priscillas Hand. »Darum jetzt zu dir. Gaius schlägt dich?«

»Es ist nicht das erste Mal, dass er mir gegenüber gewalttätig wurde«, sagte Priscilla bitter. »Er hat mich auch nicht direkt geschlagen, sondern lediglich von sich gestoßen.« Sie schob ihr Kleid, das fast bis zu den Ellenbogen herabfiel, nach oben, sodass der Verband sichtbar wurde. Um den Verband herum war der Arm blau und grün gefärbt.

Paulla erschrak. »Das war aber ein heftiger Stoß! Was war der Anlass?«

Priscilla erzählte, was geschehen war.

Die Freundin hörte schweigend und mit ernster Miene zu. Schließlich war Priscilla fertig.

»Dass dein Mann dich verachtet, ist offensichtlich. Das kann nicht verborgen bleiben. Aber dass er gewalttätig wird …« Paulla überlegte. »Priscilla. Mach dir eines klar. Wir sind das Eigentum unserer Männer, zu Gehorsam verpflichtet. Das mag ihnen das Recht geben, uns so zu behandeln. Aber ich sage dir: Das ist falsch. Das Recht haben sie nicht! Keine Frau hat eine solche Behandlung verdient.«

»Aber was kann ich tun? Ich bin von ihm abhängig!«

»Abhängig? Aber Priscilla, wie kommt das? Dein Vater ist reich. Deine Mitgift dürfte nicht unerheblich gewesen sein und müsste noch immer dir gehören Du müsstest darum eine manusfreie Ehe führen. Dein Mann dürfte kein Recht auf dein Geld haben.«

»Ich weiß, Paulla. So sollte es sein. Und so war es ursprünglich auch.« Priscilla seufzte. »Du weißt, wie unser Recht aussieht. Eine Frau muss jedes Jahr drei Nächte außerhalb des Hauses schlafen, um im Besitz ihrer Mitgift zu bleiben. Glaube mir, ich habe darauf geachtet, dass ich das tue, damit mein Vermögen weiterhin mir gehört. Mein Mann sollte keine Macht darüber haben. Ich wollte rechtlich unabhängig bleiben.«

»Was ist geschehen, dass sich das geändert hat?«

»Die Zwillinge kamen zur Welt. Du weißt, dass sie das erste Jahr kränklich waren. Ich habe es nicht gewagt, sie auch nur eine Nacht allein zu lassen, vor allem da Gaius' Vater darüber nachdachte, sie aussetzen zu lassen.«

Paulla seufzte. »Es gab also keine Unterbrechung. Und jetzt bist du ganz in Gaius' Hand.« Sie überlegte. »Du könntest dich trotzdem scheiden lassen. Ich sage nicht, dass du das tun sollst. Aber auch das ist geltendes Recht.«

»Ich weiß.« Priscilla senkte den Blick. »Das wollte ich auch. Aber mein Vater hat mir klargemacht, dass er mich nicht wieder bei sich aufnehmen, sondern mich verstoßen würde. Er hat mir Gaius zum Mann erwählt. Wenn ich ihn verlasse, würde ich meinen Vater als Versager dastehen lassen. Und das duldet er nicht.«

»Aber wenn er dich verstößt, wohin würde er dich dann schicken? Würde er zulassen, dass du auf der Straße endest?«

Priscilla schüttelte den Kopf. »Nein. Ich müsste zu seinem jüngsten Bruder.«

»Wäre das so schlimm?«

Priscilla schluckte. »Es wäre furchtbar. Mein Onkel lebt in Spanien.«

»Na und? Du wärst frei. Frei von deiner unglücklichen Ehe.«

»Aber frei für was? Paulla, du weißt doch selbst, wie das ist. Bei einer Scheidung bleiben die Kinder beim Vater. Sie sind sein Eigentum. So will es das Gesetz! Wie könnte ich eine Freiheit ohne meine

Tochter genießen? Wie könnte ich Lia ungeschützt seinen Händen überlassen? Meine Tochter, mein Ein und Alles. Versteh doch, das würde mir das Herz brechen. Für immer!«

Paulla nickte. Leise sagte sie: »Ich verstehe dich gut. Letztendlich ist das auch der Grund, warum ich meinen Mann nicht verlassen habe, als er noch ein Trinker war. Meine Kinder.« Noch einmal nahm sie Priscillas Hand. »Es tut mir leid. Ich sehe keine Lösung. Aber sei dir meiner Freundschaft gewiss. Vielleicht hilft es dir, wenn du und ich miteinander reden. Davon müssen die anderen Frauen nichts wissen. Außerdem wisse: Ich, die ganze Gemeinde beten für dich und Lia. Gott wird Wege finden. Wenn du ihm doch auch vertrauen könntest!«

Priscilla wusste nicht, was sie darauf erwidern sollte. Aber sie empfand eine große Dankbarkeit. Erleichtert geleitete sie die Freundin zur Tür.

Mit einer Umarmung verabschiedeten sie sich. Dann ging sie zurück in den Speiseraum. Dort waren ihre Sklavinnen längst dabei, das Geschirr abzuräumen, die Kissen aufzuklopfen und den Boden zu fegen.

»Wo ist Eusebia?«, fragte Priscilla in die Runde.

Eine junge Sklavin unterbrach ihre Arbeit. »Verzeih, Herrin, ich habe dich nicht hereinkommen sehen. Eusebia bat mich, dir zu sagen, dass sie in deinem Ankleideraum ist, falls du sie suchst.«

Priscilla nickte und eilte davon. Es stimmte, was Flavia gesagt hatte. Eusebia hatte auch auf sie einen angespannten Eindruck gemacht, vor allem, nachdem sie mit dem Sklaven gesprochen hatte.

Im Ankleideraum war Eusebia dabei, ein kostbares Tuch mit wertvollen Stickereien, das Priscilla von ihren Freundinnen erhalten hatte, zusammenzulegen, um es in eine Truhe zu legen. Als Priscilla eintrat, legte sie das Tuch zur Seite und eilte ihrer Herrin entgegen.

»Endlich, Herrin«, rief sie aufgeregt. »Ich konnte es kaum erwarten, bis deine Gäste weg waren.«

»Warum? Was ist passiert? Geht es um Lia?« Priscilla ließ sich von der Unruhe anstecken.

Aber Eusebia lächelte. »Nein, Herrin, mit Lia ist alles in Ordnung.« Sie nahm einen Brief von einem Tisch und hielt ihn ihrer Herrin hin. »Für dich!«

Priscilla nahm den Brief entgegen. Ihre Hände zitterten. Fragend sah sie ihre Sklavin da.

»Dieser Brief wurde heute für dich gebracht. Der Bote bestand darauf, ihn mir persönlich zu übergeben.«

Priscilla sah auf das Siegel. »Von Berenike«, flüsterte sie.

»Ja, Herrin. Der Bote gab ihn mir mit der Bitte, dir Grüße von seinem Herrn Manassos auszurichten.«

»Marcus«, flüsterte Priscilla. »O ich danke dir. Du hast es wirklich möglich gemacht.« Sie kämpfte mit den Tränen. »Lass mich allein, Eusebia.«

»Natürlich, Herrin. Aber …« Die Sklavin stockte.

»Ja?«

»Herrin, ich bitte dich, sei vorsichtig. Vertraue niemandem außer mir. Wenn du antwortest, werde ich gerne den Brief zu Manassos bringen. Betraue sonst niemanden mit dieser Aufgabe.«

Verwirrt sah Priscilla sie an. »Warum warnst du mich? Ich weiß, dass ich keinem trauen kann. Nur dir und Tuja.«

Eusebia schüttelte den Kopf. »Das ist es, was ich versuche, dir zu sagen. Ich weiß nicht, ob Tuja wirklich auf deiner Seite ist.«

Priscilla setzte sich. »Wie kommst du darauf?«

»Ich kann es nicht erklären. Es ist mehr ein Gefühl.« Eusebia zögerte, wagte es aber nicht, ihr die ganze Wahrheit zu sagen. »Manchmal hat sie etwas Lauerndes in ihrem Blick, so, als würde sie dich beobachten und … Wie drücke ich das aus? Als führe sie nichts Gutes im Schilde.«

»Ich glaube, da täuschst du dich. Sie ist mir treu ergeben und kümmert sich liebevoll um Lia. Was sollte sie Böses planen?« Priscilla lächelte ihre Leibsklavin beruhigend an.

Aber Eusebia schüttelte den Kopf. »Hast du dich nie gefragt, woher dein Mann von den Briefen wusste? Und wo du sie aufbewahrst?«

Priscilla wurde blass. »Nein, das habe ich nicht«, sagte sie langsam. »Du denkst wirklich, Tuja ...?«

Die Sklavin nickte.

Priscilla ließ sich auf einen Stuhl sinken. »Tuja«, murmelte sie. »Aber warum? Warum tut sie das? Was habe ich ihr getan?«

»Nichts, Herrin. Die Frage ist auch nicht, ob du sie verärgert hast. Die Frage ist ...« Eusebia redete nicht weiter.

»Was meinst du?«

»Nun. Herrin, es ist so, dass Tuja ... Nun ...« Eusebia hatte keine Wahl. Sie musste reden. »Nun, Herrin, es ist so. Tuja liebt deinen Mann. Und er lässt sie im Glauben, dass er diese Liebe erwidert. Sie würde alles für ihn tun.«

»Das kann nicht sein! Das hätte ich bemerkt!« Priscilla war aufgesprungen. Aber dann erinnerte sie sich an Blicke, die sie nicht zu deuten wusste, kleine Bemerkungen. Dass ihr Mann sich an den Sklavinnen vergriff, wusste sie. Sie hatte längst aufgehört, sich darum zu kümmern, wer gerade seine Favoritin war. Warum hätte es ihr bei Tuja auffallen sollen? Priscilla sah auf den Brief, strich sanft mit ihren Fingern über das Papier. Welch ein Vertrauensbruch! Welch ein Verrat!

»Bitte lass mich allein«, sagte sie schließlich leise. »Ich möchte gerne meinen Brief lesen.«

Es war ein kalter und verregneter Wintertag, als Priscilla an der Seite von Paulla das erste Mal das Haus des Arztes Manassos betrat. Ihre Tochter Lia hatte sie bei sich, wollte sie diese doch dem Ältesten der christlichen Gemeinde vorstellen.

Priscilla wusste nicht, was sie erwartet hatte. Aber sie war überrascht, dass das Haus, das kleiner war als das ihre, dennoch einer normalen römischen Villa glich. Nur die Statuen mit den Göttern und der Hausaltar fehlten.

Manassos war an die fünfzig Jahre alt, ein großer, kräftiger Mann mit freundlichen Augen. Er kam ihnen mit offenen Armen entgegen. »Ich grüße dich, Priscilla. Ich grüße dich, Paulla.« Er umarmte beide herzlich und nahm Priscillas Hände. »Ich freu mich sehr, dich in meinem Haus willkommen zu heißen.« Er beugte sich zu der kleinen Lia. »Und du, liebe Lia, ich freue mich, auch dich kennenzulernen.«

Lia klammerte sich am Kleid ihrer Mutter fest und versuchte sich in den Falten zu verstecken.

»Verzeih, Herr.« Priscilla wollte nicht unfreundlich oder abweisend wirken und versuchte, ihre Tochter hervorzuziehen.

Aber Manassos lächelte und richtete sich wieder auf. »Lass sie. Es ist alles fremd für deine Tochter. Sie wird ihre Scheu noch verlieren.«

Mit einer Geste lud er Priscilla und Paulla ein, ihm zu folgen. »Ich bringe euch zu Sofia, meiner Frau.« Sie betraten einen Speiseraum, der nicht so groß war wie ihrer, aber in seiner Schlichtheit warm und einladend wirkte.

Eine Frau erhob sich. Auch sie war schon älter. Sie war kleiner und kräftiger als Priscilla. Ihr Gesicht war freundlich und strahlte Güte und Stärke zugleich aus. Auch sie reichte Priscilla beide Hände. »Sei mir willkommen. Bitte setz dich zu uns.« Dann umarmte sie Paulla und lud auch sie mit einer Handbewegung ein, sich zu setzen.

Priscilla war überrascht, noch weitere Gäste zu sehen. Sie hatte damit gerechnet, allein mit dem Ehepaar reden zu können. Aber ein Mann und eine Frau waren ebenfalls anwesend.

Was Priscilla aber noch mehr überraschte, war, dass es sich offensichtlich um Leute handelte, die nicht aus der gehobenen Gesellschaftsschicht stammten.

Der Mann, der nun ebenfalls zur Begrüßung aufgestanden war, war groß, beleibt und trug die grobe Kleidung eines Handwerkers. Er mochte um die dreißig Jahre alt sein. Sein rundes Gesicht wurde von einem dichten Vollbart umrahmt, der weit mehr Haare besaß als der Kopf. Seine Frau war kleiner und schmaler als er. Sie hatte ihr rabenschwarzes, glattes Haar zu einem einfachen Zopf gebunden. Auch ihre Kleidung war schlicht, es war das Kleid einer einfachen

Frau. Sie hatte große, dunkle Augen. Auch sie lächelte Priscilla offen und freundlich an.

»Das sind der Schuhmacher Servius Contente und seine Frau Daphne«, stellte Sofia die beiden vor. »Sie sind aus unserer Gemeinde und gute Freunde.«

Das war neu. Eine Freundschaft zwischen einem Arzt und einem Schuhmacher? Wo hatte es so etwas schon gegeben? Das war ungewöhnlich, wenn nicht gar unmöglich, dachte Priscilla erstaunt.

Aber es schien sich um eine enge Bekanntschaft zu handeln, die Paulla teilte. Denn auch diese begrüßte beide mit einer herzlichen Umarmung.

Etwas verunsichert setzte sich Priscilla so, dass Lia zwischen ihr und Daphne saß. Das Mädchen war noch verunsicherter als ihre Mutter. Ein fremdes Haus, fremde Leute. Aber die Frau, die neben ihr saß, lächelte sie freundlich an. Schüchtern lächelte Lia zurück. Die Frau war zumindest netter als die Römerinnen, die immer bei ihrer Mutter zu Gast waren.

Sofia wandte sich an Priscilla. »Ich bin sehr froh, dass ich dich endlich kennenlerne. Berenike ist mir eine enge Freundin. Sie und ihr Mann genießen bei uns und in der Gemeinde hohes Ansehen. Vor allem, da sie den Christen, die Rom verlassen müssen, Unterschlupf und Hilfe geben.«

Sie sah, wie Priscilla einen Blick auf die anderen Gäste warf. »Hab keine Angst, liebe Freundin. Wir können offen reden. Servius und Daphne wissen über alles Bescheid. Wir reden in der Gemeinde offen darüber und beten viel für dich und deine Tochter.«

»Dann ist es wirklich wahr? Ihr betet für mich, obwohl ich nicht an euren Gott glaube?«

Manassos lachte. »Natürlich, Priscilla. Gott hat dich uns anvertraut. Wir kennen deine Not. Wenn wir auch nicht helfen können, beten können wir immer für dich und deine Familie.«

Sofia hatte ihrem Gast einen Becher mit Wein und Wasser gefüllt. Sie reichte ihn ihr. »Jetzt trink erst einmal etwas.« Dann deutete sie auf den gedeckten Tisch. »Und bediene dich.«

Daphne hatte einen Apfel in die Hand genommen. »Hast du etwas dagegen, wenn ich den Apfel für deine Tochter klein schneide?«

Überrascht schüttelte Priscilla den Kopf. »Nein. Tu das. Danke.« Sie wusste nicht, wie sie reagieren sollte. Sie war Freundlichkeit und Fürsorge für ihr Kind durch andere als ihre Sklaven nicht gewohnt.

Daphne schälte den Apfel und schnitt ihn klein. Sie hielt Lia den ersten Schnitz hin. Das Mädchen sah zuerst ihn, dann Daphne mit großen Augen an. Dann ging ihr Blick zu ihrer Mutter. Priscilla nickte ihr beruhigend zu. »Nimm nur, mein Liebes.«

Lia sah noch einmal zu Daphne. War das wirklich so gemeint? Aber die fremde Frau lächelte sie aufmunternd an. »Oder magst du keine Äpfel?«, fragte sie freundlich.

»Doch«, flüsterte Lia. Ganz vorsichtig nahm sie den Apfel. Vielleicht wurde er doch im letzten Moment zurückgezogen, so wie es ihre Brüder gemacht hätten. Aber nichts passierte. Im Gegenteil, die Frau überließ ihr den Schnitz und legte den nächsten bereit.

»Danke.« Priscilla kämpfte mit den Tränen. Ihre Freundinnen hätten sich längst darüber beschwert, dass Lia im Speiseraum war. So etwas gehörte sich nicht. Wozu hatte sie ein Kindermädchen?

Sofia lächelte sie an. »Du scheinst Freundlichkeit nicht gewohnt zu sein. Das tut mir leid. Aber du sollst wissen, dass du und deine Tochter, dass ihr uns jederzeit willkommen seid.«

Priscilla wandte sich Paulla zu. Ihre Freundin lächelt sie an. »Es war höchste Zeit, dich in dieses Haus zu bringen, nicht wahr?« Ja, dachte Priscilla, ja, das war es.

Am Abend saß Priscilla am Bett ihrer Tochter. »Das war ein schöner Tag heute, nicht wahr?«, sagte sie leise.

Lia nickte eifrig. »Daphne ist nett. Ich mag sie.«

»Und sie mag dich.«

»Besuchen wir die Leute wieder mal?« Lia sah ihre Mutter mit fragenden Augen an.

»Ganz bestimmt, mein Liebes.«

»Und wird Daphne dann auch da sein?«

»Vielleicht nicht immer, aber du wirst sie sicherlich wieder sehen.«

Lia kuschelte sich in ihre Decke und zog ihre Puppe eng an sich. »Das ist schön«, sagte sie und gähnte.

»Ja, das ist es.« Priscilla beugte sich über ihre Tochter und küsste sie auf die Stirn. »Aber jetzt schlaf, mein Liebes.« Sie stand auf und rief nach Tuja, die vor der geschlossenen Tür wartete.

Die Sklavin kam herein. Sie trat an das Bett des Mädchens. »Nun, kleine Lia, dann wache ich wieder über deinen Schlaf.« Sie hob den Kopf und sah ihre Herrin seltsam an.

»Was ist?«, fragte Priscilla. »Gibt es etwas, das du mir sagen willst?«

Tuja zuckte mit den Schultern. »Nein, Herrin. Ich frage mich nur, wo du mit Lia warst.«

»Ich habe Paulla besucht, das weißt du.«

»Ohne mich mitzunehmen? Ich hätte mich um Lia kümmern müssen.«

»Du willst mir Vorschriften machen?«

»Nein, Herrin. Das würde ich nie wagen.«

Priscilla sah Tuja an. »Nun, dann gewöhne dich daran, dass ich dich nicht brauche, wenn ich außerhalb des Hauses mit Lia unterwegs bin. Ein Kind in ihrem Alter braucht nicht mehr die ständige Betreuung durch ihre Sklavin.«

»Ja, Herrin, verzeih mir«, erwiderte Tuja mit unschuldigem Blick.

Priscilla dachte an die Warnung ihrer Leibsklavin. Ja, es stimmte, Tuja verhielt sich seltsam. »Hm.« Sie öffnete die Tür. »Dann gute Nacht, Tuja.«

»Gute Nacht, Herrin.«

Priscilla ging ins Peristylium, blieb jedoch unter dem schützenden Dach stehen und blickte in den Garten. Es regnete immer noch. Die Luft war kalt, viel zu kalt, um sich draußen aufzuhalten. Aber sie tat auch gut, klärte die Gedanken und die Sinne.

Priscilla dachte über den Tag nach, über den Besuch bei Sofia und Manassos, über Servius und Daphne. Die Freundlichkeit, die sie dort erlebt hatte, war anders als die, die sie sonst kannte. Sie war ohne Falsch gewesen, ohne böse Hintergedanken. Ihr Misstrauen und ihre Unsicherheit waren sehr schnell vergangen. Es war so einfach gewesen, mit diesen doch fremden Menschen offen und ehrlich zu reden.

Sie dachte an Paulla und empfand eine tiefe Dankbarkeit. So lange kannten sie sich, aber jetzt erst wurde sie ihr zur Freundin, zur Vertrauten.

Ja, es war ein schöner Tag gewesen. Alles hatte sich trotz der Kälte des Winters warm und gut angefühlt. Was waren das für Menschen? Was war anders an ihnen? Machte das wirklich ihr Glaube?

Sie wandte sich noch einmal zum Schlafraum ihrer Tochter um. Und warum sah Tuja sie so seltsam an? Etwas stimmte nicht, da hatte Eusebia recht. Sie musste vielleicht doch vorsichtiger sein.

Dann kam ihr Gaius in den Sinn. Was würde ihr Mann sagen, wenn er von dem Besuch erfuhr? Eusebia war die Einzige, die davon wusste. Und Lia. Sie hatte dem Mädchen gesagt, dass sie niemandem davon erzählen sollte. Es sollte ihr Geheimnis bleiben. Aber wie standhaft konnte eine Vierjährige sein?

Priscilla blickte in den Nachthimmel. »Du, fremder Gott, wenn es dich wirklich gibt, dann wirst du Lia und mich beschützen, nicht wahr? Dann wirst du dafür sorgen, dass mein Mann nichts davon erfährt. Das wirst du doch, oder?« Sie lauschte in die Nacht. Der Regen fiel gleichmäßig und ruhig. Kein Wind wehte. Priscilla straffte schließlich ihre Schultern. Was sollte das? Hatte sie etwa eine Antwort erwartet? Wie lächerlich.

Sie rief nach Eusebia. Sie sollte ihr noch etwas Warmes zu trinken bringen.

Wie konnte sie zu einem Gott beten, an den sie nicht glaubte? Oder tat sie es doch?

Berenike war in ihren Briefen so überzeugend. Und die Freundlichkeit der Menschen heute ließen sie ihre Zweifel hinterfragen.

Verwirrt und mit vielen unbeantworteten Fragen im Kopf ging Priscilla schließlich zu Bett.

»Herr.« Tuja nahm die Hand ihres Geliebten, der neben ihr lag, und führte sie an den Mund, um sie zu küssen. »Du hast mich gebeten, dir zu sagen, wenn deine Frau sich seltsam verhält.«

Gaius Dexter nickte. »Was gibt es?«

»Nun.« Tuja sah ihn an. Wie sehr liebte sie diesen Mann! Nie würde sie ihn enttäuschen. »Sie hat heute Paulla besucht. Zusammen mit Lia. Mich aber hat sie nicht mitgenommen.«

»Na und?«, fragte Gaius gelangweilt. Besuche seiner Frau waren das, was ihn am wenigstens interessierte.

»Das ist unüblich. Normalerweise bin ich dabei und kümmere mich um Lia. Ich meine, kleine Kinder haben nichts im Speiseraum der Erwachsenen verloren, wenn Gäste zugegen sind.«

»Hm.« Gaius überlegte. Paulla, die Frau des Schwächlings Tiberius. Genauso naiv und dumm wie seine Ehefrau. »Ich sehe nicht, was daran bedenklich wäre.«

Tuja wurde unsicher. Sie wollte es sich nicht mit Gaius verderben, den sie liebte und dem sie alles geben konnte, was er brauchte. »Ich weiß nicht. Ich dachte, du solltest das wissen.«

Gaius stand vom Bett auf und fing an, sich anzukleiden. »Schreibt meine Frau Briefe an Berenike?«

»Nein, Herr.« Tuja verstand den Zusammenhang nicht.

»Bekommt sie Briefe von dieser Verräterin?«

»Nein, Herr, auch das nicht.«

Gaius zuckte die Schultern. »Dann ist es auch nicht wichtig. Paulla ist irgendeine dumme Freundin. Soll sie allein mit Lia zu ihr gehen. Wenn sie das nicht stört, dann ist es eben so.« Er ging zur Tür. »Solange meine Frau keine Briefe mehr mit Berenike wechselt, besteht keine Gefahr.«

Tuja nickte. »Das geschieht ganz sicher nicht. Das würde ich auf jeden Fall mitbekommen und dir sofort berichten.«

»Gut.« Gaius öffnete die Tür und ging, ohne Gruß und ohne ein freundliches Wort hinaus.

Aber Tuja sah ihm nur mit träumerischen Augen nach. Was für ein Mann! Ihre Herrin wusste überhaupt nicht zu schätzen, wen sie da an ihrer Seite hatte. Gut, dass er stattdessen sie hatte.

4. Verrat

Es war ein früher Vormittag, als Gaius heimlich Marius Flavius folgte, dem Vetter des Kaisers, der in Gegenwart Domitians stets leutselig, verbindlich und zurückhaltend war, wie es sich für einen treuen Weggefährten gehörte. Er hatte vor seinem Haus gewartet, bis dieser es verlassen hatte. Überrascht sah Gaius, dass Flavius vor einer Taverne stehen blieb und sich mehrmals umsah, bevor er diese betrat. Gaius wartete kurz, dann folgte er ihm. Die Taverne war verwinkelt, überall gab es Verschläge und Nischen, so als wäre sie eigens für heimliche Gespräche eingerichtet worden. Vorsichtig sah Gaius sich um. Dann entdeckte er Flavius. Erstaunt sah der Tribun, dass er mit einem Mann in einer Ecke saß, der nicht dem Adel anzugehören schien. Im Gegenteil, seine Kleidung und sein Aussehen ließen darauf schließen, dass er der Gladiatorenschule entstammte. Die Männer waren in ein Gespräch vertieft. Sie bemerkten den Tribun nicht.

Gaius ließ sich an dem Tisch nieder, der durch eine Holzwand getrennt dem Tisch der beiden am nächsten stand. Er war neugierig, was die beiden zu bereden hatten. Wer sich in so einer Taverne traf, konnte nichts Gutes im Schilde führen. Gaius rechnete damit, dass es um Klüngeleien und geheime Absprachen für die nächsten Gladiatorenkämpfe ging.

Der Wirt kam mit einem Krug Wein und einem Becher auf den Tribun zu. Gaius gab ihm mit einem Wink zu verstehen, beides auf dem Tisch abzustellen. Er schenkte sich ein, ohne zu trinken. Zurückgelehnt saß er da, den Kopf an der Trennwand, sodass er jedes Wort, das am Nebentisch gesprochen wurde, verstehen konnte, obwohl beide Männer leise sprachen.

»Glaubst du, dass du es in seine Nähe schaffst, ohne bemerkt zu werden?« Gaius kannte die Stimme nicht. Das musste der Gladiator sein.

»Ich werde mich ihm offen nähern müssen. Du weißt, dass er mich sehen kann, wenn ich mich von hinten nähere.« Aha. Das war also Flavius. Was sie wohl planten?

»Die verfluchten Säulen!«, zischte der Gladiator. »Sie könnten alles zunichtemachen.«

Jetzt wurde Gaius hellhörig. Seine Neugier wich echter Wachsamkeit. Es konnte sich nur um die polierten Säulen im Palast handeln. Dann ging es um den Kaiser! Entsetzt riss er seine Augen auf.

»Nicht, wenn wir offen vorgehen. Er wird keinen Verdacht schöpfen.«

»Aber es würde deinen Tod bedeuten. Wenn es denn gelingt.« Der Gladiator machte eine Pause.

Er klang, als würde er trinken. Gaius schüttelte den Kopf. Nur Barbaren machten so laute Geräusche, wenn sie einen Becher leerten.

»Den Tod nehme ich in Kauf. Und gelingen wird es. Mir gegenüber hegt Domitian keinen Verdacht. Er hält mich für unscheinbar, langweilig, kalkulierbar. Das ist unsere Chance. Ganz abgesehen davon bist du, Pugnus, meine Garantie, dass ich überleben werde.«

Gaius zuckte zusammen. Pugnus! Der Gladiator, der nur »die Faust« genannt wurde. Man behauptete, dass er einen Mann mit einem bloßen Fausthieb töten konnte. Der Tribun wagte kaum zu atmen, um kein Wort zu verpassen.

»Glaubst du, der Kaiser erkennt mich nicht? Auch in einfacher Sklavenkleidung bin ich immer noch größer und breiter als andere.«

»Pah. Glaubst du, Domitian wird dich überhaupt eines Blickes würdigen? Als Sklave wird er dich nur wie ein Schatten wahrnehmen, wenn überhaupt. Er wird nicht begreifen, was passiert. Und bis seine Prätorianer eingreifen, wird es bereits zu spät sein. Dann ist Domitian tot und du ebnest mir den Weg hinaus ins Freie.«

»Seine Wachen sind gut ausgebildet. Was macht dich so sicher, dass ich ihnen gewachsen bin?«

Flavius lachte auf. »Machst du Witze? Bei deinen Fähigkeiten?«

Wieder trat Stille ein. Gaius wartete geduldig. Eines fehlte noch in der Unterhaltung.

Und richtig, Pugnus sprach es an: »Was springt dabei für mich heraus?«

»Die Freiheit.«

»Davon kann ich mir nichts kaufen.«

»Ich war noch nicht fertig. Ich gebe dir 5000 Denare. Dafür wirst du Rom verlassen. Und dich hier nie wieder blicken lassen.«

»Gib mir deine Hand darauf.«

Gaius konnte hören, wie sie die Abmachung besiegelten.

»Also, morgen, zur sechsten Stunde. Sei pünktlich.« Flavius war aufgestanden. Gaius versteckte hastig seinen Kopf unter dem Umhang. Aber Flavius bemerkte ihn nicht. Er wandte sich um und ging.

Der Tribun wartete, bis auch der Gladiator gegangen war. Dann machte er sich schnell auf den Weg in den Palast. Domitian würde nicht erfreut über diese Botschaft sein, aber er, Gaius, konnte so seine Treue unter Beweis stellen. Und eine gute Belohnung erwarten.

Domitian stand im Saal des Palastes und hatte die Arme hinter dem Rücken verschränkt.

Wie üblich standen Prätorianer an den Wänden, bereit, den Kaiser zu schützen, falls es notwendig wurde. Gaius Dexter war ebenfalls zugegen. Als Tribun der Prätorianergarde stand er in unmittelbarer Nähe zum Kaiser.

Heute waren einige Senatoren da und redeten auf den Kaiser ein. Gelangweilt hörte dieser zu. Es waren immer die gleichen Probleme. Schlechte Straßen, Handwerker, die ihre Aufträge ungenügend erledigten, und ähnliche Dinge. Schließlich winkte Domitian ab. »All diese Dinge höre ich von euch Tag für Tag. Warum wendet ihr euch damit nicht an meine Verwalter? Muss ich, der Kaiser, mich um solche Kleinigkeiten kümmern?«

»Herr.« Ein Senator war vorgetreten. »Es sind keine Kleinigkeiten. Jeder einzelne Fall vielleicht schon. Aber es ist die Summe …«

»Schweig«, unterbrach ihn der Kaiser. »Hör auf, mich zu langweilen.«

Ein Sklave näherte sich. Ehrerbietig verbeugte er sich vor dem Kaiser. »Marius Flavius ist hier, Herr. Er wünscht dich zu sprechen.«

»Ah.« Domitian nickte. »Welch willkommene Abwechslung.«

Flavius betrat den Saal, gefolgt von seinen Sklaven.

Domitian fiel auf, dass ein einzelner Sklave in einiger Entfernung folgte. Der Sklave war groß und kräftig. Seinen Umhang hatte er über den Kopf gezogen, sodass man sein Gesicht nicht erkennen konnte. Ein leichtes Lächeln huschte über das Gesicht des Kaisers.

Aber Flavius bemerkte es nicht. Leichten Schrittes ging er auf Domitian zu, der ihn freudig begrüßte.

»Marcus Flavius. Was führt dich zu mir? Willst du mich von dem langweiligen Geschwätz der Senatoren erlösen? Dann bin ich dir zu Dank verpflichtet.« Der Kaiser ging mit weit geöffneten Armen auf Flavius zu.

Dieser lächelte ebenfalls. Nur noch zwei Schritte trennten ihn von Domitian. Blitzschnell zog Flavius ein Messer hervor, um es dem Kaiser ins Herz zu stechen. Sein Blick war starr auf sein Opfer gerichtet.

Er hob seine Hand mit dem Messer zum Stoß, als im selben Augenblick sein Arm nach hinten gerissen und sein Handgelenk fest umklammert wurde, sodass er vor Schmerz aufschrie und das Messer fallen ließ. Was war das? Was war passiert?

Flavius sah den Kaiser wie erstarrt vor sich stehen. Wer also hatte ihn angegriffen? Jetzt erst sah er, dass der Tribun neben ihm stand und ihn fest im Griff hatte. »Tribun«, stöhnte Flavius. »Du?!«

»Ja, ich.« Gaius hatte jetzt auch den zweiten Arm gepackt und nach hinten gezogen. So übergab er Flavius den anderen Prätorianern.

Dieser wandte seinen Blick auf den Kaiser. Hasserfüllt schrie er: »Tot solltest du sein! Tot! Wer hat mich verraten?« Er versuchte, dem

Kaiser ins Gesicht zu spucken, aber dieser hatte sich längst aus seiner Erstarrung gelöst und war zurückgewichen. Er war zu weit entfernt, als dass Flavius ihn hätte treffen können.

Wutschnaubend und atemlos starrte Domitian seinen Vetter an. »Verräter!«, sagte er mit heiserer Stimme. »Du bist derjenige, der sterben wird. Nicht ich.« Heftig winkte er den Prätorianern. »Führt ihn ab!«, befahl er.

Noch völlig außer Atem sah Domitian den Prätorianern nach, die Marius Flavius und die Sklaven, die in seinem Gefolge waren, wegbrachten.

»Töten wollte er mich!« Der Kaiser ließ sich auf einen Stuhl fallen. »Töten!« Er wandte sich an die Senatoren, die erschrocken bei ihm standen. »Glaubt ihr mir nun, dass es Menschen gibt, dir mir nach dem Leben trachten? Was wollt ihr dagegen tun?«

»Herr, das war nur ein Einzelfall«, wagte einer der Männer einzuwenden.

Domitian schnaubte. »Nur ein Einzelfall!« Er sprang auf und zeigte auf den Mann, der geredet hatte. »Du weigerst dich immer noch zu glauben, dass ich in Gefahr bin? Ich? Dein Kaiser und Gott? Und damit das ganze Reich? Glaubst du, das Reich kann ohne mich überhaupt überleben?« Heftig wandte er sich ab und dem Mann, der hinter ihm stand, zu. »Ich danke dir, Tribun. Du hast dich als treu erwiesen. Allein dir kann ich vertrauen.«

Gaius Dexter verneigte sich. »Ich danke dir, Herr. Du weißt, dass du dich auf mich verlassen kannst.«

»Und wohl auch verlassen muss.« Domitian drehte sich erneut mit einer heftigen Bewegung den Senatoren zu. »Wenn diese Stümper nicht bereit sind, mich zu schützen, bleibt mir ja nichts anderes übrig!« Er winkte einen Schreiber zu sich heran. »Halte fest: Heute spreche ich, Titus Flavius Domitianus, Kaiser und Gott, dem Tribun Gaius Julius Dexter meinen Dank für seine Treue und seinen Mut aus. Er bewahrte mich vor dem Tod durch die Hand meines eigenen Vetters, Marius Flavius. Gaius Julius Dexter deckte den Verrat auf und hinterbrachte mir die Pläne des Verräters. Mein Dank und der

Dank der Götter sollen ihm stets sicher sein. Rom soll sich immer seiner Treue und seiner Ergebenheit erinnern.«

Gaius Dexter verneigte sich erneut. »Herr, ich danke dir für diese große Ehre.«

Der Kaiser winkte ab. »Das ist das Mindeste, das ich tun kann. Aber es soll nicht das Einzige bleiben. Morgen werde ich einen Boten zu dir senden. Ich hoffe, du wirst meinen Dank auch in Form von Gold annehmen.«

Der Tribun legte die Hand auf seine Brust. »Herr, das ist mehr, als ich verdient habe. Ich habe nur meine Pflicht getan.«

Jetzt lächelte Domitian hinterhältig. »Ja, das hast du, Tribun. Das hast du. Ich weiß deine selbstlose Tat durchaus zu schätzen.« Der Spott in seiner Stimme war Gaius nicht entgangen. Er wurde rot, sagte aber nichts mehr.

Domitian schickte den Schreiber weg. Dann winkte er den Tribun näher zu sich heran.

»Und Pugnus? Was hast du mit dem Gladiator gemacht? Er hätte Marius Flavius schützen sollen. Ich vermute, der vermummte Sklave am Eingang war jemand anderes.«

»O ja, Herr. Wir haben Pugnus bereits heute Nacht unschädlich gemacht. Er besucht längst das Totenreich. Ein Prätorianer, der ihm von Statur und Größe ähnelt, hat sich seine Kleider und seinen Umhang genommen. Marius Flavius musste ihn für Pugnus halten und sich sicher fühlen.«

Der Kaiser nickte anerkennend. »Gut gemacht, Tribun. Gut gemacht.« Er legt ihm die Hand auf die Schulter. »Halte deine Augen und Ohren weiterhin offen. Deine Dienste sind von großer Wichtigkeit. Und denke immer daran, dass du damit nicht mir allein dienst, du dienst damit Rom! Dem ganzen Römischen Reich!«

Mit diesen Worten war der Tribun entlassen.

Ja, er hatte erreicht, was er wollte. Jetzt endlich besaß er Domitians ganzes Vertrauen.

Priscilla starrte auf die Goldmünzen, die in einer kleinen Truhe gebracht worden waren. »Welchen Dienst hast du Domitian erwiesen, dass er sich so großzügig zeigt?« Sie schaute ihren Mann herausfordernd an.

Gaius Dexter straffte die Schultern. »Ich habe ihn vor Verrat geschützt und ihm das Leben gerettet.«

»Das Leben gerettet? Wollte ihn jemand töten?«

»Ja, es gab einen Anschlag. Aber der Kaiser war dank meiner Hilfe gewarnt und konnte diesen abwehren.«

Priscilla wurde nachdenklich. »Du begibst dich immer mehr in seine Hand, sodass er absolute Macht über dich hat. Er wird eines Tages von dir zurückfordern, was er dir jetzt zuteilwerden lässt.«

Der Tribun lachte laut auf. »Warum sollte der Kaiser das Geld zurückverlangen?«

Aber Priscilla schüttelte den Kopf. »Ich meine nicht das Geld. Er wird von dir weitere Dienste einfordern. Glaubst du, er ist selbstlos? Sein Verfolgungswahn hat schon manches Leben gefordert. Wann wirst du für ihn töten müssen?«

Der Tribun machte eine wegwerfende Handbewegung. »Unsinn! Jetzt fängst du auch noch damit an. Nichts von alle den Gerüchten ist wahr.« Er schüttelte den Kopf. »Was bist du nur für eine missgünstige Frau? Freu dich! Sei stolz auf deinen Mann! Das ist deine Aufgabe. Aber nein, das kannst du nicht. Du kannst nur nörgeln und hast an allem etwas auszusetzen. Ich habe Domitians Vertrauen! Auf mich kann er sich verlassen! Und das weiß er! Ich habe mir das Gold redlich verdient. Also hör auf mit deinen Unkenrufen. Sie sind mir zuwider!« Er stieß sie zur Seite. »Was sollte der Kaiser von mir fordern, das er nicht sowieso schon besitzt?«

Aber Priscilla sollte recht behalten.

Der Winter war vorbei und hatte dem Frühling Platz gemacht. Vögel zwitscherten, ein leichter, angenehmer Wind wehte durch die Stadt Rom und brachte die erste warme Luft in die Empfangshalle des kaiserlichen Palastes auf dem Palatin. Es war ein großer, reich geschmückter Saal. Lebensgroße Statuen von Göttern und Helden, lange fließende Vorhänge, Wandmalereien und Marmorsäulen beeindruckten jeden, der zum ersten Mal die Halle betrat. Der Boden, ebenfalls aus Marmor, zeigte kunstvoll gelegte, verschiedenfarbige Ornamente.

Domitian hatte den Blick starr auf den Boden gerichtet, während er die Halle mit großen Schritten auf und ab ging. Schließlich blieb er vor einem der Senatoren stehen. »Er nimmt sie bei sich auf?«

»Ja, Herr und Gott. Das tut er.«

»Und dann?«, schnaubte der Kaiser. »Was macht er dann mit ihnen? Er kann sie nicht alle durchfüttern!«

»Nun, er hilft ihnen, eine neue Bleibe zu finden. Er nennt ihnen Namen und Orte, wo ihnen weitergeholfen wird oder wo sie sich ansiedeln können.« Der Senator fühlte sich sichtlich unwohl in seiner Haut.

»Ah, ich verstehe.« Domitian überkreuzte seine Arme. »Ich vermute, er lässt sich gut dafür bezahlen.« Er lachte laut auf. »So kann man sich seinen Lebensunterhalt auch verdienen.«

Der Senator schüttelte den Kopf. »Nein, Herr. Das ist nicht der Fall. Im Gegenteil. Er versorgt die, die mittellos sind, mit allem Notwendigen, was sie für die Weiterreise brauchen, und gibt ihnen die Mittel, damit sie für die erste Zeit gut versorgt sind. Er nimmt nur von denen, die selbst genug Geld besitzen, einen Lohn. Wenn ihm jemand etwas für seine Hilfe gibt, reicht er einen Teil weiter an die christliche Gemeinschaft. Er behält nur für sich, was er für andere braucht.«

Domitian stampfte wütend auf. »Marcus Dequinius. Zwei Jahre ist es her, dass du dich aus Rom fortgeschlichen hast. Noch in der Ferne wirst du mir zur Plage! Ich hätte dich nicht ziehen lassen, sondern ins Gefängnis werfen sollen. Dich und deinen Sohn und diese Sklavin. Alle miteinander! Dein ganzes Haus hätte ich vernichten sollen!«

Er verschränkte die Hände hinter seinem Rücken und lief wieder auf und ab. »Ich werde ihn aufhalten«, sagte er. »Ich werde ihn aufhalten.« Er wandte sich dem Mann zu, der neben dem Senator stand. »Nun, Tribun. Er ist dein Schwager. Siehst du in ihm eine Gefahr?«

Gaius Dexter schüttelte den Kopf. »Nicht für dich, Herr. Nicht für das Reich. Aber es ist wahr, er verführt die Menschen und versucht sie zu diesem neuen Glauben zu überreden.«

Domitian schnaubte. »Dieser neue Glaube ist gegen mich gerichtet! Damit ist Dequinius eine Gefahr.« Wieder lief er die Halle auf und ab, die Hände hinter dem Rücken verschränkt. Dann blieb er stehen, wippte ein paarmal mit den Füßen. Nachdenklich sah er den Tribun an. »Hat er auch dich verführt?« Die Frage kam leise, lauernd.

Aber Gaius schüttelte den Kopf. Unwillkürlich wich er zurück. »Ganz sicher nicht, Herr.«

»Hat er es versucht?«

»Nein, Herr. Das hat er nicht.«

»Auch nicht bei deiner Frau?«

Der Tribun atmete tief durch. »Doch, Herr. Er hat die Sklavin auf meine Frau angesetzt.«

»Die Sklavin, die er geheiratet hat? Wie war noch einmal ihr Name?«

»Berenike, Herr.«

»Und? Hast du etwas dagegen unternommen? Oder ist deine Frau zur Christin geworden?«

Empört fuhr Gaius auf. »Herr, nein, natürlich nicht! Ich habe alle Briefe verbrannt und meiner Frau den Umgang mit Dequinius und seiner Sippschaft untersagt. Sie wird es nicht wagen, noch einmal mit ihnen in Kontakt zu treten.«

»Was macht dich da so sicher?«

»Nun, sie ist ganz an mich gebunden. Sie hat kein Vermögen. Ihre Familie würde ihr keinen Schutz bieten. Ihr Vater hat ihr deutlich zu verstehen gegeben, dass er sie nicht bei sich aufnehmen würde, wenn sie mich verließe. Im Gegenteil, er würde sie verstoßen und aus Rom fortschicken.«

»Dequinius könnte sie aufnehmen.«

»Ja!« Gaius lachte laut auf. »Aber unsere Tochter müsste bei mir bleiben. Und von ihr wird sie sich nicht trennen. Sie ist das Pfand, das ich in der Hand halte.«

»Das sind gewichtige Gründe. Was aber, wenn sie hinter deinem Rücken Kontakt hält? Wenn sie dich hintergeht?«

Gaius schüttelte den Kopf. »Das würde ich erfahren. Die Sklavin, die sich um unsere Tochter kümmert, ist mir treu ergeben. Sie würde mir alles erzählen.«

»Du schläfst mit ihr?«

Der Tribun zuckte gleichgültig mit den Schultern. »Sie liebt mich. Und glaubt, ich liebe sie auch. Warum sollte ich das nicht nutzen?«

Der Kaiser nickte anerkennend. »Sehr gut, Tribun. Sehr gut.«

Der Tribun fühlte sich bestärkt und sprach weiter. »Ich selbst habe jeden Kontakt zu Dequinius für immer und unwiderruflich abgebrochen. Er ist nicht mehr mein Schwager. Er ist ein Feind Roms. Und damit auch meiner!«

»Ah.« Der Kaiser lachte. »Also doch! Er ist also doch eine Gefahr für mich.«

Gaius Dexter wurde rot. Er straffte die Schultern, um seine Unsicherheit zu überspielen. »Ja, Herr. So scheint es«, gab er widerstrebend zu. Er fühlte sich durch die Fragen Domitians zunehmend in die Enge getrieben. Worauf wollte er hinaus? Was plante er gegen Marcus Dequinius? Und warum beunruhigte ihn das Ganze? Das Schicksal seines Schwagers konnte ihm doch gleichgültig sein. Er schuldete Dequinius nichts. Dieser sprach sich durch sein Verhalten selbst das Urteil.

Der Kaiser schien wieder zu überlegen. Ruhig stand er vor dem Tribun, eine Hand am Kinn, ohne diesen aus den Augen zu lassen. »Sag mir eins, Tribun«, begann er schließlich langsam, seine Gedanken in Worte zu fassen. »Ich tue alles, um die Christen hier in Rom von ihrem verräterischen Treiben abzuhalten. Ich halte sie auf, wo es geht, führe sie ihrer gerechten Strafe zu. Aber, so frage ich dich, kann das von Erfolg gekrönt sein, wenn sie außerhalb Roms Unterstützung finden?«

»Nein, Herr. Das kann es nicht«, antwortete Gaius Dexter vorsichtig. Langsam verlagerte er sein Gewicht von einem Bein auf das andere. Jetzt musste er auf jedes Wort aufpassen, das er sagte.

Der Kaiser fuhr fort. »Dann genügt es also nicht, wenn ich nur Rom im Blick habe, nicht wahr? Dann muss ich auch außerhalb Roms handeln. Oder was denkst du?«

»Herr.« Der Tribun zögerte kurz. Aber dann straffte er die Schultern. »Herr, du hast recht. Ich stimme dir zu.«

Der Kaiser nickte bedächtig. »Dann werde ich handeln müssen. Dequinius muss vernichtet werden. Und du, Tribun, wirst das für mich erledigen.«

Gaius Dexter nickte entschlossen, obwohl sich etwas in ihm sträubte. «Was verlangst du von mir, Herr?«

»Nun.« Der Kaiser wippte auf und ab. »Das ist ganz einfach. Hör genau zu.«

Und der Tribun hörte zu. Doch dann geschah etwas, was ihm noch nie passiert war. Er bekam Angst. Die Aufgabe, die er erledigen sollte, ließ ihn innerlich frieren. Er war Soldat. Befehl und Gehorsam waren sein Leben. Die Gefahr, selbst im Kampf getötet zu werden oder einen anderen zu töten, gehörte dazu. Aber das hier ging weiter. Als er den Gladiator Pugnus hatte töten lassen, war das in Ordnung gewesen. Da hatte eine konkrete Gefahr bestanden. Aber Dequinius? Berenike? Die Kinder? Heimtückisch und hinterhältig? Ohne Anlass?

Ziellos lief der Tribun nach der Unterredung mit dem Kaiser durch die Straßen Roms. Um ihn herum herrschte reges Treiben. Händler priesen ihre Waren lautstark an. Vor den Garküchen standen die Menschen, um eine schnelle Mahlzeit einzunehmen. Sklaven riefen mit lauter Stimme »Platz da!«, um ihren Herren den Weg frei zu schaffen. Dirnen standen vor den Tavernen und warteten auf Freier.

Der Tribun nahm das alles nur am Rande wahr. Zum ersten Mal in seinem Leben wusste er nicht, was zu tun war. Bisher hatte er immer nach dem Maßstab gehandelt, nichts zu hinterfragen, so lange es ihm von Vorteil war. Seinen Schwager hatte er, als dieser noch in Rom gelebt hatte und Prätor war, oft besucht und das, was er dort gesehen hatte, ohne Gewissensbisse dem Kaiser erzählt. Es war ihm gleich gewesen, welche Auswirkungen das für den Prätor hatte. Wenn der Kaiser rief, dann folgte er. Wenn der Kaiser fragte, dann antwortete er. Was war da schon dabei? Er war schließlich Kaiser, Herr und Gott. Sein Befehl galt. Außerdem hatte er ihn, den Tribun, immer gut für seine Dienste bezahlt.

Aber das jetzt, das ging zu weit. Zum ersten Mal meldete sich sein Gewissen, zum ersten Mal stellte er den Befehl des Kaisers infrage.

Und dennoch. Hatte Dequinius sein Urteil nicht selbst zu verantworten? Hatte er mit seinem Verhalten nicht selbst den Zorn des Kaisers heraufbeschworen?

Gaius Dexter dachte an seine Frau, an die Briefe, die sie von Berenike erhalten hatte, und wie sich ihr Verhalten ihm gegenüber verändert hatte, seit sie diese Briefe bekam. Sie war aufmüpfiger geworden, hatte sein Handeln wiederholt infrage gestellt. Seine Frau! Was bildete sie sich eigentlich ein? Und Schuld daran hatte allein Marcus Dequinius! Er, der ihn immer verachtet hatte! Der es gewagt hatte, ihn aus seinem Haus zu jagen, als er sich seiner Sklavin nähern wollte! Eine Sklavin! Dieser Mann hatte sie sogar geheiratet! Und ihm, dem Tribun Gaius Dexter, Vertrauter des Kaisers, ihm hatte er Unmoral und Schwäche vorgeworfen! Ihn hatte er wie einen unreifen Jüngling behandelt! Wie Dreck!

Der Tribun steigerte sich immer mehr in diese Gedanken hinein. In seiner Wut trat er nach einem Käfig mit Hühnern, der ihm im Weg stand, sodass dieser aufging und die Hühner herausflatterten. Den Fluch, den der Händler ihm hinterherrief, hörte er nicht. Ihn interessierte nur seine Wut! Sein Hass auf den großen und geschätzten Marcus Dequinius! Auf den Verführer seiner Frau! Verräter Roms! Nein, er würde sich dem Kaiser als treu erweisen. Ihm allein gebührten Gehorsam und Hingabe!

Und dies war ein Befehl des Kaisers! Zum Wohle des Staates! Zum Wohle des römischen Volkes!

Noch einmal meldete sich sein Gewissen. Aber er schob die Bedenken mit einer heftigen Handbewegung zur Seite. Nein. Sein Entschluss stand fest. Dequinius sollte für seinen Hochmut und seine Selbstgefälligkeit büßen. Ja, der Kaiser hatte recht. Es gab genug Anlass, diesen Mann und sein ganzes Haus aus der Welt zu schaffen. Und er würde diese Aufgabe ausführen und den Dank Domitians in vollen Zügen genießen.

Festen Schrittes ging der Tribun nach Hause. Dort befahl er einem Sklaven, nach Talanus zu schicken, einem Hauptmann der Prätorianergarde. Er sollte unverzüglich zu ihm kommen. Dann begab er sich in seinen Arbeitsraum und wartete dort auf Talanus' Eintreffen. Domitians Plan, wie er Dequinius ausschalten sollte, brauchte einen kühlen Kopf und einen treuen Mitstreiter. Das war der Hauptmann. Mit ihm würde er den Auftrag planen und durchführen.

Priscilla hatte an diesem Abend auf ihren Mann gewartet. Sie musste mit ihm über seine Söhne reden. So ging das nicht weiter. Er musste endlich seiner Pflicht als Vater nachkommen und sie in ihre Schranken weisen. Unruhig lief sie im Peristylium auf und ab, wartete, dass ihr Mann wieder aus seinem Arbeitsraum kommen würde. Sie wusste, dass er dort ungern gestört wurde.

Schließlich kam Eusebia. »Herrin, der Hauptmann Talanus ist gerade gekommen. Ich denke, du wirst heute vergeblich auf deinen Mann warten.«

Priscilla ärgerte sich. Das konnte nicht wahr sein. Sie hatte gerade den nötigen Mut, um mit ihm zu reden. »Dann werde ich die beiden stören«, sagte sie und straffte die Schultern.

»Herrin, du weißt selbst, dass das nicht ratsam ist.«

»Ich bin die Herrin dieses Hauses und die Gattin des Tribuns. Da werde ich ihn wohl aufsuchen dürfen, wenn ich möchte.« Betont aufrecht ging sie davon. Innerlich aber zitterte sie. Wie würde Gaius die Störung aufnehmen? Dass es eine weitere Demütigung bedeuten würde, war ihr klar. Aber wie weit würde er vor seinem Hauptmann gehen?

Priscilla näherte sich dem Arbeitsraum. Die Tür stand einen Spalt offen. Sie fasste nach dem Türgriff, um sie ganz zu öffnen, als sie den Namen ihres Schwagers hörte. Unwillkürlich blieb sie stehen, lauschte. Und was sie hörte, ließ sie am ganzen Körper frieren.

»Wen sollen wir mitnehmen?«, fragte der Hauptmann.

»Ich denke, vier Männer reichen.« Gaius schien zu überlegen. »Silesius und Victens. Außerdem Dubius.«

»Dann fehlt noch einer. Ich schlage Valens vor.«

»Ja, das ist gut. Wir brechen übermorgen bei Sonnenaufgang auf. Wir werden gegen Abend dort sein. Am besten ist, wir warten die Nacht ab, bis alle im Haus von Dequinius schlafen. Es wird ein Leichtes sein, sie zu überwinden.«

»Ja, das wird es.« Der Hauptmann lachte rau auf. »Der große Prätor im Schlaf getötet.«

»O nein.« Priscilla hörte ihren Mann ebenfalls lachen. »Meinen Schwager überlasst ihr mir. Er soll dem Tod ins Auge sehen. Er und seine Frau sollen bei vollem Bewusstsein sein, wenn sie sterben. Ich selbst werde es tun.« Wieder lachte er. »Wenn alle tot sind, brennen wir das Haus ab. Wir plündern nicht. Alles soll vernichtet werden. So will es der Kaiser.«

Priscilla spürte, wie ihr übel wurde. Das durfte nicht wahr sein. Ihr Mann plante einen Anschlag! Einen Anschlag auf seinen eigenen Schwager! Und wenn sie es richtig verstand, hatte der Kaiser höchstpersönlich den Auftrag dazu gegeben. Das durfte nicht sein! Das war unmöglich! Sie kannte ihren Mann. Er war skrupellos, immer auf seinen Vorteil bedacht. Er konnte andere schamlos ausnutzen oder verraten. Aber das? Würde er tatsächlich so weit gehen? Dass er zum Mörder an seinem Schwager und dessen Familie wurde? Konnte das tatsächlich sein?

Plötzlich öffnete sich die Tür. Priscilla fuhr auf. Sie war ganz in Gedanken versunken gewesen, hatte nicht gemerkt, dass das Gespräch aufgehört hatte. Gaius stand vor ihr. Schnell fasste sie sich. »Verzeih, Gaius, dass ich dich störe. Aber ich muss mit dir sprechen. Der Tag heute war sehr schlimm. Du musst endlich mit deinen Söhnen reden. So geht das nicht weiter.«

Ihr Mann sah sie misstrauisch an. »Wie lange stehst du schon hier? Hast du gelauscht?«

»Nein, Gaius. Ich bin gerade hergekommen und wollte in diesem Moment die Tür öffnen.« Priscilla hatte sich endgültig gefangen. Aufrecht stand sie vor ihm. »Ich war mit meinen Gedanken bei dem, was ich dir sagen möchte. Ich bitte dich inständig, mich anzuhören.«

Der Tribun winkte ungeduldig ab. »Was soll das? Ich habe es dir schon oft gesagt. Meine Söhne sind gut, wie sie sind. Lass mich mit deinen Empfindlichkeiten in Frieden. Ich bin beschäftigt und habe Wichtigeres zu erledigen, als mich um solche Lächerlichkeiten zu kümmern. Also verschwinde. Und wage nicht noch einmal, mich heute zu stören.«

Priscilla schluckte. »Verzeih«, murmelte sie noch einmal. »Verzeih.« Schnell drehte sie sich um und entfernte sich von ihrem Mann. In ihrem Kopf drehte sich alles. Es war unglaublich. Das musste verhindert werden. Aber wie? Was konnte sie tun?

Gaius sah ihr nach. Was hatte sie gehört? Wie viel mitbekommen? Wie lange hatte sie wirklich vor der Tür gestanden? Priscilla war keine gute Lügnerin. Aber jetzt hatte sie sicher gewirkt. Sollte er ihr glauben? Er schüttelte den Kopf. Dumm war sie, einfältig. Nein, sie konnte nichts mitbekommen haben. Das hätte sie nicht vor ihm verbergen können. Sie nicht. Gaius wandte sich zur Tür, ging wieder hinein und schloss sie sorgfältig hinter sich. Talanus sah ihn fragend an. Aber Gaius schüttelte erneut den Kopf. »Keine Angst. Von ihr haben wir nichts zu befürchten. Sie hat nichts mitbekommen.« Ruhig ging er zum Tisch zurück, schenkte sich einen Becher Wein ein und trank ihn gemächlich leer. Er sah ihr Gesicht vor sich. Da musste er laut auflachen. »Es ist zu lächerlich. Sie hat nur ihre Kinder im Kopf. Die Welt könnte um sie zusammenbrechen, sie würde es nicht bemerken.« Er stellte den Becher ab, lachte noch einmal. Wie konnte er nur denken, dass seine Frau irgendetwas begriffen hatte. Er klopfte dem Hauptmann auf die Schulter. »Lass uns weitermachen. Mir gehen die Männer durch den Kopf, die wir übermorgen mitnehmen werden. Vielleicht sollten wir das noch mal überdenken.«

Priscilla aber war schnell in ihren Ankleideraum gegangen. Aufgeregt lief sie auf und ab. Eusebia, die ihr auf einen Wink hin gefolgt war, wartete. Schließlich hielt sie es nicht mehr aus.

»Was ist los, Herrin? Was ist passiert?«

Priscilla schwieg und lief weiter auf und ab. Eusebia konnte sehen, dass sie sich auf die Lippen biss und nachdachte. Was war nur geschehen?

Plötzlich blieb sie stehen, schaute ihre Sklavin eindringlich an. »Eusebia, kann ich dir vertrauen? Stehst du ganz auf meiner Seite?«

»Herrin, das weißt du!« Die Sklavin erschrak.

»Vertraust du auch mir?«

»Du bist meine Herrin.«

»Das ist keine Antwort auf meine Frage.«

Eusebia begriff, dass es um etwas Ungeheuerliches gehen musste. »Ja, Herrin, ich vertraue dir«, sagte sie fest.

Priscilla nickte. »Du musst für mich einen Botengang machen. Noch heute Nacht.«

»Aber Herrin, es ist spät.«

»Ich weiß. Und es fällt mir nicht leicht, dich jetzt auf die Straßen Roms zu schicken. Aber ich weiß nicht, wem ich sonst vertrauen kann. Ich weiß auch nicht, wen ich dir zum Schutz mitgeben könnte. Vertraue mir, dass es wichtig ist, dass ich dich nicht ohne guten Grund dieser Gefahr aussetze.«

Eusebia nickte. »Was ist geschehen?«, fragte sie leise.

Priscilla setzte sich. »Bring mir Papier und Schreibfeder. Und mein Siegel. Ich muss einen Brief schreiben.«

Schnell holte Eusebia die geforderten Dinge herbei, legte sie auf das Tischchen, das sich im Ankleideraum befand. Priscilla begann zu schreiben.

Schließlich war sie fertig. Sie rollte den Brief zusammen und versiegelte ihn. Dann reichte sie ihn Eusebia. »Bring diesen Brief zu Paulla. Bitte sie, ihn auf schnellstem Weg an Marcus Dequinius und seine Frau Berenike weiterzuleiten. Es ist dringend.«

Eusebia nickte. »Was soll ich ihr dazu ausrichten?«

Priscilla seufzte. »Ach, Eusebia. Wenn ich dir erzähle, um was es geht, bist du in Gefahr. Wenn mein Mann erfährt, was ich hier tue …« Sie atmete tief durch, sah Eusebia traurig an. »Ich bin seine Frau. Was ich mache, ist meine Entscheidung. Dafür bin allein ich verantwortlich. Ich möchte dich nicht mit hineinziehen.«

Eusebia schüttelte den Kopf. »Verzeih mir, Herrin, wenn ich dir widerspreche. Aber ich bin deine Leibsklavin. Allein dadurch bin ich mitverantwortlich. Was immer es ist und wenn es furchtbare Folgen haben wird, ich werde mitbestraft werden.«

»Du hast recht.« Priscilla sah ihre Sklavin an. »Es tut mir leid. Aber ich muss so handeln. Bitte setz dich.«

Überrascht folgte Eusebia dieser Bitte.

Priscilla deutete auf den Brief, den die Sklavin in der Hand hielt. »Wenn du ihn an Paulla übergibst, dann lass auch sie alles wissen.« Priscilla sah ihre Sklavin eindringlich an. »Hör gut zu.« Schnell erzählte sie ihr, was sie gehört hatte.

Eusebia wurde mit jedem Wort blasser, aber sie blieb ruhig. Als ihre Herrin fertig war, sah sie auf den Brief hinab. »Es ist richtig und gut, was du machst.« Sie hob den Kopf und sah Priscilla an. »Mögen mich die Götter auf meinem Weg beschützen.«

Aber Priscilla schüttelte den Kopf. »Nein, Eusebia. Ich glaube, jetzt können wir nur noch auf einen Gott vertrauen. Den, an den Marcus, Berenike und Paulla glauben.«

»Denkst du denn, dass er mächtiger ist als unsere Götter?«, fragte Eusebia zweifelnd. »Er bringt seine Anhänger in Gefahr.«

»Und dennoch halten sie an ihm fest. Noch kann ich es nicht glauben, noch nicht wirklich bejahen, was ich von diesem Gott weiß. Aber unsere Götter helfen nur, wenn sie wollen. Vielleicht ist dieser Gott wirklich anders.«

»Ja, Herrin.« Eusebia stand auf, nahm den Brief in die Hand. »Dann begleite mich mit deinem Gebet, zu welchem Gott auch immer.« Schnell versteckte sie den Brief in ihrem Umhang und verließ den Raum.

Priscilla sah ihrer Sklavin nach. Sie hatte Angst, Angst um ihren Schwager und dessen Familie, Angst um ihre Sklavin. Aber auch Angst um sich selbst. Was würde passieren, wenn Gaius ihren Verrat entdeckte? Denn das war es – Verrat an ihm, an seinem Auftrag und damit am Kaiser. Sie hob ihre Hände und versuchte, die richtigen Worte zu finden. »Du, fremder Gott. Ich weiß nicht viel von dir. Ich weiß nicht einmal, ob ich wirklich an dich glaube. Aber du bist die einzige Rettung, die einzige Hilfe. Hilf, Herr, hilf du.« Sie ließ die Hände wieder sinken. Dann dachte sie an Lia, die längst friedlich in ihrem Bett lag und schlief. Was würde es für sie bedeuten, wenn man ihre Mutter des Verrats überführen würde? Mit dem Gedanken an Lia kamen die ersten Zweifel. Hätte sie um ihrer Tochter willen schweigen sollen? Priscilla schüttelte den Kopf. Nein. Es war der richtige Weg. Es gab keinen anderen.

Priscilla ging zu der Truhe, in der ihre Umhänge aufbewahrt wurden. Von ganz unten nahm sie eine kleine Kiste heraus. Sie öffnete sie und entnahm ihr die Briefe, die darin lagen. Sie öffnete den ersten und las. Dann nahm sie den nächsten, einen nach dem anderen. Sie las von dem Glauben, von der Hoffnung und der Freude, die Berenike empfand – trotz der Gefahren, die damit verbunden waren. Sie las von der Geburt der jüngsten Tochter, davon, wie sich die größeren Kinder entwickelten, sie las vom Alltag und Leben der Familie, von den kleinen und großen Sorgen, aber auch von all dem, was gut und schön war. Priscilla ließ den letzten Brief sinken. Sie konnte ihre Tränen nicht aufhalten. Das also waren die letzten Briefe, die sie von Berenike erhalten hatte. Es würden keine weiteren folgen. Denn was auch immer passierte, sie würde nie mehr von ihr und ihrer Familie hören. Falls die Warnung erfolgreich war, würde die Familie fliehen müssen. Die Gefahr, sich durch einen Brief zu verraten, wäre viel zu groß.

5. Abschied

Der nächste Tag verlief äußerlich ruhig. Ein normaler Tag, so wie jeder andere auch.

Eusebia war unbeschadet zurückgekehrt. Paulla hatte sofort zwei Sklaven beauftragt, die noch in der gleichen Nacht aufgebrochen waren, um den Brief zu Dequinius zu bringen. Beide Frauen warteten auf Nachricht, hofften und beteten, dass die Warnung rechtzeitig ankam. Noch ein Tag, dann wollte Gaius mit seinen Männern losziehen.

Dieser dachte nur noch an die Durchführung seines Planes. Zusammen mit Talanus bereitete er alles vor. Im Morgengrauen des nächsten Tages brachen sie auf.

»Wann rechnest du mit der Rückkehr deines Mannes?«, fragte Eusebia, als sie ihrer Herrin die Haare kämmte.

»Spätestens morgen.« Priscilla betrachtete sich im Spiegel. Sie hatte Ringe unter den Augen. Seit der Brief weg war, hatte sie kaum geschlafen. »Eine Tagesreise hin, eine zurück. Dann wird er dem Kaiser Bericht erstatten müssen. Und dann …« Sie mochte nicht daran denken, was dann war.

Wenn der Anschlag erfolgreich war, würde das Leben normal weitergehen. Zumindest nach außen hin. Aber falls nicht – was würde passieren?

Eusebia sagte nichts mehr. Ruhig vollendete sie ihre Arbeit.

Schweigend kleidete sich Priscilla an. Dann ging sie, um nach Lia zu sehen. Sie befahl Tuja, sie mit dem Mädchen allein zu lassen. Was war, wenn es die letzten Stunden waren, die sie mit ihrer Tochter verbringen konnte?

Lia war fröhlich wie immer. Sie sang und lachte. Gemeinsam spielten sie. Priscilla half ihr, ihre Puppe zu frisieren und ein neues Kleid anzuziehen. Dann setzten sie sich in den Garten. Lia saß auf dem Schoß ihrer Mutter, während Priscilla ihr kurze Geschichten erzählte.

Ihre Söhne sah sie nur beim gemeinsamen Essen. Aber sie sprachen nicht mit ihr, redeten miteinander über das, was sie heute gelernt hatten, erzählten sich gegenseitig von ihren Freunden. Priscilla hörte ihnen zu, während sie Lia beim Essen versorgte. Es waren ihre Söhne. Trotz allem, was sie ihr antaten, liebte sie alle drei. Sie hatte sie geboren und gestillt, sie in ihren ersten Lebensjahren begleitet, war ihnen Ratgeberin, Trösterin, Mutter gewesen, bis ihr Mann sie ihr entfremdet hatte. Aber dennoch. Der Gedanke, dass sie alle drei verlieren könnte, schmerzte.

Schließlich verging auch dieser Tag. Nachts lag Priscilla lange wach. War Gaius schon zurück? Hatte sie den Anschlag verhindern können? Wenn ja, wann würde ihr Mann kommen? Würde er die richtigen Schlüsse daraus ziehen? Schließlich hatte er sie vor seiner Tür ertappt, gerade, als er die Tat mit Talanus geplant hatte.

Priscilla warf sich unruhig hin und her. Manchmal fiel sie in einen kurzen Schlaf mit schweren Träumen. Dann ging endlich die Sonne auf. Eusebia kam, um ihre Herrin zu wecken.

Beide Frauen redeten nicht, nur ihre Blicke trafen sich. Angst und Sorge lagen greifbar in der Luft.

Angezogen und frisiert begab sich Priscilla in den Speiseraum. Die Brüder waren schon da, wie immer grüßten sie nicht. Tuja war noch nicht mit Lia erschienen.

Priscilla hatte sich gerade gesetzt, als die Tür aufgerissen wurde. Gaius kam herein, mit hochrotem Kopf und hasserfüllten Augen. Ohne ein Wort zu sagen, ging er festen Schrittes auf Priscilla zu. Ohne Vorwarnung hob er die Hand und schlug ihr so heftig ins Gesicht, dass sie den Halt verlor und zu Boden stürzte. Dabei stieß sie mit dem Rücken gegen den Tisch, ein stechender Schmerz durchfuhr ihren Körper.

»Du Verräterin!«, brüllte Gaius. »Du unnützes, treuloses Weib! Wie konntest du nur!«

Die Zwillinge sahen sich vieldeutig an, grinsten vor sich hin. Nur der älteste Sohn schien erschrocken zu sein.

»Gaius, bitte«, wimmerte Priscilla.

»Versuche nicht, dich zu verteidigen. Den Kaiser so zu hintergehen!« Er trat mit den Füßen nach ihr, traf sie an Bauch und Armen. Priscilla versuchte sich zu schützen, aber er hörte nicht auf. Er bückte sich, packte sie an ihren Haaren und drehte ihr Gesicht zu sich, sodass sie ihn ansehen musste. »Was glaubst du, wer du bist? Du hast mich vor dem Kaiser bloßgestellt!« Erneut holte er aus, schlug zu.

»Vater!« Sein ältester Sohn schrie entsetzt auf. »Hör auf!«

»Halt du dich da raus!«, fuhr der Tribun ihn an. Wieder trat er zu.

»Nein, Vater!« Der junge Gaius war außer sich. »Was immer sie getan hat, nicht so!«

Höhnisch lachte sein Vater auf. »Nicht so?«, rief er. »Deine Mutter ist eine Verräterin!«

»Dann stell sie vor ein Gericht!«

Wieder lachte der Tribun. Erneut trat er nach seiner Frau, packte sie wieder am Haar und riss ihren Kopf herum. »Hörst du das? Dein Sohn versucht, dich zu verteidigen!« Er ließ sie los, um erneut auf sie einzuschlagen.

Gaius hatte nicht bemerkt, dass sein ältester Sohn näher gekommen war. Jetzt stellte er sich zwischen seine Eltern. »Hör auf, Vater! Hör auf! Was immer sie getan hat! Es ist genug!«

Gaius hob die Hand, schlug ihm ins Gesicht. »Du stellst dich gegen mich?«

Der Schlag schmerzte, aber der junge Mann wollte keine Schwäche zeigen. Er richtete sich auf, ignorierte die brennende Wange. »Ja, Vater! Das geht zu weit.«

Höhnisch lachte der Tribun auf. »Zu weit? Ich, Tribun Gaius Julius Dexter, habe einen Auftrag vom Kaiser erhalten. Ich höchstpersönlich! Einen Auftrag von großer Wichtigkeit! Aber deine Mutter hat ihn verhindert. Und hat damit mich, den Kaiser und das gesamte Römische Reich verraten! Und du willst mich aufhalten?« Wieder hob er die Hand.

»Ja, Vater.« Sein Sohn stand aufrecht vor ihm. »Wenn sie all das getan hat, hat sie Strafe verdient. Aber stell sie vor ein Gericht. Nicht so! Nicht so!«

Gaius war überrascht. Sein Sohn erschien ihm auf einmal älter, größer und erwachsener, als er ihn je gesehen hatte. Sein eigener Sohn schien zum Kampf bereit, zum Kampf mit seinem Vater. Widerwillig ließ er seine Hand sinken. »Vor ein Gericht? Damit die ganze Welt erfährt, dass der Tribun der Prätorianergarde eine Verräterin im eigenen Hause hat? Nein, diese Schande werde ich nicht auf mich nehmen.«

Er wandte sich an seine Frau, die voller Schmerzen und Angst auf dem Boden kauerte. »Ich sollte dich umbringen. Du hast es nicht verdient, am Leben zu bleiben.« Dann herrschte er seinen Sohn an: »Geh mir aus dem Weg!« Zögernd trat dieser einen kleinen Schritt zur Seite, kaum merkbar. Sein Vater würde ihn mit Gewalt von dieser Stelle entfernen müssen.

Wieder lachte der Tribun höhnisch auf. »Siehst du, Frau, dein ältester Sohn, über den du dich immer so bitterlich beklagt hast, schützt dich. Gut, er mag dich vor meinen Schlägen schützen. Aber nicht vor meinen Rechten.« Er zeigte auf sie. »Pack deine Sachen und verschwinde. Wenn ich heute Abend zurückkomme, will ich nichts mehr von dir in meinem Hause vorfinden. Und ihr!« Er wandte sich an seine Söhne. »Euch verbiete ich, mit dieser Frau auch nur noch ein Wort zu wechseln. Alle drei! Und ihr!« Er dreht sich zu den Sklaven um, die sich ebenfalls im Raum befanden. »Geht an eure Arbeit. Keiner wird meiner Frau helfen. Soll sie selbst schauen, wie sie klarkommt.«

Damit wandte er sich um und verließ den Raum.

Die Zwillinge gingen ebenfalls zur Tür. Ihre Mutter eine Verräterin am Kaiser! Sie hatte verdient, was sie bekommen hatte.

»Schwächling!«, rief einer von ihnen. Der andere lachte höhnisch. Dann gingen auch sie hinaus.

Die Sklaven räumten hastig den Tisch ab und gingen ebenfalls.

Nur Gaius blieb. Er beugte sich zu Priscilla hinab. »Mutter.«

Aber Priscilla schüttelte nur leicht den Kopf. Zu mehr war sie nicht fähig. »Geh, mein Sohn«, flüsterte sie. »Geh und hol Eusebia.« Sie lächelte ihn an. »Tu, was dein Vater gesagt hat. Du hast ihn genug verärgert. Denn es ist wahr. Ich habe diesen Verrat begangen. Aber …« Sie schloss die Augen, atmete ein paarmal ein und aus, um Kraft zu sammeln. »Ich danke dir. Ich danke dir.«

Da beugte sich Gaius über seine Mutter, küsste sie aufs Haar. »Verzeih mir, Mutter.« Dann stand er hastig auf und ging.

Kurze Zeit später kam Eusebia herein. Erschrocken beugte sie sich über ihre Herrin. Sie sah das Blut an ihren Armen und auf dem Kleid. Vorsichtig schob sie den Tisch zur Seite, sodass sie sich zu ihr auf den Boden setzen konnte. »Herrin, ich lasse den Arzt kommen.«

Aber Priscilla hob abwehrend die Hand. »Das kannst du nicht«, flüsterte sie. »Mein Mann hat die Scheidung ausgesprochen. Ich muss noch heute das Haus verlassen.«

Eusebia schluckte. »Dann ist der Anschlag missglückt?«

»Ja, danach sieht es aus.« Priscilla rang sich ein Lächeln ab. »Bitte hilf mir auf.«

»Du kannst nicht aufstehen. Ich hole jemanden mit einer Liege. So geht es nicht.«

Eusebia tat, wie sie gesagt hatte. Gleichzeitig schickte sie Boten zu Paulla.

Paulla erschien schließlich selbst. Sie fand Priscilla auf ihrem Bett liegend vor, in vor Schmerz gekrümmter Haltung. »Ich kann nicht viel tun«, rief Eusebia. »Ich bin kein Arzt!«

»Keine Sorge«, versuchte Paulla sie zu beruhigen. »Ich lasse sie zu einem Arzt bringen. Pack du ihre Sachen zusammen.« Sie befahl den Männern, die mit ihr mitgekommen waren, die schwer verletzte Frau vorsichtig auf eine Liege zu heben. »Wir bringen dich zu Manassos.« Aber Priscilla packte ihre Freundin mit letzter Kraft am Arm. »Lia. Bitte! Lass mich nicht ohne Lia gehen. Er darf sie nicht bekommen. Bitte. Er darf sie nicht bekommen.«

»Ich verstehe dich«, sagte Paulla. »Aber, Priscilla, bedenke: Du hast kein Recht auf sie.«

»Ich weiß. Aber er wird sie wie Dreck behandeln. Sie ist so klein. Was wird er ihr von ihrer Mutter erzählen? Was für einen Menschen aus ihr machen? Bei deinem Gott, ich flehe dich an. Lass das nicht zu. Bitte.«

Paulla nickte. »Ich werde dafür sorgen, dass sie bei dir bleibt.« Dann nickte sie den Männern zu. Sie trugen Priscilla aus dem Haus und betteten sie auf einen Handwagen, der dort bereitstand.

Paulla blieb zurück und half Eusebia beim Zusammenpacken. »Wie können wir Lia aus dem Haus schaffen? Die Sklavin, die sich um sie kümmert, ist nicht vertrauenswürdig.«

»Nein, Herrin. Das ist sie nicht. Sie wird Lia nicht aus den Augen lassen, jetzt, da der Tribun seine Frau verstoßen hat.«

Paulla überlegte. »Kann man sie nicht ablenken?«

»Ich wüsste nicht wie. Sie würde Verdacht schöpfen.«

»Dann werde ich euch das Kind bringen«, hörten sie plötzlich eine männliche Stimme hinter ihnen.

Erschrocken drehten sich die Frauen um. In der Tür stand der älteste Sohn. Er war blass und wirkte verstört.

»Du?« Paulla sah ihn misstrauisch an. »Wer sagt mir, dass wir dir vertrauen können?«

»Ich weiß. Es gibt nichts, was für mich spricht. Aber vorhin ... Die Brutalität ... Die Schläge ... Ich fühle mich, als wäre ich aufgewacht.« Er senkte den Blick. »Ich kann nicht wiedergutmachen, was ich meiner Mutter angetan habe. Aber ich kann ihr dieses eine Mal helfen.«

»Indem du bei der Entführung deiner Schwester hilfst?«

»Ja. Denn wo immer sie auch hinkommt, es wird ihr überall besser gehen als hier.«

»Gut.« Paulla lächelte ihn dankbar und erleichtert an. Von ihm hatte sie keine Hilfe erwartet. »Dann packen wir den Rest zusammen. Wir werden vor dem Haus auf dich und Lia warten.«

Gaius nickte und ging davon.

Schließlich war alles gepackt und bereitgestellt. Eusebia und Paulla begaben sich vor die Tür. Dort warteten die Männer mit dem Handwagen, bereit, Priscilla fortzubringen. Sie lag mit weit aufgerissenen Augen auf dem Wagen, voller Angst, dass Lia zurückbleiben würde. Paulla erzählte ihr, dass Gaius das Mädchen bringen wollte.

Sie mussten nicht lange warten, bis Gaius mit Lia an der Hand aus der Tür trat. »Schnell«, sagte er. »Macht euch auf den Weg, bevor jemand anderes aus dem Haus euch aufhält.«

»Wie hast du …?«, begann Paulla.

Aber er winkte heftig ab. »Das spielt jetzt keine Rolle. Hauptsache, ihr habt das Mädchen. Und jetzt beeilt euch!«

Eusebia nahm Lia, die gar nicht verstand, was mit ihr geschah und warum ihre Mutter in einem Wagen lag. Aber sie tat, was ihr Bruder gesagt hatte. »Sei ganz ruhig, keinen Ton, kein Weinen, kein Reden. Nichts. Du gehst mit Mutter fort.« Und aus Angst, was er wohl tun würde, wenn sie ihm nicht gehorchte, hatte sie seinen Befehl befolgt.

Die Gruppe machte sich auf den Weg. Schnell zogen sie den Handwagen fort, eilten davon. Priscilla, froh darüber, dass ihre Tochter bei ihr war, versuchte ruhig zu bleiben, auch wenn die Schmerzen durch das Ruckeln des Wagens verstärkt wurden.

Manassos kam aus dem Raum, in den sie Priscilla gebracht hatten. Seine Frau sah ihn fragend an. Er schüttelte den Kopf. »Es geht ihr nicht gut. Die Verletzungen sind innerlich. Ich kann nicht beurteilen, wie schwer sie sind, hoffe aber, dass es nicht allzu schlimm ist. Leider hat sie Fieber. Das ist kein gutes Zeichen.«

Sofia nickte traurig. »Kannst du gar nichts tun?«

»Die Wunden an den Armen habe ich versorgt. Außerdem habe

ich versucht, die Schmerzen zu lindern, und ihr etwas zur Beruhigung gegeben. Aber als Arzt stoße ich viel zu oft an meine Grenzen. Sie schläft jetzt. Manchmal ist das die beste Medizin. Sie wird vor allem Ruhe brauchen.«

»Die wird sie hier haben. Ich werde dafür sorgen.« Sofia sah ihren Mann an. »Was machen wir mit dem Mädchen? Paulla sagte, dass Priscilla sie unbedingt mitnehmen wollte.«

»Und dafür hat sie gute Gründe. Es ist richtig, dass sie hier ist. Nur bin ich mir nicht sicher, ob sie bei uns sicher ist. Paulla wird nicht verraten, wohin sie die beiden gebracht hat. Aber Gaius Dexter hat viele Verbindungen. Er wird bald auf uns stoßen, wenn er nicht längst von uns weiß. Wo ist das Mädchen jetzt?«

»Im Speiseraum. Daphne ist gekommen und kümmert sich um sie.«

Manassos nickte. »Das ist gut. Zu ihr hat sie Vertrauen. Jetzt ist es umso besser, dass Priscilla sie immer dabeihatte, wenn sie uns besuchte, und dass Daphne meistens auch zu Gast war. Bei ihr ist sie in guten Händen.«

»Aber nicht mehr lange. Du weißt, dass Daphne und Servius Rom verlassen wollen. Bereits morgen Nacht wollten sie abreisen.«

Manassos seufzte. Er trat an eine Säule, die das Vordach zum Atrium stützte, und legte seine Hand daran. »Wir sollten Priscilla und Lia so schnell wie möglich aus Rom wegbringen. Aber ich weiß nicht, wohin. Marcus Dequinius wird mit seiner Familie nicht mehr auffindbar sein. Es wäre aber eine Möglichkeit, Servius und Daphne mit dieser Aufgabe zu betrauen.« Er drehte sich zu seiner Frau um. »Aber das Problem ist, dass Priscilla nicht transportfähig ist. Der Weg hierher hat sie schon viel Kraft gekostet. Du weißt, sie war ohne Bewusstsein, als sie hier ankam. Und es hat viel zu lange gedauert, bis sie es wiedererlangt hat.« Er legte seine Hand auf den Arm seiner Frau. »Komm, lass uns nach dem Mädchen sehen.«

Sie gingen in den Speiseraum. Daphne hielt Lia auf dem Schoß und sang ein Kinderlied. Man konnte sehen, dass das Mädchen geweint hatte. Jetzt war sie ruhig, hatte sich eng an die Frau gekuschelt und lauschte der warmen, weichen Stimme. Aber sie richtete sich schnell auf, als Manassos und Sofia den Raum betraten.

»Ich will zu meiner Mutter!«

Sofia setzte sich neben sie. »Nein, Lia. Es tut mir leid. Aber deine Mutter schläft jetzt. Sie braucht Ruhe. Morgen darfst du zu ihr.«

Das Mädchen schluchzte, nickte aber tapfer.

Daphne strich ihr über die Haare. »Du brauchst keine Angst zu haben. Alles wird gut werden.« Dann sah sie Sofia an. Und ihr Blick zeigte, dass sie selbst nicht überzeugt war von dem, was sie gerade gesagt hatte. Aber Lia kuschelte sich wieder eng an sie.

»Sie sollten Rom verlassen. So schnell wie möglich«, flüsterte Daphne. »Priscilla hat das Kind entführt. Wenn ihr Mann es findet …«

»Ja, das denken wir auch. Nur, wie sollen wir das machen?« Sofia war ratlos. »Priscilla ist zu krank, um sie jetzt irgendwohin zu bringen.«

Daphne überlegte. »Ich könnte Servius bitten, unsere Abreise zu verschieben. Wenn es Priscilla besser geht, könnten wir beide mitnehmen.«

Manassos nickte. »Das hatte ich gehofft, liebe Freundin. Aber es wird nicht einfach sein. Ihr wagt einen Neuanfang. Es wird nicht leichter werden, wenn ihr beide bei euch habt.«

Daphne strich dem Mädchen über den Kopf, küsste es auf die Haare. »Weißt du, Manassos. Gott hat uns keine Kinder geschenkt. Ich habe oft damit gehadert, geklagt. Ja, ich habe an Gott gezweifelt, weil er mir die Erfüllung dieses sehnlichsten Wunsches verweigert hat.«

Sie hob den Kopf, sah Manassos fest an. »Kannst du dich an diese Nacht erinnern? Vor einem Jahr? Als wir uns zum Gebet versammelt haben und ich wieder einmal Gott mein Leid geklagt habe?«

Der Arzt nickte. »Du hast geweint. Weil unser Herr zu dir gesprochen hat.«

»Ich habe den Satz noch genau im Ohr, jedes einzelne Wort: ›Du wirst für ein Kind sorgen. Aber sei geduldig und warte. Es ist noch nicht an der Zeit.‹« Daphne lächelte ihn an. »Ich glaubte damals, dass es die Zusage ist, dass ich ein Kind gebären werde. Aber jetzt weiß ich, dass es um die kleine Lia geht. Sie ist es, von der Gott gesprochen hat.« Zärtlich strich sie dem Mädchen über die Haare. Lia lag eng angekuschelt und mit geschlossenen Augen auf ihrem Schoß, so als könnte sie dadurch alles um sie herum ausblenden. Ab und zu schluchzte sie leise auf.

»Aber du wirst nicht nur Lia bei dir haben. Ihre Mutter wird dabei sein. Noch lebt Priscilla.«

»Ja, ich weiß. Und ich hoffe sehr, dass sie nicht sterben wird. Aber weißt du, Manassos, vielleicht ist es dann meine Aufgabe, für beide zu sorgen. Beide brauchen ein neues Zuhause, das ich ihnen geben kann. Wie auch immer Gott sich das gedacht hat, ich werde es so annehmen, wie es kommt.«

Sofia wollte etwas sagen, als die Tür aufgerissen wurde. Paulla stand da, außer Atem. Ihr Mann betrat dicht hinter ihr den Speiseraum.

Lia schrak ebenfalls hoch. Ängstlich sah sie hoch in Daphnes Gesicht. Diese versuchte sie zu beruhigen. »Schsch, meine Kleine«, flüsterte sie und umschloss sie fest mit ihren Armen.

Sofia sprang auf. »Paulla? Tiberius? Ihr hier? Ist etwas passiert?«

»Ja. Es eilt. Alles muss jetzt schnell gehen.«

»Was eilt? Was ist geschehen?«, fragte Manassos ungeduldig.

»Der Tribun. Er war bei mir, hat bei mir nach seiner Frau gesucht. Damit hatte ich auch gerechnet. Aber nicht damit, dass er vermutet, wo sie jetzt ist. Ich habe nichts verraten, aber er sagte, dass er weiß, dass es einen Arzt gibt, der zu unserer Gemeinde gehört. Und er herausfinden wird, wer das ist.«

Lia, die die Unruhe der Erwachsenen bemerkte, fing an, am ganzen Körper zu zittern. Erschrocken drückte Daphne das Mädchen fester an sich. »Was jetzt?«

»Priscilla und Lia müssen noch heute Nacht Rom verlassen.«

Manassos schüttelte den Kopf. »Das geht nicht. Priscilla kann nicht transportiert werden. Es könnte ihren Tod bedeuten.«

Sie wechselten ratlose Blicke. Lia fing leise an zu weinen. Daphne versuchte, sie zu trösten.

Schließlich ergriff Tiberius das Wort. »Es gibt nur eine Möglichkeit.« Er sah von einem zum anderen. »Wenn wir Priscilla nicht retten können, so doch Lia. Sie darf nicht in die Hand des Mannes fallen, der ihre Mutter fast getötet hat.«

»Wie meinst du das?« Sofias Stimme zitterte, wusste sie doch, was jetzt kommen würde. Manassos nickte, auch er hatte verstanden.

Tiberius wandte sich an Daphne. »Wie weit ist eure Abreise vorbereitet? Könntet ihr schon diese Nacht aufbrechen?«

»Ja«, flüsterte die Frau. »Du willst, dass wir das Mädchen mitnehmen.«

»Ja. Das ist der einzige Weg.«

»Aber …«

Manassos unterbrach sie. »Kein Aber, Daphne. Tiberius hat recht. Es ist das Beste, was wir tun können. Niemand kennt euch dort, wo ihr hingeht. Keiner weiß, dass ihr kein Kind habt. Ihr könntet Lia als euer Kind ausgeben und dort wie Eltern für sie sorgen.«

»Und Priscilla? Sie wird uns das Kind nicht einfach so überlassen.« Daphne drückte das weinende Mädchen an sich. »Es wird ihr das Herz brechen.« Sie schluckte, kämpfte mit den Tränen. »Aber ich sehe, dass es richtig ist. So erfüllt sich die Zusage Gottes doch. Wenn auch auf traurige Art und Weise.« Sie hob den Kopf und wandte sich beiden Männern zu. »Erlaubt ihrer Mutter aber, sich von ihrer Tochter zu verabschieden. Lasst sie Lia ein letztes Mal sehen. Ich hoffe, dass es eines Tages möglich sein wird, euch zu schreiben, wo wir sind. Dann bringt Priscilla zu uns. Sie soll nicht ohne ihre Tochter leben müssen.«

»So soll es geschehen.« Manassos ging zur Tür. »Kommt, gehen wir zu Priscilla.«

»Halt.« Tiberius hielt ihn auf. »Etwas muss noch geklärt werden.«

»Was denn?«, fragten Daphne und Manassos gleichzeitig.

»Ihr Name. Sie braucht einen anderen Namen. Egal, wohin ihr geht. Ihr könnt nicht mit einem Mädchen, das Julia heißt, dort ankommen. Jeder wüsste sofort, dass sie nicht eure Tochter ist, sondern aus dem Geschlecht der Julier stammt.«

»Oh.« Daphne überlegte. »Das ist wahr. Lia als alleiniger Name wird nicht gehen.« Sie stand auf und nahm das Mädchen auf den Arm. »Wir werden sie Celia nennen«, sagte sie bestimmt. »So hieß die Mutter meines Mannes.«

»Gut. Aber jetzt kommt.« Manassos öffnete die Tür. »Es ist Zeit für den Abschied.«

Sofia legte ihre Hand auf seinen Arm. »Ich bitte dich: Lass mich vorausgehen und Priscilla darauf vorbereiten.«

Ihr Mann nickte. »Geh nur. Aber beeile dich. Die Zeit drängt.«

Vorsichtig führte Daphne das Mädchen an das Bett, in dem Priscilla lag. Lia erschrak, als sie das zerschlagene Gesicht und die geschwollenen Augen ihrer Mutter sah. Aber als Priscilla ihr die Arme entgegenstreckte, war das nicht mehr wichtig. Weinend lief Lia zu ihr. Ihre Mutter drückte sie, so gut es ging, an sich. »Mein Kind, mein Kind«, flüsterte sie. »Meine Lia.«

Weinend hielten sie sich umschlungen, konnten beide nicht reden. Priscilla wusste, dass es ein Abschied für immer war. Lia spürte, dass etwas anders war.

Schließlich löste Daphne das Mädchen sanft aus den Armen ihrer Mutter. »Wir müssen gehen«, sagte sie leise.

Priscilla nickte. Tränen liefen über ihr Gesicht.

»Komm, Lia.« Daphne fasste das Mädchen an der Schulter, um sie hinauszuführen. Doch Lia wehrte sich, wollte zurück zu ihrer Mutter. Noch einmal umarmten sie sich. Dann jedoch ließ Priscilla ihre Tochter los. »Geh mit Daphne, mein Liebes.« Sanft strich sie ihrem Mädchen übers Haar. Dann küsste sie es ein letztes Mal. »Leb wohl, Lia. Leb wohl.«

Doch Lia verstand nicht. Sie schrie, als Daphne sie auf den Arm nahm, versuchte sich mit Händen und Füßen zu wehren.

Das Letzte, was sie sah, war ihre Mutter, die die Arme nach ihr ausstreckte und ihren Namen flüsterte. Dann schloss sich die Tür.

Lia weinte hemmungslos. Sie hatte keine Kraft mehr, um sich zu wehren. So ließ sie sich von Daphne aus dem Haus tragen, wo bereits ein Wagen auf sie wartete, um sie zur Wohnung des Schuhmachers zu bringen.

Noch in derselben Nacht verließen Servius Contente und seine Frau Daphne zusammen mit der kleinen Lia die Stadt Rom. Ihr Weg führte sie ins entfernte Griechenland, um dort ein neues Leben zu beginnen.

In Rom aber überschlugen sich die Ereignisse. Domitian verschärfte nach dem missglückten Anschlag die Strafen gegen die Christen, sodass viele von ihnen von heute auf morgen aus Rom fliehen mussten.

Als die Gefahr wuchs, dass Gaius den Arzt Manassos finden würde, verließ auch er zusammen mit seiner Frau Sofia die Stadt. Wie die meisten Christen erzählten sie niemandem, wohin sie gingen, um ihre Spuren zu verwischen und niemanden der Gefahr auszusetzen, dass sie versehentlich ihren Aufenthaltsort verrieten.

Der Brief, den Servius ihnen noch im selben Sommer schickte, erreichte sie nicht mehr selbst, sondern die Gemeinde in Rom. Aber von dort kam nur die Antwort, dass der Arzt zusammen mit seiner Familie die Stadt verlassen hatte und man davon ausging, dass Priscilla ihre Verletzungen und den Abschied nicht überlebt hatte.

So kam es, dass keiner vom anderen wusste, wohin sie gegangen waren.

Julia aber wuchs als Celia bei dem Schuhmacher Servius Contente und dessen Frau Daphne auf. Die Erinnerung an ihre richtige Familie verblasste, blieb nur als vager Eindruck, wie ein Traum, in ihr haften. Sie war nur noch eine leise Ahnung, dass alles einmal anders gewesen war.

II

Larisa

109 nach Christus

6. Der neue Statthalter

Titus Pectore hob die Hand und zügelte sein Pferd. Die Soldaten hinter ihm blieben stehen. Sie waren am Rande eines Abhangs angekommen. Vor ihnen schlängelte sich die Straße den steilen Hügel hinunter. Sie führte zu einem Fluss, der gemächlich durch das Tal zog, und an diesem entlang auf die Stadt zu.

Es war ein warmer, trockener Frühlingstag. Mit einer Handbewegung wischte sich Pectore den Schweiß von der Stirn. Sie hatten einen langen, anstrengenden Ritt hinter sich. Dann stieg er von seinem Pferd und stellte sich an den Rand des Abhangs. Er war mittelgroß und schlank. Sein Körper wirkte kraftvoll und sehnig. Das blonde, glatte Haar trug er kurz, sein Gesicht wirkte durch die kleinen, braunen Augen und die fast hageren Gesichtszüge streng und hart, aber die Fältchen um die Augen und das leichte Zucken des Mundes verrieten, dass er gerne lachte. Aufrecht stand er da, den Blick auf die Stadt unter ihnen gerichtet. Er atmete tief durch. Ungläubig schüttelte er den Kopf. »Das, lieber Silvus, soll also für die nächsten drei Jahre meine Heimat sein.«

Der Mann, den er angesprochen hatte, trug die Rüstung eines Zenturios und war ebenfalls von seinem Pferd gestiegen. Silvus Hilarus war größer und stattlicher als Pectore. Unter seinem Helm sahen schwarze Locken hervor. Eine lange Narbe in seinem Gesicht zeugte von Kampf und Krieg. Er war sichtlich erfreut, die Stadt zu sehen.

»Vielleicht hast du Glück und es werden sechs Jahre. Der Kaiser hat schon manchem Statthalter eine zweite Amtszeit am selben Ort zugesprochen.«

Pectore lachte. Er sah zum Himmel. Die Sonne brannte herunter. »Nein!«, rief er laut. »Davor mögen mich die Götter bewahren. Diese

Hitze, der Schweiß, der Staub. Und es ist erst Frühling! Das ist nicht mein Land. War es nie.«

»Ich werde nie verstehen, wie du das kalte Germanien dem warmen Süden vorziehen kannst. Eis und Schnee im Winter, im Sommer Regen und nur wenige sonnige Tage. Immer kalt, immer frierend.«

»Ach, wen kümmert schon die Kälte. Nirgends ist der Frühling so schön wie in Germanien, der Sommer so kraftvoll und voller Farben. Und der Schnee? Er verwandelt das Land und lässt es geheimnisvoll erscheinen. Die Luft ist klar und frisch. Das hilft, auch klare und frische Gedanken zu fassen.«

»Nein, Titus, nein. Der Schnee lässt mich frieren. Die Nächte sind lang und kalt. In den Häusern zieht es und die Öfen wärmen kaum. Nein, ich bin froh, dass ich mit meiner Legion hierher beordert wurde.«

»Und ich, Silvus, bin dankbar, dass du dabei bist. Wenigstens ein bekanntes Gesicht. Was sich der Kaiser nur gedacht haben mag, als er gerade mich auswählte. Mich! Provinzstatthalter in Larisa! Er weiß, wie es mir damit geht.«

»Aber er weiß auch, dass du nicht weit von hier aufgewachsen bist. Du kennst die Menschen, weißt, wie sie denken und handeln. Du kennst ihre Sitten und Bräuche.«

»Ja. Und weil ich das kenne, zieht es mich auch nicht hierher zurück.«

Der Zenturio grinste. »Dabei ist Larisa gar nicht so anders als Sumelocenna.«

»O ja. Das sehe ich. Hitze, eine Sonne, die dir die Haut verbrennt, Staub und trockene Erde, wohin das Auge reicht. Olivenbäume. Du weißt, dass ich Oliven hasse.«

Silvus Hilarus lachte laut auf. »Du übertreibst. So trocken ist es nicht.« Er zeigte ins Tal. »Und sieh dir den Pinios an. Es gibt nicht viele griechische Städte, durch die ein Fluss fließt. Zumindest das müsste dich an deine geliebte germanische Stadt erinnern. Sumelocenna hat den Nicarus, Larisa eben den Pinios. Jede Stadt hat ihren Fluss. Das ist doch das, was dir gefällt?«

Titus Pectore sah seinen Begleiter erstaunt an. »Fluss? Dieses Rinnsal nennst du Fluss? Warm, stinkend und ohne Leben?«

Wieder lachte der Zenturio laut auf. »Ist er das? Kannst du das von hier oben erkennen?« Er schüttelte den Kopf. »Auch wenn es dir nicht passt, Titus: Der Pinios ist ein Fluss. Aber dich kann wohl nichts überzeugen.« Er drehte sich zu seinen Soldaten um. »Sieh dir die Männer an. Sie sind müde und hungrig. Wir sollten in die Stadt einziehen.« Er wandte sich wieder an den Statthalter, klopfte ihm auf die Schulter. »Du schaffst das schon.«

Pectore grinste. »Danke für die Aufmunterung. Es ist gut, einen verständnisvollen und treuen Freund an meiner Seite zu haben.« Beide lachten. »Aber du hast recht. Die Männer sind hart marschiert. Sie haben ein Bad, ein gutes Essen und ein Bett verdient.« Er sah seinen Freund an. »Ich hoffe, ihr könnt hier zu Kräften kommen. Germanien war ein unruhiges Feld für dich und deine Soldaten. Drei Jahre dort haben viel von euch gefordert.«

Silvus nickte. »Auch eine Armee braucht Pausen. Meine Soldaten haben viel gekämpft. Larisa ist nur ein Durchgangslager. Aber in einer ruhigen Provinz. Die Patrouillengänge werden für meine Soldaten keine großen Überraschungen bereithalten.« Silvus fasste sein Pferd am Zügel. »Ich bin gespannt, wie viel Ruhe uns der Kaiser gönnen wird, hoffe aber auf ein oder zwei Jahre.«

Sie saßen wieder auf. Als der Zenturio die Hand hob, setzte sich die Legion in Bewegung. Langsam folgten sie der Straße, die in die Stadt führte.

Der Statthalter Appius Imperticus hob seinen Becher. »Auf dein Wohl, Titus Pectore. Auf dein Wohl.« Er leerte den Becher in einem Zug. »Endlich kann ich dieses Nest verlassen. Als der Befehl kam, dass ich nach Rom zurückkehren soll, war es, als würden Venus und Bacchus gleichzeitig mir die schönsten Zerstreuungen dieser Welt anbieten. Ich konnte deine Ankunft kaum erwarten. Drei Jahre in Larisa sind genug. Wenn ich übermorgen aufbreche, werde ich dieser Provinz nicht eine Träne nachweinen.«

»Nun, von mir aus hätte der Kaiser dich gerne noch hierbehalten können. Dann hätte ich Germanien nicht verlassen müssen.«

»Ja, ich habe gehört, dass du den kalten Norden bevorzugst. Unverständlich zwar. Aber jedem, wie es ihm gefällt. Wenn du Glück hast, wird dich der Kaiser dorthin zurückschicken, wenn deine Amtszeit in Larisa vorbei ist.«

»Das hoffe ich.« Pectore nahm einen Schluck aus seinem Becher. »Was ist wichtig für meinen Dienst? Was muss ich wissen?«

»Oh. Nicht viel. Es ist eine Provinzstadt wie jede andere auch. Die Menschen sind störrisch, allen voran der Rat der Stadt und der Ortsvorsteher. Sie werden versuchen, dich zu vereinnahmen. Aber bedenke: Du bist Statthalter für die ganze Provinz, nicht nur für Larisa.« Imperticus trank einen Schluck. »Aber ansonsten? Nun, es gibt Trinker und Schläger, Huren und Betrüger. Wie überall. Du musst mit harter Hand regieren. Die Stadt braucht einen starken Vertreter Roms. Einen Mann, der sich durchzusetzen weiß. Keinen Weichling. Das wird in Germanien nicht anders sein. Sobald die Menschen denken, dass Rom und der Kaiser weit weg sind, meinen sie, sie könnten sich alles erlauben. Aber nicht mit mir. Ich habe sie Gehorsam gelehrt! Ich habe hart durchgegriffen, wo es notwendig war. Das würde ich dir auch raten. Sonst tanzen dir die Einwohner auf der Nase herum.«

Der neue Statthalter runzelte die Stirn. »Ich habe noch nie viel davon gehalten, mit Angst und Schrecken zu regieren. Gerechtigkeit und Freundlichkeit sind die Mittel, die Vertrauen schaffen. Nicht Härte und Gewalt.«

Imperticus lachte laut auf. »Das musst du selbst wissen.« Er leerte den nächsten Becher. »Übermorgen um diese Zeit bin ich weit weg. Dann interessiert es mich nicht mehr, was du hier machst. Aber glaube mir, du wirst auch noch deine Erfahrungen mit diesem Pöbel machen.«

Nachdenklich ging Titus Pectore an diesem ersten Abend zu Bett. Morgen würde Imperticus ihm die Verwaltungsgebäude und das Lager der Legion zeigen. Vielleicht auch die Gefängnisse. Die Stadt wollte Pectore zusammen mit Silvus Hilarus erkunden, wenn sich dieser mit seinen Soldaten eingerichtet hatte. Wie würden die Menschen auf ihn reagieren? Wenn er sich Imperticus' Haltung vor Augen führte, fragte er sich, wie er diese umgesetzt hatte. Was bedeutete es, wenn er davon sprach, dass er mit harter Hand regiert hatte? Lediglich Strenge? Oder gar Ungerechtigkeit? Hatte er den Menschen Respekt eingeflößt? Oder Angst und Schrecken? Wenn das zweite der Fall war, musste er sich auf manche böse Überraschung gefasst machen.

Am nächsten Morgen war der neue Statthalter früh auf. Die Sonne war gerade aufgegangen. Im Speiseraum erwartete ihn bereits sein Vorgänger Imperticus. »Nun. Du scheinst ein Frühaufsteher zu sein. Das ist gut«, meinte dieser und lud ihn mit einer Handbewegung ein, sich zu setzen. Sofort kam ein Sklave, um ihm einen Becher mit Wasser zu füllen. Imperticus fuhr fort: »Ich hoffe, du bist gut gerüstet. Wenn es dir recht ist, werde ich dir deine privaten Räume morgen früh zeigen, bevor ich abreise. Das Verwaltungsgebäude sollte heute ausreichen. Du wirst dich für die Besonderheiten von Larisa interessieren. Wie ich gestern schon sagte: Es ist ein Provinznest wie jedes andere. Du wirst keine Überraschungen erleben. Aber das eine oder andere solltest du vielleicht von Anfang an wissen. Wenn du morgen die Stadt erkundest, warne ich dich. Sei auf der Hut. Die Menschen tun nur so, als wären sie freundlich. Sie führen immer etwas im Schilde.«

Pectore griff nach einem Stück Brot und schob es in den Mund. Während er aß, fragte er sich, ob das stimmte und warum Imperticus so von den Einwohnern dieser Stadt dachte. Wahrscheinlich aber sah er in jedem Menschen zunächst etwas Schlechtes. Vielleicht war er vom Wesen her misstrauisch und menschenverachtend. Pectore konnte das nicht nachvollziehen. Er fragte sich oft, ob das Zusammenleben nicht einfacher wäre, wenn die Menschen gelassener wären und die Dinge mit mehr Humor betrachten würden. So schnell war man verletzt, verärgert. Kleinigkeiten konnten zu Streit und Hass führen. Als würden nur den anderen Fehler unterlaufen. War nicht jeder froh, wenn andere ihm vergaben oder Nachsicht übten?

Nachdem sie die Morgenmahlzeit eingenommen hatten, machten sie sich auf den Weg. Das Verwaltungsgebäude war ein großes, stattliches Haus, nur wenige Schritte von dem Stadthaus, das dem Statthalter vorbehalten war, entfernt. Imperticus führte seinen Nachfolger durch die Räume und stellte ihm die Beamten vor, die hier ihre Arbeit verrichteten. Pectore fragte nach bestimmten Schriftstücken, ließ sich den Grundriss des Verwaltungsgebäudes aus dem Archiv holen. Schnell wurden die Pläne herbeigebracht. Imperticus riss sie dem Beamten, der sie brachte, ungeduldig aus der Hand. »Endlich. Ich dachte schon, das klappt heute nicht mehr.«

Erstaunt sah Titus Pectore ihn an.

Aber Imperticus ließ sich nicht beirren. »Lobe nicht zu viel, sonst werden sie noch langsamer, noch träger. Das alles könnte schneller gehen. Wahrscheinlich hat er noch ein Schwätzchen gehalten.« Er breitete die Pläne auf einem großen Tisch aus und erklärte dem neuen Statthalter, was wo zu finden war.

Als Pectore nach dem Gefängnis fragte, winkte Imperticus ab. »Das ist auf der anderen Seite der Stadt. Das kannst du dir vornehmen, wenn du Zeit hast. Aber glaube mir, es ist in guten Händen. Lass uns lieber den Rest dieses Gebäudes ansehen. Das ist wichtiger für deine Arbeit.« Er führte ihn durch den Gerichtssaal mit dem Richterstuhl. Anschließend zeigte er ihm die Räume, die für Verhöre gedacht waren, danach den Gästetrakt. Pectore sah, dass alles wohl geordnet war. Imperticus schien sehr viel Wert darauf gelegt zu haben, dass alle ihre Aufgaben mit Disziplin und den Regeln entsprechend erfüllten. Jedes Edikt, jedes Gesetz, jeder Erlass, nach dem er fragte, wurde ihm prompt und ohne unnötiges Suchen vorgelegt. Alles war, wo es hingehörte. Er hätte zufrieden sein können. Aber er sah auch, was Imperticus sicherlich entging, wenn es ihn überhaupt interessierte.

Die Menschen, die hier ihren Dienst versahen, seien es Beamte, Sklaven oder Freie im Dienst des Statthalters, schienen auf der Hut zu sein – vor was auch immer. Sie kamen den Befehlen unverzüglich nach, aber ihre Bewegungen, ihre Blicke zeigten, dass sie weder Eifer noch Pflichtbewusstsein antrieb. Es war etwas anderes. Pectore meinte, Angst in ihren Augen zu sehen, unterdrückte Wut, vielleicht sogar Hass. Mochte Imperticus seine Verwaltung gut im Griff haben, Pectore fragte sich, was der Preis dafür war und wer ihn zu zahlen hatte.

Der Tag flog nur so dahin. Vieles musste geklärt, übergeben, geregelt werden.

Mit jeder Begegnung mehr wurde Titus in seiner Wahrnehmung bestätigt. Imperticus war ungeduldig, unfreundlich, ohne Anerkennung gegenüber den Männern, die hier ihren Dienst versahen.

Schließlich fragte Pectore nach den Steuerlisten. Schnell wurden sie herbeigebracht und auf ein Schreibpult gelegt. Aber Imperticus fuhr die Beamten an. »Geht das nicht schneller?« Dann griff er nach den Listen, die versehentlich falsch herum hingelegt worden waren. »Nichts kann man euch anvertrauen. Sollen wir die Listen auf dem Kopf lesen?« Die Männer murmelten eine Entschuldigung und entfernten sich unauffällig.

Pectore sagte nichts, war aber entsetzt – wie sooft an diesem Tag. Warum diese Ungeduld? Er beugte sich schnell über die Listen, um Imperticus nicht zu zeigen, was er von seinem Verhalten hielt. Hinter den Namen und Zahlen waren verschiedene Zeichen eingetragen. Mehrmals fiel ihm ein »ca« auf. Er hoffte, dass es nicht das bedeutete, was er vermutete. Titus zeigte darauf und sah Imperticus, der abwartend neben ihm stand, fragend an.

»Carcer«, sagte dieser kurz. »Kerker. Diese Männer haben ihre Steuern nicht bezahlt.«

»Hm.« Das war nicht rechtswidrig. Wer seine Steuern schuldig blieb, wurde so lange verhaftet, bis die Familie die Schuld beglichen hatte. Wenn sie das nicht konnte, wurde die gesamte Familie dem Staat übereignet und als Sklaven verkauft, um die Steuerschuld zu tilgen. Aber es ging um kleine Beträge. Ein Statthalter hatte hier Spielraum, konnte Steuern erlassen oder stunden. »Wie viel Zeit hast du den Männern gelassen, um ihre Schuld zu begleichen?«

Imperticus lachte laut auf. »Was ist das für eine Frage? Wer nicht zahlt, wird verhaftet! Punkt. Ohne Ausnahme. Bis die Familie für die Schuld aufgekommen ist. So will es das Gesetz.«

Titus schüttelte den Kopf. »Das mag dem Gesetz entsprechen, aber ist es auch menschlich? Schließlich handelt es sich um kleine Beträge. Die Schuldner hätten sicher nur eine Frist benötigt, um sich das Geld zu leihen oder zu verdienen.«

Wieder lachte Imperticus. »Wo kämen wir da hin? So etwas spricht sich herum. Nein, Pectore. Härte muss man zeigen. Vom ersten Tag, vom ersten Sesterz an. Sonst denken die Menschen, sie könnten sich alles erlauben.« Verächtlich schnaubte er. »Ich sehe schon, du bist weich. Pectore. Dein Name sagt schon alles. Hast du ein Herz aus Gold, dass er dir verliehen wurde? Glaube mir, Großzügigkeit und Herzensgüte sind nicht gut für einen Statthalter«, fuhr er spöttisch fort. »Wie schon gesagt, die Menschen werden dir auf der Nase herumtanzen.«

Titus erwiderte nichts, aber er sah in die Gesichter der Beamten. Sie hatten ihm zugehört, ein kurzer Hoffnungsschimmer war in ihre Augen getreten, aber sofort wieder verschwunden, als Imperticus zu reden begonnen hatte. Nein, er würde die Hoffnung der Männer nicht enttäuschen. So konnte es nicht weitergehen.

Endlich kam der Abend. Müde fiel Pectore ins Bett. Es gab viel zu tun, das merkte er. Überall herrschte eine Anspannung, die er über den Tag immer mehr gespürt hatte. Ja, hier war mit harter Hand regiert worden, aber das würde er ändern. Die Leute sollten ihn fürchten, aber keine Angst vor ihm haben. Ihr Vertrauen war ihm wichtiger.

Am nächsten Morgen führte Imperticus den neuen Statthalter durch den Rest des Hauses. Pectore sah, dass es zweckmäßig, aber bequem und mit allem nötigen Komfort eingerichtet war, so wie der Speiseraum und der Gästeraum, in dem er übernachtet hatte. Pectore war zufrieden. Mehr brauchte er nicht. Es gab ein eigenes Bad, eine große Küche und Sklaven, die den Haushalt versorgten.

Aber Imperticus schüttelte den Kopf. »Dieses Haus! Ich freue mich darauf, in Rom wieder allen Luxus zu haben. Das hier ist so dürftig und einfach ausstaffiert. Ha. Da werde ich künftig besser wohnen.«

»Mir genügt es. Mehr brauche ich nicht. Es hat fließendes Wasser, die Böden haben ein Unterfeuer und sind bei kaltem Wetter warm. Es gibt ein Bad, eine gute Küche. Die Räume sind groß genug und ausreichend. Sollte ich mehr Gäste erwarten, als dieses Haus fasst, sind sie im Gästetrakt des Verwaltungsgebäudes gut aufgehoben. Der Speiseraum ist groß genug für eine größere Gesellschaft. Was will ich mehr? Der hintere Garten ist schön angelegt und windgeschützt und lädt zum Sitzen ein. Die Ställe und Schuppen haben genügend Platz für mein Pferd und das, was für einen solchen Haushalt vonnöten ist.«

»Wenn du meinst.« Imperticus sah ihn abschätzig an. »Man merkt, dass du lange Zeit in Germanien warst. Vermutlich ist das hier ein Palast, wenn du es mit deiner bisherigen Bleibe vergleichst.« Er zuckte die Schultern. »Aber das ist nicht mehr mein Problem. Mein Pferd steht bereit, meine Begleitung wartet. Es ist Zeit für den Abschied. Die Götter Roms sollen bei dir sein, Titus Pectore. Du wirst ihre Hilfe brauchen.«

Die Männer gaben sich noch einmal die Hand. Imperticus stieg auf sein Pferd und ritt davon.

»Endlich«, murmelte Pectore. Nachdenklich ging er zurück ins Haus. Dort ging er in den Arbeitsraum, der nun seiner war. Er ließ seinen Blick über den breiten Tisch, die Regale mit den Schriftrollen, die Lampen und Vorhänge schweifen. Hier würde er sich aufhalten, wenn er im Verwaltungsgebäude nicht gebraucht wurde.

Jemand räusperte sich hinter ihm. Pectore drehte sich um. Der Mann, der hinter ihm stand, war etwas größer als er, von kräftiger Statur mit hellen, wachen Augen. Er war gut gekleidet, seinem Stand angemessen. »Nun, du musst Darius sein«, sprach der Statthalter ihn an. Als der Mann nickte, fuhr er fort: »Du bist also der Verwalter dieses Gebäudes. Wie ich sehe, trägst du keinen Armreif, bist also ein freier Mann.«

»Ja, Herr. Ich wurde als Sklave geboren. Aber der vorletzte Statthalter hat mir die Freiheit gegeben und mich gleichzeitig als Verwalter eingestellt.«

»Gut. Wie ich sehe, hat Imperticus dich nicht entlassen. Er war also zufrieden mit dir?«

»Nun, Herr.« Darius zögerte, schien nach den richtigen Worten zu suchen. »Ich habe ihm keinen Grund gegeben, nicht zufrieden mit mir zu sein.«

Pectore nickte und zeigte auf die Schriftrollen. »Was hast du da?«

»Das sind die Namen der Sklaven in diesem Haus.«

Der Statthalter nahm ihm die Listen aus der Hand. Er warf einen flüchtigen Blick darauf. »Sind es ausreichend Sklaven, die für alle Aufgaben gebraucht werden? Versehen sie ihre Pflichten zufriedenstellend? Gibt es Ärger? Probleme? Ungehorsam?«

Darius schüttelte den Kopf. »Nein, Herr, es ist alles in bester Ordnung.«

»Das habe ich mir gedacht …« Pectore zögerte. Er hob den Kopf und sah Darius prüfend an. »Mit dieser Antwort habe ich gerechnet. Alles im Haushalt und in der Verwaltung ist in bester Ordnung. Es gibt nichts zu bemängeln.«

»Ja, Herr. So soll es auch sein.«

»Ja, und gerade deshalb ist es unglaubwürdig.« Der Statthalter richtete sich ganz auf, sah den Verwalter aufmerksam an.

Darius sog hörbar die Luft ein. »Wie meinst du das, Herr?«

»Nirgends ist alles in bester Ordnung. Es gibt keinen Ort auf dieser Welt, an dem alles stimmt, alles läuft, wie es laufen soll, reibungslos und ohne Probleme. Wo, Darius, so frage ich mich, verstecken sie sich hier? Überall gibt es Unannehmlichkeiten, überall gibt es Ärger. Hier nicht? Ist das möglich? Das erscheint mir doch sehr unwahrscheinlich.«

Darius hob abwehrend die Hände. »Herr, es ist, wie ich sage …«

Pectore schlug mit der Hand auf den Tisch. »Schluss mit den Märchen, Darius!«, rief er. »Ich bin Titus Pectore. Und nicht Appius Imperticus! Seine Regeln sind nicht meine. Er hat mit harter Hand regiert. Hat er Widerspruch geduldet? Fehler? Unaufmerksamkeit? Vermutlich nicht. Du hast Angst. So wie alle Angst haben, denen ich bisher begegnet bin.« Pectore sah auf die Liste. »Ich sehe die Namen, die Zahlen. Aber sie spiegeln nur das wider, was Imperticus für richtig und notwendig hielt. Wie siehst du das?« Auffordernd wandte er sich wieder dem Verwalter zu. »Sprich offen und frei. Ich kann nur handeln, wenn ich die Wahrheit kenne.«

Darius nickte. Er nahm seinen ganzen Mut zusammen. Wenn der neue Statthalter so war, wie sein Name sagte, und ein großes Herz besaß, so meinte er es ernst. »Herr, dann will ich ehrlich sein.« Er trat neben den Statthalter. Namen für Namen ging er durch, erzählte von den Stärken und Schwächen. Pectore hörte zu. Und begriff, was die letzten Jahre hier geschehen war. Darius kannte jeden der Männer und Frauen, die in diesem Haus arbeiteten. Er hatte sie vor dem früheren Statthalter geschützt, dafür gesorgt, dass diesem nichts zu Ohren kam, was den Sklaven Bestrafung gebracht hätte. Und so Imperticus vorgegaukelt, dass er dieses Haus in seiner Hand hatte und nichts geschehen konnte, was nicht in seinem Sinne war.

Pectore sah aber auch die Arbeit, die erledigt werden musste, um einen solchen Haushalt, ein so großes Haus zu bewirtschaften. Wie hatten all die Männer und Frauen das nur geschafft? Denn eines war gewiss: Es waren zu wenige. Imperticus war zu geizig gewesen, um mehr Sklaven zu kaufen. Das musste er ändern.

Der Statthalter sprach den Gedanken aus. »Ich sehe viel Arbeit und zu wenig Sklaven, die sie erledigen. Dennoch war alles in bester Ordnung?«

Darius schluckte. Sein neuer Herr verlangte ehrliche Antworten. Aber das war jetzt schwierig. Denn das konnte seine Entlassung bedeuten.

»Und?« Pectore wurde ungeduldig.

»Herr, wir haben alle viel gearbeitet und wenig geschlafen.«

»Du weichst mir aus.«

»Nein, Herr. Nur so konnte es gehen. Ich meine, wo zu viel Arbeit auf zu wenige Schultern verteilt wird, da kann das nur bedeuten, dass jeder über seine Kräfte geht.«

»Das mag sein. Aber so kann zum Beispiel keine der Sklavinnen ordentlich nähen. Eine Arbeit, die in jedem Haushalt anfällt. Da mögen sie noch so lange arbeiten, noch so fleißig und angestrengt ihren Dienst versehen, die mangelnden Kenntnisse werden sie dadurch nicht ausgleichen. Und das ist nicht das einzige Feld, bei dem die nötigen Fertigkeiten fehlen.« Pectore schnaubte wütend aus. »Überall fehlen Arbeitskräfte. Ein Stall dieser Größe benötigt normalerweise mehr Sklaven für die ganze Arbeit. In der Küche, beim Reinigen des Gebäudes – überall. Mögen es auch nur ein oder zwei Sklaven sein – es sind zu wenig.

Darius zögerte. »Herr ... Ich meine, vielleicht überschätzt du die Notwendigkeit ...«

»Schluss! Noch einmal: Hör auf, mir Märchen zu erzählen! Wie hast du das Problem gelöst?«

»Gut, Herr.« Darius fügte sich in sein Schicksal. »Ich habe Geld unterschlagen und manche Arbeiten außerhalb des Hauses erledigen lassen. Gerade das Nähen habe ich an eine Frau vergeben, die damit ihr Geld verdient.«

»Unterschlagung? Wie kommt es, dass mein Vorgänger das nicht gemerkt hat?«

»Ich führe die Bücher, Herr. Und Imperticus hat mir vertraut.« Darius war kleinlaut geworden.

Pectore sah ihn an. Dann verzog sich sein Gesicht zu einem breiten Grinsen. »Ich verstehe. Du willst sagen, er hat sich nicht vorstellen können, dass jemand ihn auf diese Weise hintergeht. Es war nicht das Vertrauen dir gegenüber, sondern seine Überheblichkeit, die dich geschützt hat.« Pectore lachte. »Darius, Vertrauen ist unabdingbar. Verrat und Betrug schätze ich überhaupt nicht. Aber in diesem Fall kann ich dich nur loben. Denn was ich noch weniger schätze, ist es, wenn Sklaven ausgenutzt und schlecht behandelt werden. Wie schon Seneca sagte: Sie sind aus dem gleichen Samenkorn und atmen die gleiche Luft wie wir. Entsprechend sollten wir sie auch gut behandeln.« Er klopfte dem Verwalter auf die Schultern. »Gut gemacht, Darius. In diesem Fall. Aber merke dir eins: Mir gegenüber werde ich ein solches Verhalten nicht dulden. Ich bin mir aber sicher, dass das auch nicht notwendig sein wird.«

Er nahm die Liste wieder in die Hand. »Schreibe auf, was fehlt. Überlege, wofür noch Sklaven benötigt werden und wie viele. Ich gebe dir drei Tage Zeit.«

So verging der zweite Tag. Pectore schlief schlecht in dieser Nacht. So ordentlich und geregelt alles schien, so versteckt war das, was in den letzten Jahren vernachlässigt worden war oder gar unter Imperticus gelitten hatte.

So beschloss er, den nächsten Tag an der frischen Luft zu verbringen.

Er ließ nach Silvus Hilarus schicken. Vielleicht war er bereits in der Lage, einen Tag außerhalb des Lagers zu verbringen und mit ihm die Stadt zu erkunden.

Und tatsächlich. Silvus kam, gut gelaunt und mit frischem Schritt. »Nun, mein Freund, in welcher Verfassung ist Larisa? Hast du dich schon mit ihr angefreundet?«

Pectore musste lachen. »Das klingt, als würdest du nach einer Frau und nicht nach einer Stadt fragen.«

»Eine Stadt ist wie eine Frau. Widerspenstig, stur, aber sanft wie ein Kätzchen, wenn du ihr was zu fressen gibst.«

»Du und deine Vergleiche. Merkst du manchmal, wie wenig sie der Realität entsprechen?« Pectore ließ sich seinen Umhang reichen. »Lass uns gehen. Ich brauche die Geräusche der Straße und den Geruch der Stadt. Nicht den Gestank muffiger Beamtenstuben.«

Sie machten sich auf den Weg. Ein Sklave führte sie. Zuerst suchten sie die Tempel auf, allen voran den Tempel der Athene, die als Stadtgöttin verehrt wurde. Pectore betrat ihn ehrfurchtsvoll, stand lange vor dem Standbild der Göttin, betrachtete den Helm, den Speer und den Schild. Auf sie vertrauten also die Bürger von Larisa. Nun, so würde er das auch tun. Welchen Gott er anbetete, war sowieso ohne Bedeutung. Rom duldete sie alle. Warum sich darüber streiten, welchen man verehren sollte? Es gab nur eine Regel: Der Kaiser war Herr und Gott. Und dieser war weit weg. Hier also war es Athene, woanders waren es Isis oder Saturn, oder wie sie alle hießen. Welche Rolle spielte es schon? Hauptsache, sie halfen, wenn man sie brauchte. Der Statthalter hatte sich immer seine eigenen Gedanken darüber gemacht. Ihn wunderte, dass es in Rom und in anderen Provinzen eine Sekte gab, deren Glaube nicht geduldet wurde. Eine Gruppe, gegen die hart und gnadenlos vorgegangen wurde, wenn sie sich zu erkennen gab. Das widersprach römischer Sitte und dem üblichen Umgang mit anderen Religionen. »Hast du schon mal was von den Christen gehört?«, fragte er Silvus.

Erstaunt sah ihn der Zenturio an. »Ja, natürlich.«

»Kennst du welche?«

»Nein. Du etwa?«

»Nicht, dass ich wüsste.« Der Statthalter fasste sich ans Kinn. Nachdenklich sagte er: »Obwohl … Ich weiß nicht. Es gab in Sumelocenna eine Frau, die auf eigenartige Weise anders dachte, anders handelte. Ich kann es gar nicht beschreiben. Du weißt, dass ich vor Jahren in Jerusalem war. Dort habe ich ähnliche Gedanken gehört. Sie sprach viel von Freiheit, davon, dass alle Menschen gleichwertig geschaffen sind. Dabei war sie Römerin. Es ging ihr nicht um die Vernichtung Roms. Lediglich darum, dass Germanen und Römer, Sklaven und Freie gleich vor Gott sind. Sie sprach nie von Jupiter, auch nie von den Göttern. Wenn ich mich richtig erinnere, redete sie immer nur von Gott. So, als würde es nur einen geben. Ähnlich wie bei den Juden. Manchmal habe ich mich gefragt, ob sie Christin ist.«

»Du hast sie aber nie danach gefragt?«

»Nein. Warum sollte ich?«

»Titus, bei deinen Ansichten wäre das nicht verwunderlich. Aber wie kommst du gerade hier auf diese Sekte?«

Pectore lachte. Er sah nach oben, betrachtete das Gesicht der Göttin. »Du glaubst genauso wenig wie ich, dass die Götter allmächtig sind. Wenn ich Athene ansehe, empfinde ich Ehrfurcht, Staunen über ihre Göttlichkeit. Gleichzeitig frage ich mich, wie ernst ein Gott zu nehmen ist, der andere Götter neben sich duldet. Und damit meine ich nicht die eigenen, also Zeus und Aphrodite. Ich meine die Götter anderer Völker. Gibt es denn mehrere Götterreiche? Ein römisches, ein griechisches, ein germanisches? Werden wir in Griechenland von Zeus und Athene beschützt, in Rom von Jupiter und Minerva?«

»Eine göttliche Verwalterschaft mit Provinzen und Zuständigkeiten?«

»Ja, so könnte man das nennen.« Beide lachten.

»Aber was hat das mit den Christen zu tun?«

»Oh, ganz einfach. Ihnen wird keine Provinz zugestanden. Im Gegenteil. Sie werden aus allen vertrieben. Aber ich sehe nicht, worin ihr Vergehen besteht.«

»Sie leugnen die Göttlichkeit des Kaisers.«

»Das kann ich gut nachvollziehen. Wenn man bedenkt, wen wir

alles als göttlich verehrt haben. Calligula, Nero, Domitian. Einer wahnsinniger als der andere. Götter, die man nach deren Tod aus der Erinnerung der Menschen löschen wollte. Das ist grotesk.«

Silvus wurde ernst. »Du solltest vorsichtig sein. Nicht jeder versteht diese Art von Humor.«

»Du aber schon?«

Jetzt musste Silvus laut auflachen. »Komm, du Zweifler, bevor Athene den Speer hebt und dich durchbohrt. Sie mag eine Göttin sein. Ob ein Mensch, den das Schicksal auf den Thron gebracht hat, das auch ist, kann ich nicht beurteilen. Aber …« Er wurde wieder ernst. »Ich teile deine Zweifel.«

Sie wandten sich von der Statue ab und verließen den Tempel. Gemeinsam liefen sie die Stadtmauer entlang, die im Halbkreis um die Stadt gebaut war, und erreichten schließlich das Amphitheater.

»Nun, für Zerstreuung ist gesorgt. Imperticus sagte, dass hier alles gemacht wird, was unterhält. Von Schauspiel, Gesang bis hin zu Gladiatorenkämpfen und anderen Wettkämpfen.«

»Das ist wichtig. Es erfreut das Herz der Menschen.«

»Und hält sie ruhig. Und damit die ganze Stadt.«

»Wie ich schon einmal sagte: Widerspenstig und stur. Es sei denn, man füttert sie.« Silvus grinste, als er das sagte.

Pectore nickte. »Brot und Spiele, um es etwas zivilisierter auszudrücken.« Er wandte sich um. »Lass uns zum Marktplatz gehen. Und uns die ansehen, die diese Stadt bewohnen.«

Der Marktplatz war großzügig angelegt. Stände mit Brot, Fleisch und Gemüse standen neben solchen mit Töpferwaren, Stoffen, Dingen des täglichen Gebrauchs. Menschen eilten hin und her, feilschten mit den Händlern um die Preise. Es war ein Kommen und Gehen, unübersichtlich und doch auf seine Art geordnet.

»Der Markt einer Stadt, die eine ganze Provinz versorgt«, meinte Silvus. »Ich liebe diesen Lärm und das Geschrei.«

Der Statthalter nickte.

Gemeinsam durchquerten sie den Markt. Die Menschen machten ihnen den Weg frei, grüßten ehrerbietig, fast scheu.

»Sie haben Angst vor mir.«

Silvus schüttelte den Kopf. »Nicht vor dir. Vor dem Statthalter. Woher sollen sie wissen, dass du anders bist als Imperticus?«

»Was hast du von ihm gehört?«

»Nichts Gutes. Wenn man es zu seinen Gunsten ausdrücken will, so hat er für Recht und Ordnung gesorgt.«

»Und zu seinen Ungunsten?«

»Angst und Schrecken.«

»Ja, das entspricht dem, was ich wahrnehme.« Pectore wollte noch etwas sagen, als er hinter sich ein helles Frauenlachen hörte. Er drehte sich um.

Er war an dem Stand eines Schuhmachers vorbeigegangen, ohne diesen wahrzunehmen. Dahinter stand eine junge Frau. Sie war nicht besonders groß, hatte ein rundes Gesicht mit auffallend blauen Augen, einer kleinen Nase und schön geschwungenen, vollen Lippen. Ihr schwarzes, lockiges Haar hatte sie mit einem Band zusammengebunden. Sie redete mit einer Frau, die ihr ein paar Schuhe abgekauft hatte und gerade das Geld aus ihrem Beutel abzählte. Wieder lachte die junge Frau. Dann sagte sie etwas. Pectore konnte nicht hören, was gesprochen wurde. Aber jetzt lachten beide. Die junge Frau nahm das Geld und verabschiedete ihre Kundin. Mit einem freundlichen Lächeln und geröteten Wangen sah sie ihr nach.

Titus Pectore war fasziniert. Die Frau war jung, vielleicht 18 oder 19 Jahre alt. Ob sie schon verheiratet war? Er hoffte nicht, denn sie gefiel ihm ausnehmend gut. Eine Frau wie sie könnte ihm die Zeit in Larisa versüßen. Er trat an den Stand.

Die junge Frau sah ihm freundlich entgegen. Doch dann öffneten sich ihre Augen weit, nur für einen Augenblick. Aber er hatte es bemerkt. Auch sie schien Angst vor ihm zu haben. Ernst verneigte sie sich. »Sei mir gegrüßt, Statthalter.«

»Du weißt, wer ich bin?«

»Natürlich, Herr. Jeder weiß das.« Ihre Stimme klang verhalten, ohne die Fröhlichkeit und Freundlichkeit, die sie vorher ausgestrahlt hatte. Pectore erschrak darüber. Was war hier falsch gelaufen?

»Wer bist du und wessen Stand ist das?«, fragte er.

»Dieser Stand gehört dem Schuhmacher Servius Contente. Ich bin seine Tochter Celia.« Sie musterte sein Gesicht, als sie das sagte.

Pectore nahm einen Schuh in die Hand, begutachtete ihn. »Dein Vater versteht sich gut auf sein Handwerk.«

»Ja, Herr, das tut er.« Mehr sagte sie nicht. Sie wirkte wachsam, vorsichtig.

Er sah sie an. Irgendetwas stimmte nicht. Er wusste nicht, was es war. Hatte auch sie schlechte Erfahrungen mit Imperticus gemacht? Er dachte an die Steuerlisten. War ein Schuhmacher unter den Namen mit dem Vermerk »ca« gewesen? Er konnte sich nicht erinnern. Sollte er nachfragen? Ihr Gesicht wirkte auf einmal abweisend, verschlossen. Nein, sie würde ihm nicht verraten, worum es ging.

Er legte den Schuh zurück. »Ein schönes Stück«, sagte er. Dann hob er erneut den Blick und sah sie an. Ihre blauen Augen, die runden Wangen, der Mund, der gerade noch so herzlich gelacht hatte. Sie gefiel ihm. Aber er schien ihr nicht zu gefallen. Das war offensichtlich.

Er nickte ihr noch einmal zu, dann ging er weiter. »Silvus«, sagte er zu seinem Begleiter. »Morgen werde ich das Gefängnis aufsuchen. Imperticus wollte mich davon abhalten. Ich frage mich, warum. Und ich frage mich, warum die Menschen Angst vor mir haben. Vor meinem Amt. Was ist hier nur geschehen?«

Er drehte sich noch einmal nach der jungen Frau um. Sie sah ihm mit ernstem, fast abweisendem Blick nach. Gerne hätte er noch mal ihr Lachen gehört. Er seufzte. Es würde nicht leicht sein, sie für sich zu gewinnen.

7. *Im Gefängnis*

Am nächsten Tag wartete Titus Pectore ungeduldig, bis Silvus endlich bei ihm eintraf. Gemeinsam machten sie sich auf den Weg, zwei Soldaten im Gefolge. Ihr Ziel war das Verwaltungs- und Gerichtsgebäude. Pectore wollte den Gerichtsschreiber aufsuchen, denn als Statthalter war er auch der oberste Richter der Provinz. Mit dieser Aufgabe wollte er sich zuerst vertraut machen, wusste er doch, dass hier oft die größten Ungerechtigkeiten geschahen. Da Imperticus gemeint hatte, dass das Gefängnis nicht von Belang war und gut geführt wurde, befürchtete er das Schlimmste.

Der Schreiber empfing sie ehrerbietig, indem er leicht seinen Kopf neigte und seine rechte Hand auf die Brust legte. Er war ein älterer, kleiner, gebeugter Mann mit schütterem Haar und einer feinen, hohen Stimme. »Herr, es gibt einige Anklagen wegen Raubes und Betrugs, die behandelt werden müssen. Dann haben wir einen Mörder in Gewahrsam. Und natürlich Steuerschuldner. Daneben sind im Kerker mehrere Gefangene, die sicherlich zum Tode verurteilt werden.«

»Was haben sie verbrochen?«

»Äh.« Der Schreiber wirkte auf einmal unsicher. »Nun, das ist nicht ganz klar. Sie sind … Ich meine …«

Pectore sah ihn durchdringend an. »Du willst mir weismachen, dass im Gefängnis Menschen sitzen, von denen du nicht weißt, was ihr Vergehen ist?«, fragte er mit scharfer Stimme. »Und dennoch sollen sie zum Tode verurteilt werden?«

»Ähm …« Der Schreiber hob beschwichtigend die Hände. »Herr, lass dir das vom Kerkermeister erklären. Er weiß mehr darüber. Es hat sicher alles seine Richtigkeit.«

»Du bist der Schreiber. Du musst Bescheid wissen.«

»Ja, Herr, schon. Aber es war mehr so eine Sache zwischen Imperticus und dem früheren Zenturio. Ich weiß nicht viel. Es gibt auch nichts, was ich niederschreiben musste. Wie gesagt, der Kerkermeister …«

»Das ergibt keinen Sinn«, unterbrach ihn Pectore. Aber als er sah, dass er nicht mehr zu erwarten hatte, ließ er sich zu dem Gebäude führen, in dem das Gefängnis war. Ebenerdig befanden sich Verwaltungsräume, darüber die Wohnräume des Kerkermeisters.

Pectore betrat mit Silvus und den Soldaten das Haus. Der Kerkermeister trat ihm entgegen, groß und schwer, am Gürtel einen gut bestückten Schlüsselbund. Er schien überrascht zu sein. »Sei gegrüßt, Herr.«

»Du scheinst mich nicht erwartet zu haben.«

»Nein, Herr. Ich bin schon lange im Dienst. Aber es ist noch nie ein Statthalter in den Kerker gekommen.«

»Noch nie?«

»Na ja, nicht ganz, Herr. Imperticus ist nie gekommen. Warum auch? Hier ist nur Schmutz und Dreck.«

Pectore hatte den starken Verdacht, dass dieser Mann damit nicht den Zustand des Gefängnisses meinte, sondern von den Menschen sprach, die darin eingesperrt waren. Er widerte ihn an.

»Nun. Ich halte das anders. Als Statthalter habe ich die Verantwortung. Auch für das Gefängnis. Ich möchte mich überzeugen, dass alles in Ordnung ist.«

»Das ist es, Herr. Das kann ich dir bestätigen«, sagte der Kerkermeister schnell.

»Ich möchte mich aber selbst davon überzeugen. Zeige mir die Gefangenen.«

»Die Gefangenen?« Überrascht zeigte der Kerkermeister auf die Treppe, die in den Keller führte. »Du willst wirklich da hinunter?«

»Ja, das will ich.«

»Es reicht doch, wenn ich dir die Liste mit den Gefangenen gebe. Und dir sage, wer aus welchen Gründen hier ist.«

»Nein, das reicht mir nicht. Ich möchte die Gefangenen sehen. Jeden Einzelnen. Und zwar jetzt sofort!«

»Ja, Herr«, murmelte der Kerkermeister. Es gefiel ihm nicht, dass er von seinem neuen Vorgesetzten kontrolliert wurde. Imperticus hatte ihm voll und ganz vertraut. Sie waren sich immer einig gewesen, was die Behandlung der Gefangenen betraf.

Der Kerkermeister nahm eine Fackel und ging die Treppe hinunter, Pectore und Silvus folgten ihm. Die Soldaten blieben oben zurück. Die Luft im Keller war feucht und erfüllt vom Gestank nach Schweiß, Ausscheidungen und Fäulnis.

Der Kerkermeister leuchtete in die erste Zelle. Der Raum war nicht groß, vielleicht sechs Schritte auf jeder Seite. Zwei Männer saßen auf einfachen, hölzernen Liegen. Alte mottenzerfressene Matten und löchrige Decken lagen darauf. Der Boden war mit Stroh bedeckt. In der Ecke stand ein Eimer für die Notdurft.

»Steht auf!«, herrschte der Kerkermeister die Männer an. »Der Statthalter will euch sehen.«

Mühsam erhoben sich die Männer. Pectore sah in verhärmte Gesichter, auf ausgemergelte Körper und mit Blut verschmierte Kleider. »Wer sind diese Männer?«

»Sie heißen Timon und Damian. Beide sind in Larisa geboren.«

»Was ist ihr Verbrechen? Raub? Mord? Brandstiftung?«

»Nein, Herr.«

»Was dann? Es muss eine schwerwiegende Tat sein. Sie wären sonst nicht eingesperrt. Und nicht auf diese elende Weise.«

Der Kerkermeister straffte die Schultern. Er wollte sich nicht vorwerfen lassen, dass er seine Gefangenen zu Unrecht schlecht behandelte. Sie hatten es verdient. Dessen war er sich sicher. »Sie sind Verräter! Feinde des Staates!«

»Oh. Das ist ein gewichtiger Vorwurf. Was genau haben sie verbrochen?« Waren das die Männer, von denen der Schreiber gesprochen hatte? Pectore konnte das Ganze noch nicht einordnen.

»Sie sind Christen!«

Überrascht wandte sich der Statthalter dem Kerkermeister zu. »Christen? Ist das alles?«

»Ja, Herr. Das ist ein schwerer Vorwurf. Sie weigern sich, den Kaiser als Herrn und Gott anzuerkennen. Sie sind Verräter des Staates.«

Pectore seufzte. »Ich weiß. Das hast du bereits gesagt.« Er überlegte. »Sie wurden der Tat überführt?«

»Ja, Herr.«

»Wer hat sie angezeigt?«

Jetzt wurde der Kerkermeister unsicher. »Nun, Herr, es waren anonyme Anzeigen.«

Pectore atmete tief ein. »Anonym?« Er presste die Lippen aufeinander. »Gibt es Beweise? Geständnisse?«

»Nein, Herr. Aber die werden wir noch aus ihnen rausprügeln.«

Der Statthalter sah die Männer an. Er wirkte ruhig, nur Silvus, der ihn kannte, sah seine Anspannung.

»Ihr habt sie gefoltert?«

»Natürlich, Herr.«

»Und kein einziges Geständnis erhalten?«

»Nein, Herr.«

»Keine Beweise?«

»Nein, Herr.«

»Nur eine anonyme Anzeige?« Mit jeder Frage wurde die Stimme des Statthalters leiser, gepresster.

Der Kerkermeister fühlte sich sichtlich unwohl in seiner Haut. »Herr, Imperticus hat befohlen, sie festzunehmen. Ihm waren die Anzeigen Beweis genug.«

Pectore fuhr herum. »Aber mir sind sie es nicht! Du kennst das Gesetz! Es war noch nie römischer Brauch und Sitte, Menschen aufgrund von Verdächtigungen und ohne Beweise festzusetzen. Anonyme Anzeigen sind nicht das, was unser Recht erlaubt! Wer etwas anzuzeigen hat, soll dazu stehen! Ich werde dieses Vorgehen nicht weiter dulden!«

»Aber, Herr. Imperticus ...«

»Imperticus ist fort. Ich bin jetzt der Statthalter! Wenn gegen diese Männer außer Verleumdung und übler Nachrede nichts vorliegt, haben sie hier nichts zu suchen! Öffne die Tür. Diese Männer sind ab sofort frei.«

»Aber, Herr!«

»Dies ist ein Befehl!«

Erschrocken und mit zitternden Händen öffnete der Kerkermeister die Tür zu dem Verließ.

Pectore wandte sich an die Männer, die starr der Unterhaltung gefolgt hatten. »Verzeiht das Unrecht, das euch angetan wurde. Ihr seid freie Männer. Kehrt zu euren Familien zurück. Von mir habt ihr nichts zu befürchten.«

Die Männer wussten nicht, was sie sagen sollten. Mit Tränen in den Augen wollten sie nach der Hand ihres Befreiers fassen. Aber er winkte ab. »Ihr müsst mir nicht danken.« Dann wandte er sich an den Kerkermeister. »Befiehl deinen Männern, sie nach draußen und bis zu ihrem Heim zu begleiten.«

Damit ging er zur nächsten Zelle weiter.

Zwei Frauen waren darin. Ihre Ähnlichkeit ließ darauf schließen, dass sie Mutter und Tochter waren.

»Und hier? Anklage? Beweise?«

Der Kerkermeister senkte den Kopf. »Dasselbe wie bei den Männern«, flüsterte er.

»Sprich lauter.«

»Herr, auch sie sind Christen. Auch sie sind anonym angezeigt worden. Auch gegen sie liegen keine Beweise vor. Es gibt auch keine Geständnisse.«

»Trotz Folter?«

»Ja, Herr.«

Pectore sah den Kerkermeister an. Schnell griff dieser zum Schlüsselbund. »Ich habe verstanden, Herr«, beeilte er sich, zu sagen. Dann öffnete er die Tür. Der Statthalter ging derweil weiter.

In der nächsten Zelle waren ebenfalls zwei Männer. Einer von ihnen stand aufrecht in der Mitte des Raumes. Natürlich hatte er mitbekommen, was gerade passiert war. Der Mann war groß und kräftig. Sein Kopf war kahl, das Gesicht aber von einem buschigen Bart umhüllt, die Hände wirkten entstellt. Mit offenem und erwartungsvollem Blick sah er Pectore entgegen.

Der Statthalter musterte ihn. Der klare Blick des Mannes faszinierte ihn. Er wollte mehr über ihn erfahren.

»Sein Name?«

»Servius Contente.«

Pectore zuckte zusammen. Das also war der Schuhmacher, der Vater des Mädchens Celia. Jetzt verstand er, warum sie so auf ihn reagiert hatte. Wut stieg in ihm auf. Er versuchte, sich zu beherrschen. »Das ist kein griechischer Name«, sagte er schließlich. Vielleicht täuschte er sich ja. Vielleicht gab es in Larisa einen zweiten Mann mit diesem Namen.

»Nein, Herr. Aber er wohnt seit vielen Jahren in unserer Stadt. Er ist mit einer Griechin verheiratet.«

Pectore sah auf die Hände des Mannes. »Sein Beruf?«

»Schuhmacher.«

Der Statthalter schluckte schwer. Ja, er war es wirklich. »Die Anklage?«

Der Kerkermeister griff nach dem Schlüssel. Aber Pectore hob die Hand.

»Auch gegen ihn keine Beweise?«

»Nein, Herr.«

»Kein Geständnis?«

»Nein, Herr.«

»Obwohl ihr seine Hände zertrümmert habt?«

»Herr, er hat kein Wort gesprochen, seit er hier ist. Nicht einen Ton. Irgendwie mussten wir ihn zum Reden bringen.«

»Aber ihr habt es nicht geschafft!«

»Nein, Herr.«

»Er wird seinen Beruf nicht mehr ausüben können.«

»Nun, es war auch nicht vorgesehen, dass er jemals wieder …« Der Kerkermeister stockte.

Pectore fuhr herum. »Ihr vernichtet Menschen, nehmt ihnen ihre Arbeitskraft, ihren Lebensgeist!«, herrschte er den Kerkermeister an, durchbohrte ihn mit seinem Blick. »Ihr zerstört, was sie brauchen, um ein würdiges Leben führen zu können. Und das ohne irgendeinen Beweis, der vor dem Gesetz standhält? Ohne Geständnis? Ohne dass ihr irgendetwas wisst? Nur aufgrund von Verleumdung und Lügengeschichten? Angezeigt von Feiglingen, die nicht den Mut haben, ihr Gesicht zu zeigen? Vor welchem Gericht, nein, vor welchem der Götter wollt ihr das rechtfertigen?« Er schüttelte den Kopf. »Wie viele sind es noch? Wie viele Unschuldige habt ihr noch in diesen Kerkern?«

»Zwei Männer, Herr. Und … und eine Frau.«

»Alle, verstehst du, alle sind sofort freizulassen. Solange ich Statthalter von Larisa bin, wird niemand aufgrund einer anonymen und verleumderischen Anzeige ins Gefängnis geworfen! Sei froh, wenn ich dich dafür nicht zur Rechenschaft ziehe.« Abrupt wandte er sich ab, um zu gehen.

»Herr!« Die Stimme aus der Zelle ließ ihn innehalten. »Herr, ich danke dir. Ich danke dir.«

Pectore nickte dem Schuhmacher zu. »Geh, mein Freund«, sagte er leise. »Und verzeih das Unrecht, das dir angetan wurde. Wenn ich irgendetwas für dich und deine Familie tun kann, so will ich das gerne tun.«

Er winkte Silvus zu sich. Gemeinsam gingen sie die Stufen hinauf und verließen das Gebäude. Die Sonne brannte unbarmherzig vom Himmel, trieb ihm den Schweiß auf die Stirn. Aber es war besser als das, was er unten erlebt, gesehen, gespürt hatte. Pectore griff nach der Mauer und stützte sich ab. »Welch eine Ungerechtigkeit!«, rief er. »Römisches Recht, Sitte und Brauch so mit Füßen zu treten!« Er wandte sich Silvus zu. »Wie kann ich das je wiedergutmachen? Wie den Menschen zeigen, dass Rom auch ein freundliches und gerechtes Gesicht besitzt?« Entschlossen richtete er sich wieder auf. »Sobald ich morgen den Rat der Stadt aufgesucht habe, nehme ich mir die Steuerlisten vor. Jeden einzelnen Fall werde ich mir ansehen. Und den Menschen endlich Gerechtigkeit widerfahren lassen.«

Er wandte sich wieder dem Gefängnis zu. Entschlossen straffte er die Schultern. »Komm. Wir müssen noch die Sträflinge ansehen, die zu Recht in diesem Gefängnis sitzen.«

Servius Contente fiel jeder Schritt schwer. Seine Begleiter drängten ihn, aber er konnte nicht schneller gehen, obwohl ihn alles nach Hause trieb. Er sehnte sich danach, seine Frau und seine Tochter zu umarmen. Sie mussten vor Sorge halb krank sein. Niemand hatte sie zu ihm vorgelassen, seit er vor mehr als einem Monat verhaftet worden war. Niemand sie über sein Schicksal aufgeklärt. Da war er sicher.

Endlich hatten sie das Haus erreicht, in dem seine Werkstatt und seine Wohnung waren.

Seine Begleiter wandten sich ohne einen Gruß ab. Sie hatten ihre Pflicht getan.

Servius schleppte sich durch die Tür. Die Werkstatt sah aus, wie er sie hinterlassen hatte. In einer Ecke saß Adrianos, sein Lehrling, über seine Arbeit gebeugt. Dieser hob erstaunt den Kopf, stieß einen Schrei aus. Eilig sprang er auf, lief seinem Meister entgegen. »Du bist frei!«, rief er. »Du bist frei!«

Servius legte den Arm um den Jungen. »Wie ist es dir ergangen?«, fragte er. »Und wie geht es meiner Frau? Wie meiner Tochter?«

»Meister, sie sind beide oben in der Wohnung. Uns geht es gut. Sie haben uns weitgehend in Ruhe gelassen. Soll ich sie holen?«

Der Schuhmacher schüttelte den Kopf. »Nein, ich gehe nach oben.«

Langsam durchquerte er die Werkstatt, ging durch die Tür an der Rückseite des Raumes. Langsam stieg er die Treppe nach oben, öffnete die Tür zur Wohnung.

Daphne und Celia saßen einmütig beieinander. Beide hielten Kleidung zum Ausbessern in der Hand. Das Nähzeug lag auf dem Tisch.

Erstaunt hob Daphne den Kopf. Wer mochte sie um diese frühe Stunde aufsuchen?

Als sie Servius erblickte, schrie sie auf. Das Kleidungsstück, das sie in der Hand gehalten hatte, fiel zu Boden. Sie sprang auf und lief auf ihren Mann zu. »Servius!« Mehr konnte sie nicht sagen, Tränen liefen über ihr Gesicht. Sie schlang ihre Arme um ihn.

Celia war ebenfalls aufgesprungen und sah ihren Vater an. Als er ihr seine Hand entgegenhielt, ging auch sie zu ihm und umarmte ihn. Schweigend hielten sich alle drei umfangen. Was hätten sie auch sagen sollen?

Schließlich löste sich Daphne aus der Umarmung. Sorgenvoll betrachtete sie ihren Mann. »Komm. Setz dich. Du siehst müde und zerschlagen aus.«

Sie geleitete ihn zu einem Stuhl am Tisch. Dann sah sie seine Hände. Erschrocken blickte sie ihren Mann an. Celia schrie auf. »Vater, deine Hände! Was haben sie mit dir gemacht?«

Aber er schüttelte den Kopf. »Das ist jetzt nicht wichtig. Ich lebe. Und ich bin frei.«

Seine Frau nickte. »Du wirst Hunger und Durst haben.« Schnell räumte Celia das Nähzeug auf die Seite. Beide Frauen holten Wasser, Brot und getrocknete Früchte. Aber Servius griff lediglich nach dem Becher, umfasste ihn mit beiden Händen. Anders hätte er ihn mit seinen verkrüppelten Händen nicht mehr halten können. Er trank ihn in einem Zug leer. »Ich bin froh, wieder bei euch zu sein.«

»Was ist geschehen? Wie kommt es, dass du frei bist? Wir haben damit gerechnet, dass wir dich nie wiedersehen. Der Statthalter … Imperticus … Er wollte deinen Tod.« Daphne stockte. »Und was ist mit den anderen? Mit unseren Brüdern und Schwestern? Sind sie noch im Gefängnis?«

Der Schuhmacher schüttelte den Kopf. »Sie sind alle frei. Alle.« Er sah die Frauen an, lächelte. »Imperticus ist weg. Der neue Statthalter war entsetzt, als er erfahren hat, unter welchen Umständen wir verhaftet worden waren und was mit uns geschehen sollte. Ohne Beweis, ohne Anklage, ohne Zeugen. Er hat uns alle sofort freigelassen. Ohne Ausnahme.«

»Oh.« Celia war rot geworden.

»Was ist? Überrascht dich das?«

»Dich nicht, Vater? Niemand konnte mit so etwas rechnen.«

»Nein, da hast du recht.« Der Schuhmacher lehnte sich zurück. »Jetzt wird unsere Stadt wieder atmen können. Titus Pectore trägt seinen Namen nicht umsonst.«

Celia faltete ihre Hände. »Und ich habe ihn unfreundlich und abweisend behandelt.«

»Du? Wann?«

»Er war gestern auf dem Markt und hat mich angesprochen. Ich dachte, er ist der Statthalter. Er ist der Mann, der dich gefangen hält. Auch wenn er dich nicht festnehmen ließ, so ist er doch derjenige, der jetzt die Macht in den Händen hält. Und damit genauso schuldig an dem Unrecht, das dir und den anderen widerfahren ist.«

Servius Contente nickte. »So schnell sind wir mit unseren Schuldzuweisungen, liebe Celia. Verständlich. Niemand konnte damit rechnen, dass dieser Mann anders handelt als sein Vorgänger. Er hat mir sogar seine Hilfe angeboten. Danken wir Gott für diese gute Fügung. Danken wir Gott, dass er uns diesen Mann nach Larisa geschickt hat.« Er wandte sich seiner Frau zu. »Aber jetzt möchte ich mich waschen und danach schlafen. Verzeih, aber ich bin müde. Im Gefängnis ist an Schlaf nicht zu denken.«

Seine Frau stand auf, lächelte ihn zärtlich an. Dann küsste sie ihn. »Ruh dich aus. Der Rest wird sich finden.« Sie nahm seine Hände in die ihren.

»Ich werde nie mehr arbeiten können.«

»Ich weiß. Aber lass uns auf Gott vertrauen. Er wird für uns sorgen.« Sie bat Celia, über dem Feuer Wasser aufzusetzen. Dann brachte sie ihren Mann in den Schlafraum.

Celia tat, wie ihre Mutter sie geheißen hatte. Aber sie war nachdenklich geworden. Ja, Gott würde für sie sorgen. Davon war sie überzeugt. Obwohl. Sie konnte sich nicht vorstellen, wie das geschehen sollte. Als Schuhmacher konnten weder sie noch ihre Mutter arbeiten. Auch wenn sie beide gute Näherinnen waren. Schuhe machen war doch etwas anderes, als Kleider zu fertigen. Und Adrianos war noch Lehrling. Das, was bis jetzt an fertigen Schuhen in den Regalen stand, würde bald auf dem Markt verkauft sein. Wie sollten sie ihren Lebensunterhalt verdienen? Was tun, um nicht in Armut zu fallen? Den Statthalter daran zu erinnern, dass er seine Hilfe angeboten hatte, war nicht ratsam. So etwas waren oft genug leere Worte. Wehe, man berief sich darauf. Es war besser, diesen Weg nicht weiterzuverfolgen.

Celia räumte den Tisch ab. Aber was war, wenn sie ihn doch darauf ansprechen konnte? Sie hatte sich schon einmal in ihm getäuscht.

Die junge Frau sah Pectore vor sich, seine Augen, seine aufrechte und stolze Haltung, so wie es sich für einen Statthalter gebührte. Er war ihr freundlich begegnet. Sie war diejenige gewesen, die abweisend gewesen war. Vielleicht war seine Freundlichkeit echt. Vielleicht auch sein Angebot. Wenn, dann würde sich das schnell zeigen.

Celia sah zur Feuerstelle. Dort hing, kaum erkennbar, zwischen dem Kochgeschirr und getrockneten Kräutern das Zeichen ihres Glaubens, ein einfaches Holzkreuz. »Herr«, betete sie und hob ihre Hände. »Jesus Christus. Wir sind in deiner Hand. Ich flehe dich an. Hilf du. Hilf du. Und wenn es durch diesen Statthalter ist.«

Dann nahm sie den Kessel von der Feuerstelle und füllte das warme Wasser in einen Eimer um.

Jetzt ging es erst einmal darum, ihren Vater zu versorgen.

Das Versammlungsgebäude des Rates der Stadt lag direkt am Marktplatz. Der Saal, in dem sie ihre Versammlungen abhielten, war schlicht gehalten. Pectore sah sich den neugierigen und fragenden Blicken der Räte ausgesetzt. Er war nicht der erste Statthalter von Larisa. Er würde auch nicht der letzte sein. Jedes dritte Jahr stellten sich die hier versammelten Männer die Frage, was sie zu erwarten hatten. Es hatte sich längst herumgesprochen, dass Pectore Gefangene, die anonym angezeigt worden waren, freigelassen hatte. Man redete davon, dass sein Umgangston freundlich, aber bestimmt war.

Pectore saß auf dem Platz, der dem Statthalter vorbehalten war. Er musterte die Gesichter der Männer. Ja, sie waren neugierig. Gleichzeitig hatte er den Eindruck, dass sie vorsichtig waren, abwartend und wachsam.

Einer der Männer trat vor. Er verneigte sich. »Sei uns willkommen, Titus Pectore, Statthalter von Larisa. Mein Name ist Sextus Livius. Ich bin der Ortsvorsteher von Larisa und Sprecher des Rates. Wir …« Er machte eine weit ausholende Geste. »… sind sehr froh, dass du da bist und der Übergang reibungslos verlaufen ist. Ich hoffe, du wirst dich in unserer Stadt wohlfühlen.«

Pectore nickte ihm zu. »Ich danke dir für den Gruß und die guten Wünsche.« Er lächelte. »Aber ich bitte dich, nimm deinen Platz wieder ein.« Der Statthalter sah in die Runde. »Ihr fragt euch sicher, wie es unter mir weitergehen wird. Ich sehe das in euren Gesichtern. Was beschäftigt euch? Welche Fragen habt ihr?«

Die Männer tauschten Blicke aus. Pectore hatte das Gefühl, dass sie sich nicht ganz sicher waren, wie sie mit ihm reden sollten. Aber es war offensichtlich, dass ihnen etwas auf dem Herzen lag.

Darum wandte er sich an Livius. »Du bist der Ortsvorsteher, sagst du. Dann kannst du mir sagen, was ihr auf dem Herzen habt.«

»Nun, Statthalter. Uns beschäftigt, was du getan hast.«

»Und was ist das?«

»Du hast die Gefangenen entlassen.«

»Einige Gefangene«, verbesserte Pectore ihn.

»Ja, verzeih. Einige Gefangene.« Livius nickte. »Die Frage ist, warum? Sie waren rechtmäßig verhaftet worden.«

»Rechtmäßig? Ist das eure Meinung?«

»Nun, so hat es uns Imperticus zumindest gesagt.«

»Hat er euch auch gesagt, wessen diese Männer und Frauen beschuldigt wurden?«

»Es sind alles Christen.«

»So heißt es. Aber, so frage ich dich, wo ist der Beweis dafür?«

Erstaunt sah Livius ihn an. Ein Raunen ging durch den Rat. »Imperticus sagte, es gebe viele Beweise.«

»Es gibt nur anonyme Anzeigen.«

»Ja, aber … Anonym? Und keine Beweise? Aber sicher doch Geständnisse?«

»Nein, auch keine Geständnisse.« Pectore amüsierte sich darüber, was er in den aufgeschreckten Gesichtern las. Es wäre Aufgabe des Rates gewesen, Imperticus genauer zu befragen. Er hätte die Beweise vorlegen müssen. Aber diese Pflicht hatten sie versäumt, einfach geglaubt, was ihr Statthalter ihnen erzählt hatte. Jetzt das Schuldbewusstsein in ihren Gesichtern zu sehen, war belustigend und ärgerlich zugleich.

Er beschloss, das Thema auf sich beruhen zu lassen. »Nun, da diese Frage geklärt ist, sollten wir mit dem beginnen, was jetzt vonnöten ist.«

Damit zog er einen Schlussstrich unter die vergangenen drei Jahre. »Was muss ich wissen? Was erwartet ihr von mir? Wo sind die Probleme dieser Stadt? Welche Aufgaben sind zu lösen?«

Die Räte nickten. Sie hatten verstanden. Jetzt ging es um das Hier und Jetzt und um die Zukunft ihrer Stadt. Der Rest war Vergangenheit.

»Nun«, ergriff Livius wieder das Wort. »Zuallererst geht es um den Zustand der Stadtmauer.«

Pectore lehnte sich zurück und hörte zu. Es würde manches an Arbeit und Entscheidungen auf ihn zukommen.

8. Das Angebot

Darius hatte die Listen zusammengestellt, die der Statthalter von ihm gefordert hatte, und stand nun vor ihm, um ihm alles zu erklären. »Nun, im Stall könnten wir noch zwei starke Männer gebrauchen. Aber Herr, den größten Mangel sehe ich im Haushalt. Es gibt wirklich zu wenige Sklavinnen. Imperticus war nicht verheiratet. Er hatte keinen Blick dafür, was in einem gut geführten Haushalt notwendig ist. Die Haushälterin, Rabea, hat versucht, ihn zum Kauf von mehr Sklaven zu bewegen, aber er hat sie jedes Mal abgewiesen. Er dachte, die Sklaven wären einfach zu faul und müssten sich mehr anstrengen. Außerdem wollte er dafür kein Geld ausgeben. Dass ich das Problem anders gelöst habe, wusste er ja nicht. Aus seiner Sicht lief alles.« Darius seufzte. »Letztendlich drehten wir uns im Kreis. Ich habe nach Lösungen gesucht, weil an allen Ecken und Enden Sklaven fehlten. Aber weil ich diese Lösungen fand, hielt er Rabeas Klage für ungerechtfertigt. Dabei bestand natürlich ein Mangel.« Darius zeigte auf die Listen. »Wie du richtig gesehen hast, fehlt uns beispielsweise eine Frau, die gut nähen kann. Für das Notwendigste reicht es, für einfache Flickarbeiten. Aber es fällt viel mehr an, als nur ein paar Löcher zu stopfen. Denk an deine Tunika, die diesen Riss hat. Das sollte in gute Hände kommen, damit man später nicht sieht, wo der Riss war. Oder Kleidung, die umgearbeitet werden muss. Es ist sehr viel teurer, auf den Markt zu gehen und neue zu kaufen. Ich habe dir bereits erzählt, dass ich manches aus dem Haus gegeben habe, aber nur mit mäßigem Erfolg. Es gibt eine Frau in der Stadt, die sich mit Näharbeiten gut auskennt. Leider konnte ich sie nie dafür gewinnen.«

»Wer ist das?«

»Ihr Name ist Daphne. Sie ist die Frau des Schuhmachers Servius Contente.«

»Oh.« Der Statthalter war überrascht. »Warum hat sie abgelehnt?

Handwerker verdienen zwar ihr Brot durch ihre Arbeit, aber es reicht gerade für das Nötigste. Jeder Sesterz mehr tut einem solchen Haushalt gut.«

»Das stimmt. Das war auch mein Argument, wenn ich sie ansprach. Aber sie lächelte jedes Mal freundlich und lehnte ab.«

Pectore ging nachdenklich auf und ab.

»Herr, ich werde nach einer Sklavin Ausschau halten.«

Der Statthalter schien ihn nicht zu hören.

»Herr?«

»Was ist?« Pectore wandte sich ihm zu, schüttelte dann den Kopf. »Nein. Nein, das wirst du nicht. Noch nicht.« Er überlegte, ging wieder ein paar Schritte auf und ab. »Weißt du, ob ihre Tochter die gleichen Fertigkeiten besitzt?«

»Celia? Vermutlich. Ihre Mutter wird es ihr beigebracht haben. Aber ich habe nie gefragt. Was die Mutter für sich ablehnt, wird sie ihrer Tochter nicht erlauben.«

Pectore nickte. »Das ist wahr. Aber die Situation hat sich geändert. Zum einen habe ich Servius Contente, ihren Mann, freigelassen. Sie wird sich mir verpflichtet fühlen. Zum anderen wurde der Schuhmacher verkrüppelt. Er wird sein Handwerk nicht mehr ausüben können. Er kann vielleicht noch einen Lehrling anweisen und hoffen, dass dieser bald die Werkstatt führen kann. Aber sie werden jeden Sesterz brauchen, um nicht ganz in Armut zu fallen.«

»Das stimmt, Herr.« Darius nickte eifrig. »Sie würde jede Arbeit annehmen, Hauptsache, sie kann ihre Eltern unterstützen. Und sie würde nicht zu viel dafür verlangen.«

Pectore schüttelte erneut den Kopf. »Nein, so war das nicht gemeint. Contente war unschuldig im Gefängnis. Er wurde durch uns zum Krüppel. Ich habe ihm meine Hilfe angeboten. Das heißt aber auch, dass ich nicht zulassen werde, dass Celia, sollte sie die Arbeit annehmen, ausgenutzt wird. Und du wirst dafür sorgen, dass das nicht passiert und sie gerecht entlohnt wird.«

»Gut. Dann werde ich sie morgen aufsuchen und fragen. Soll sie die Arbeit hier im Haus verrichten oder bei sich zu Hause? Es wäre natürlich praktischer, wenn sie hier wäre.«

»Dann soll es so sein.«

»Ja, aber … Nun …«

»Gibt es Bedenken?« Der Statthalter sah seinen Verwalter fragend an. »Ich verstehe nicht, Darius. Der Vorschlag kam gerade von dir.«

»Das stimmt. Aber es wird für die Sklavinnen nicht einfach zu ertragen sein, eine Freie im Haus zu haben, die die Arbeit macht, die auch eine Sklavin erledigen könnte. Ich meine, wenn wir eine entsprechende hätten.«

Jetzt musste Pectore lachen. »Sind Menschen immer so schwierig? Verbiete ihnen, so zu denken. Es ist meine Entscheidung und es geht sie nichts an, wen ich für was ins Haus hole. Sollen sie eifersüchtig sein. Vielleicht stachelt es sie dazu an, an ihren eigenen Fertigkeiten zu arbeiten. Ich mache dich dafür verantwortlich, dass es ruhig bleibt in meinem Haushalt, verstanden?«

Darius nickte ergeben. »Ja, Herr.«

»Und noch etwas, Darius. Ich selbst werde die Familie aufsuchen und anfragen. Das bin ich dem Schuhmacher Servius Contente schuldig.«

Dass er Celia wiedersehen und selbst erleben wollte, wie sie auf sein Angebot reagierte, behielt er für sich.

Pectore beugte sich wieder über die Listen. »Wie sieht es mit den anderen aus? Hast du da auch eine Lösung?«

Darius nickte eifrig, stolz darauf, seinem Herrn bereits gute Vorschläge unterbreiten zu können. »O ja, Herr. Es gibt nicht weit von der Stadt ein Gestüt. Ich habe bereits mit dem Gutsverwalter verhandelt. Er hat zwei Sklaven, die in seinem Haus geboren und seit ihrer Kindheit in den Ställen eingesetzt wurden. Sie sind erst 15 und 17 Jahre alt, aber groß und kräftig gebaut. Beide werde ich kaufen.«

Überrascht hob Pectore den Kopf. Er hatte nicht damit gerechnet, dass sein Verwalter so schnell handeln und vor allem auch erfolgreich sein würde. »Zu welchem Preis?«

»Für jeden verlangt er 400 Denare. Ich denke, das ist angemessen.«

Pectore nickte wieder. »Ja, das ist es.« Er sah den Verwalter anerkennend an. »Gute Arbeit, Darius.« Dann zeigte er wieder auf die Liste. »Und die Sklavinnen?«

»Da bin ich mit mehreren Familien am Verhandeln. In manchem Haus gibt es Töchter von Sklavinnen, die alt genug sind, um verkauft zu werden. Manche sind erst 9 oder 10 Jahre alt, andere schon 17 oder 18. Je jünger, desto besser. Umso leichter fügen sie sich in einen neuen Haushalt ein. Jede von ihnen wird zwischen 100 und 200 Denare kosten.« Darius merkte, dass er mit seinem Bericht die Erwartungen seines neuen Herrn übertroffen hatte. Sein Stolz und seine Freude darüber waren ihm deutlich anzumerken. »Wenn dann noch jemand fehlt, werde ich warten, bis der nächste Sklavenhändler nach Larisa kommt. Das müsste diesen Winter sein.«

»Gut.« Pectore lächelte. Er nahm die Liste, rollte sie zusammen. »Gut gemacht. Handle, wie du geplant hast. Ich gebe dir freie Hand.«

»Danke, Herr.« Darius nahm die Liste an sich und verließ beschwingten Schrittes den Raum.

Silvus nahm einen Schluck aus seinem Becher. Er hatte es sich auf seinem Diwan bequem gemacht und griff nach den Speisen, die auf dem Esstisch standen. »Findest du wirklich, dass das eine gute Idee ist?«

Pectore zuckte mit den Schultern. »Ich schlage zwei Fliegen mit einer Klappe. Ich helfe der Familie und ich habe Celia in meiner Nähe.«

»Womit auch schon alles gesagt ist.«

»Wie meinst du das?«

Silvus steckte sich ein Stück Fleisch in den Mund und kaute. Unzufrieden schüttelte er den Kopf. »Schmeckt hervorragend, ist aber viel zu zäh. Dein Vorgänger hat dir auch noch einen miserablen Koch hinterlassen.«

»Eine Köchin, um genau zu sein. Aber lenk nicht ab, mein Freund.« Der Statthalter zeigte mit seinem Spießlöffel auf Silvus. »Du wolltest mich gerade über die Nachteile meines Plans aufklären.«

»Nachteile? Du bist der Statthalter, du hast sicher alles bedacht.«

Pectore schnaubte. »Also. Was meintest du damit, dass alles gesagt ist?«

»Nun, du sagtest gerade, dass du Celia in deiner Nähe hast, wenn sie für dich arbeitet. In deiner Nähe. Glaube mir, dabei wird es auch bleiben.«

»Pah. Ich werde sie für mich gewinnen.«

»Was macht dich da so sicher?«

»Jetzt hör mir gut zu, Silvus. Ich kenne die Frauen. Wie hast du es neulich ausgedrückt? Widerspenstig und stur, aber sanft wie ein Kätzchen, wenn du ihnen etwas zu fressen gibst. Nicht ganz die Worte, die ich gewählt hätte, aber sie treffen den Kern der Sache.« Pectore spießte ein Stück Brot auf und tunkte es in die Würzsoße, die in einer Schüssel vor ihm auf dem Tisch stand. »Ich gebe ihr Arbeit und damit genug zu essen.« Er schob sich das Brot in den Mund. »Ich finde meine Köchin gar nicht so schlecht. Imperticus mag kein Menschenfreund gewesen sein, aber gegessen hat er scheinbar gut und gerne.«

Silvus setzte sich auf. »Du vergisst eines, Titus. Das Mädchen ist nicht wie die Frauen, die du kennst und mit denen du bis jetzt zu tun hattest. Ganz abgesehen davon: Wie lange ist es her, dass du eine Frau in den Armen gehalten hast?«

Pectore winkte ab. »Ach was. Alle Frauen sind gleich. Was soll schon schieflaufen? Ich bin der Statthalter. Ein Mann von Rang und Namen. Ich bin reich, kann ihr also viel bieten. Außerdem habe ich ihren Vater gerettet. Das andere spielt keine Rolle. Auch wenn es lange her ist, so habe ich doch nichts verlernt. Ich weiß, wie man eine Frau für sich gewinnt.«

»Und jetzt denkst du, dass sie es dir leicht machen und aus Dankbarkeit zu dir ins Bett steigen wird.«

»Die Voraussetzungen dafür sind gut. Es muss ja nicht gleich am ersten Tag sein. Aber es wird geschehen.«

»Nein, wird es nicht.«

Pectore schüttelte den Kopf und lachte. »Ah, ich verstehe. Du gönnst sie mir nicht. Du willst sie selbst haben.«

»Nein, Titus. Denn ich würde sie genauso wenig bekommen wie du.«

Jetzt setzte sich auch der Statthalter auf. »Was weißt du von ihr, das ich nicht weiß? Hat sie bereits einen Liebhaber? Oder ist sie verheiratet? Was für sich gesehen kein Hinderungsgrund ist.«

Silvus lachte laut auf. »Nein, sie ist nicht verheiratet. Und doch, das wäre ein Hinderungsgrund. O Titus!« Der Zenturio nahm einen Schluck, sah seinen Freund amüsiert an. »Ich merke, du begreifst nichts. Bei den Göttern, wie blind du doch manchmal sein kannst. Genauso wenig, wie sie deine Geliebte werden wird, hat sie einen Liebhaber. Und beides aus demselben Grund.«

»Und der wäre?«

»Du weißt, wer ihr Vater ist?«

»Ja. Was hat das damit zu tun?«

»Und was er ist?«

»Schuhmacher?« Pectore war genervt.

»Das meine ich nicht.«

Pectore atmete ungeduldig aus. »Jetzt spann mich nicht länger auf die Folter! Warum sollte ich diese junge Frau nicht erobern können? Und was hat das mit ihrem Vater zu tun?«

»Nun, ganz einfach. Du weißt, warum Contente im Gefängnis war. Denkst du, sie hat einen anderen Glauben als er? Wach auf, Titus. Du hast es mit einem Christenmädchen zu tun.«

»Was macht dich da so sicher?«

»Ach Titus! Für mich liegt das klar auf der Hand.«

Pectore lachte kurz auf. »So einfach ist das nicht. Nur weil Contente Christ ist, muss das noch lange nicht für seine Tochter gelten.«

»Müssen nicht, aber hier ist es so.« Silvus war sich seiner Sache sicher. Gleichgültig hob er die Schultern. »Was immer du auch denkst, ich bleibe dabei. Sie ist ein Christenmädchen.«

Pectore hob fragend die Hände. »Und wenn schon! Macht das einen Unterschied?«

»Allerdings. Ihre Religion erlaubt keine Liebschaften. Mann und Frau sollten sich nach deren Verständnis das Bett nur teilen, wenn sie miteinander verheiratet sind.«

»Was ist das für ein Blödsinn? Männer und Frauen sind dafür geschaffen, die Liebe zu genießen. Warum soll das auf die Ehe beschränkt sein?«

»Weil ihr Gott das so will.«

»Ach, will er das?«, fragte Pectore spöttisch. »Und woher weißt du das so genau?«

Silvus zuckte wieder gleichgültig mit den Schultern. »Wie du weißt, war ich vor Sumelocenna in Spanien. Da habe ich einen Christen kennengelernt. Einen alten Mann. Nicht wirklich ernst zu nehmen. Der wollte mich ständig bekehren. Mich!« Er musste bei dem Gedanken daran lachen. »Spätestens als er mir von der Ehemoral der Christen erzählt hat, war es bei mir vorbei.« Er schüttelte den Kopf.

»So schlimm?«, fragte sein Freund belustigt.

»Ja, so schlimm.« Silvus seufzte. »Im Grunde erlaubt er nichts, was Spaß macht.«

»Er scheint sehr lustfeindlich zu sein, dieser Gott.«

»O ja, das ist er.« Silvus sah seinen Freund an. »Das mag dich stören oder dir egal sein. Für deine Celia aber wird das unabdingbar sein. Sie wartet auf den einen, der sie heiraten und ihr bis ans Ende aller Tage treu sein wird. Und diesem wird sie sich hingeben. Versteh mich richtig: Nur diesem.«

Pectore legte sich wieder hin. »Lächerlich.« Er nahm sich vom Fleisch. »Von wegen zäh. Die Köchin ist hervorragend.«

Silvus schüttelte den Kopf und grinste. »Nein. Ist sie nicht.« Auch er machte es sich wieder bequem. »Und was das Mädchen betrifft, so kannst du mir ruhig glauben. Es ist, wie ich sage. Du, Titus Pectore, großer und reicher Statthalter von Larisa, könntest der Kaiser persönlich sein, es wird sie nicht im Geringsten beeindrucken. Sie wird sich nicht geehrt fühlen, weil du sie begehrst.« Die Stimme des Zenturios klang amüsiert. »Tja, Titus. Du hast schlechte Karten. Glaube mir, sie gehört auch nicht zu den Mädchen, die sich aus Dankbarkeit oder für ein paar Denare und ein bequemes Leben in die Arme und in das Bett eines reichen Mannes werfen.«

Titus spießte das nächste Stück Brot auf. »Lächerlich«, sage er noch einmal. Er stellte sie sich vor, ihre blauen Augen, ihr helles Lachen, ihre weibliche Figur. Ja, es stimmte. Es war lange her, dass er eine Frau in seinen Armen gehalten hatte. Celia war ganz nach seinem Geschmack, entsprach ganz seinen Sehnsüchten und Wünschen. Drei Jahre waren eine lange Zeit. Sie wäre wirklich die Richtige, um sich das Leben in Larisa so angenehm wie möglich zu gestalten. Silvus mochte oft recht haben, aber in diesem Punkt täuschte er sich. So sicher, wie jeden Morgen die Sonne aufging, so sicher würde er sie erobern. Warum sollte sie anders sein als andere?

Aber der Zenturio war mit seinen Gedanken bereits weiter. »Gut, du hast sie dir zur Geliebten erwählt, obwohl sie ein Christenmädchen ist. Was aber machst du, wenn du Beweise für ihren Glauben findest?«

»Wie meinst du das?«

»Müsstest du sie nicht einsperren? Christen gelten als Staatsfeinde.«

Der Statthalter lachte auf. »Staatsfeinde. Du weißt, wie ich darüber denke.« Er nahm das nächste Stück Fleisch, kaute nachdenklich darauf herum. »Vielleicht doch etwas zu zäh«, meinte er, während er den Spießlöffel in seiner Hand betrachtete. »Aber eine gute Frage.« Er sah Silvus an. »Im Grunde müsste ich sie verhaften, wenn ich Beweise hätte und sie sich weigern würde, den Eid auf den göttlichen Kaiser abzulegen. Aber …« Wieder dachte er nach. »Du erinnerst dich an unser Gespräch im Tempel der Athene? Das Ganze ist etwas, das ich nicht nachvollziehen und befürworten kann. Solange niemand einen Christen anzeigt und Beweise liefert, solange nur ich etwas sehe, kann mich keiner zwingen, zu handeln.«

»Du verstößt damit gegen römisches Recht.«

Titus Pectore schüttelte den Kopf. »Ja und nein. Es ist eine Frage, die in keinem Edikt geklärt wurde. In Jerusalem hatte ich ein Gespräch mit einem Tribun und dem dortigen Statthalter. Auch sie waren unschlüssig, wie mit den Christen zu verfahren ist. Einerseits gelten sie als Gefahr, andererseits arbeiten sie, zahlen ihre Steuern und leben friedlich ihr Leben. Was mache ich? Verfolge ich sie mit aller Härte oder ignoriere ich sie? Werde ich extrem wie Imperticus, dem anonyme Anzeigen als Beweis genügten, oder warte ich, bis jemand handfeste Zeugnisse für ihre Staatsfeindlichkeit vorlegt? Was dient dem Frieden? Was dem Staat? Was nur dem Kaiser?« Er nahm ein Stück Brot und tunkte es in die Würzsoße, ohne es zu essen. »Solange ich selbst nicht überzeugt bin, solange ich keinen Erlass, kein Edikt habe, bin ich frei in meiner Entscheidung. Rom ist weit weg. Und einen Menschen lediglich aufgrund seines Glaubens zu verhaften, halte ich nach wie vor für fragwürdig. Das widerspricht römischer Gepflogenheit und Tradition. Unsere ganze Politik baut auf Toleranz gegenüber anderen Religionen auf.« Er steckte das Stück Brot in den Mund und fing an zu grinsen, während er kaute. »Außerdem …« Er schluckte den Bissen hinunter. »Außerdem verfolge ich ganz andere Interessen. Da wären solch albernen Glaubensfragen nur im Wege.«

Der Zenturio griff nach seinem Becher. »Und wenn ein solcher Erlass kommt?«

Pectore wurde ernst. »Dann hoffe ich, dass es keine Beweise gibt oder ich Celia längst von ihrem Glauben befreit habe.«

Bereits am nächsten Tag machte sich der Statthalter auf den Weg zum Schuhmacher. Zuerst ging er über den Markt, um zu sehen, ob Celia heute am Stand war. Aber der Platz, an dem er sie das erste Mal gesehen hatte, war leer.

So ging Titus Pectore weiter. Das Haus des Schuhmachers stand in einer engen Gasse. Ebenerdig befand sich die Werkstatt. Die Wohnung, die darüber lag, konnte nur durch diese betreten werden.

Eine Weile schaute der Statthalter durch das Fenster der Werkstatt, wo Servius Contente neben seinem Lehrling saß, der vielleicht 14 oder 15 Jahre alt war. Der Schuhmacher beobachtete diesen bei der Arbeit, korrigierte ihn, wenn es notwendig war. Aber im Gegensatz zu früher konnte er ihm jetzt nicht mehr den Schuh aus der Hand nehmen und zeigen, wie es richtig gemacht wurde. Er konnte es nur mit Worten erklären. Das fiel ihm schwer. Zum Glück schien der Junge ein gelehriger Schüler und schon lange genug in der Werkstatt zu sein, dass er schnell begriff, was sein Meister wollte.

Der Schuhmacher hob den Kopf, als sich die Tür öffnete. Erstaunt sah er den Statthalter eintreten. Er stand auf. »Sei gegrüßt, Herr.«

Pectore erwiderte den Gruß. »Wie geht es dir, Freund? Wie ich sehe, versuchst du deinen Lehrling weiterhin in deiner Kunst zu unterweisen.«

»Ja, Herr. Ich hoffe, dass ich ihn dahin bringe, dass er die Werkstatt bald übernehmen kann.« Lächelnd sah er zu seinem Lehrling, der ebenfalls aufgestanden war. »Adrianos ist ein begabter Schüler. Ich bin sehr stolz auf ihn.«

»Das freut mich.« Pectore sah sich in der Werkstatt um. Sie war ordentlich und sauber. Jedes Werkzeug schien seinen Platz zu haben. Kisten mit Nägeln, sortiert nach Größe und Dicke, standen nebeneinander. Er sah Leder in verschiedenen Farben und Stärken, zum Teil bereits in Riemen oder schmale Streifen geschnitten. In Regalen standen fertige Schuhe. Der Statthalter nahm einen in die Hand. »Wirklich gute Arbeit, Contente.«

Der Schuhmacher gab keine Antwort, wartete ab. Warum war Pectore hier? Sicher nicht, um seine Werkstatt zu begutachten.

Der Statthalter legte den Schuh zurück. »Nun, Contente«, sagte er und wandte sich um. »Ich habe dir meine Hilfe zugesagt. Jetzt bin ich hier, um dieses Versprechen einzulösen.«

Erstaunen zeigte sich im Gesicht des Schuhmachers. »Herr, du schuldest mir nichts.«

Pectore zeigte auf seine Hände. »Du weißt selbst, dass das nicht stimmt.« Er drehte sich zu der hinteren Tür um. »Geht es hier zu deiner Wohnung?«

»Ja, Herr.«

»Dann lass uns nach oben gehen. Ich nehme an, deine Frau und deine Tochter befinden sich dort?«

»Ja, Herr.« Contente war überrascht. Der Statthalter wollte nicht nur mit ihm, dem Hausherrn, sondern mit der ganzen Familie reden? Das war ungewöhnlich.

Aber er folgte der Aufforderung, ging Pectore voran und führte ihn die Treppe hinauf zu der Wohnung über der Werkstatt.

Daphne und Celia waren nicht weniger überrascht, als sie den Statthalter durch die Tür kommen sahen. Sie grüßten ehrerbietig. Was hatte das zu bedeuten?

»Gute Frau«, wandte sich Pectore an Daphne. »Ich sehe dich erstaunt. Nun, ich will ohne Umschweife zur Sache kommen. Ich habe deinem Mann meine Hilfe zugesagt, als ich ihn aus dem Gefängnis entlassen habe. Und jetzt bin ich hier, um das Versprechen einzulösen.« Er sah Celia kurz an, richtete sein Wort aber wieder an die Mutter. »Darius, mein Verwalter, hat mir erzählt, dass er dir schon oft Arbeit angeboten hat, du aber abgelehnt hast.«

»Das ist wahr, Herr.«

»Ich vermute, daran hat sich nichts geändert?«

»Herr, ich nähe und flicke für viele Haushalte. Mehr, als ich so schon bewältigen kann.«

»Und all diese Haushalte ziehst du dem Statthalter vor?«

Daphne wurde rot. »Es gab gute Gründe dafür«, sagte sie leise.

Pectore nickte freundlich. »Das ist wahr. Ich bewundere deine Geradlinigkeit.«

Überrascht hob Daphne den Kopf. »Ich verstehe nicht.«

»Nun, die meisten sind bereit, für Geld ihre Grundsätze und Überzeugungen aufzugeben. Du nicht. Wie hättest du für den arbeiten sollen, der deinen Mann zu ermorden suchte?«

Daphne wusste nicht, was sie darauf erwidern sollte. So bot sie dem Statthalter etwas zu trinken an. Aber er lehnte ab. »Nein. Ich danke dir.« Er sah sich um. Die Wohnung war einfach eingerichtet, in der Ecke eine Feuerstelle, ein Tisch, Stühle, Truhen und Regale. Zwei Türen führten vermutlich in die Schlafräume. An der Wand neben der Feuerstelle hingen Kochgeschirr und verschiedene Messer und Löffel, daneben getrocknete Kräuter. Und dazwischen – fast hätte er es übersehen – ein Kreuz, das Symbol ihres Gottes. Es war das erste Mal, dass er das sah. Das war der Beweis, den Imperticus gesucht hatte. Er hätte nur in die Häuser der Christen gehen müssen. Pectore schüttelte den Kopf. Auf die Idee war sein Vorgänger wohl nicht gekommen.

Er wandte sich wieder der Familie zu, der Schuhmacher, groß, breit, bärtig, die Mutter, klein, schmal, mit glattem, schwarzem Haar. Und Celia mit ihren wunderbaren blauen Augen und den schwarzen Locken. ›Sie sieht ihren Eltern überhaupt nicht ähnlich‹, fuhr es ihm durch den Kopf. Das war seltsam. Hatte sie einen anderen Vater?

Schnell schüttelte er den Gedanken ab. »Nun, Daphne. Mein Haushalt ist in keinem guten Zustand. Darius hat dich nicht umsonst um deine Dienste gebeten. Ich möchte dich den Haushalten, für die du arbeitest, nicht wegnehmen. Darum meine Frage: Kann deine Tochter, was du kannst?« Er sah Celia an. »Dann würde ich sie gerne in meinen Dienst nehmen.«

Celia wurde abwechselnd blass und rot. Sie sollte für den Statthalter arbeiten? Als was?

»Was meinst du damit?«, fragte Contente erschrocken. »Celia ist frei. Willst du sie kaufen und zur Sklavin machen?«

»Nein, das will ich nicht. Sie ist frei und soll frei bleiben. Sie soll lediglich für meinen Haushalt arbeiten. Darius, mein Verwalter, meint, es ist besser, sie kommt dazu in mein Stadthaus. Ich werde sie euch nicht wegnehmen. Celia wird weiterhin hier wohnen. Die Arbeit werde ich gut entlohnen.«

Überrascht sah sich das Ehepaar an. Celia schluckte schwer. »Das ist nicht üblich, Herr«, flüsterte sie.

»Ich weiß. Aber das heißt nicht, dass es unmöglich ist.«

»Aber, Herr.« Daphne war unsicher. »Deine Sklavinnen werden eine Freie nicht neben sich dulden. Es kann Unfrieden in deinem Haus hervorrufen.«

»Das lass nur meine Sorge sein. Ich brauche deine Dienste, Celia. Du kannst deine Eltern unterstützen und vor der drohenden Armut bewahren. Was spricht also dagegen?«

»Ich weiß nicht, Herr. So manches …« Contente redete nicht weiter.

Pectore begriff. Es war die Sorge eines Vaters, die nur allzu berechtigt war. Silvus schien mit allem, was er gesagt hatte, recht zu behalten. Das war zutiefst ärgerlich und unbefriedigend. Aber er würde das Spiel mitspielen. Wer weiß, was noch geschehen würde, wenn Celia erst einmal in seinem Haus war? Wenn sie erst einmal in seinen Armen lag, würden die Wünsche und Sorgen des Vaters keine Rolle mehr spielen. So fragte er: »Du hast Angst, dass sie dort ohne Schutz ist? Vor allem gegenüber den Männern, die in mein Haus kommen?«

Der Schuhmacher wurde rot. Er traute den Römern nicht, wusste, dass ihre Moral eine andere war als seine.

Aber der Statthalter streckte ihm seine Hand hin. »Ich gebe dir mein Wort, dass niemand es wagen wird, deine Tochter anzurühren. Sie steht unter meinem persönlichen Schutz.«

Contente sah die Hand an, blickte dann zu seiner Frau und seiner Tochter. Daphne, die ihn mit sorgenvollem Blick ansah. Sie teilte seine Angst. Und Celia, die ihm freudig zunickte, konnte sie doch ihre Eltern unterstützen.

Er atmete tief durch, sah den Statthalter an. Dieser erwiderte seinen Blick offen, freundlich. Kein Spott, kein verräterisches Lächeln, nichts sprach dafür, dass er es nicht ehrlich meinte. So nahm Contente die angebotene Hand. Der Statthalter nickte. »So sei es denn.« Er wandte sich zur Tür und drehte sich dort noch einmal um. »Melde dich morgen bei Darius. Er wird dich einweisen.« Damit verließ er die Wohnung. Dass er ein Versprechen gegeben hatte, das sich gegen sein eigenes Verlangen richtete, kümmerte ihn wenig. Celia würde sich auf ihn einlassen, dessen war er sich sicher. Aber das wäre dann ihre eigene Entscheidung. Wer sollte ihm dann einen Vorwurf machen? Nur Silvus würde er nichts davon erzählen. Auf dessen spöttische Bemerkungen konnte er gut und gerne verzichten.

Nachdem Titus Pectore gegangen war, ließ sich der Schuhmacher auf einen Stuhl sinken. Celia und Daphne setzten sich ihm gegenüber an den Tisch.

Contente seufzte und sah seine Tochter ernst an. »Celia, nun wirst du also für den Statthalter arbeiten.«

»Das ist gut, Vater. Er ist ein großzügiger und gerechter Mann. Alles spricht für ihn.«

»Alles, Celia?« Daphne nahm die Hand ihrer Tochter. »Bist du sicher, mein Kind?«

»Ja, natürlich. Er hat Vater und unsere Brüder und Schwestern freigelassen. Er hat das Kreuz entdeckt und trotzdem seine Hilfe angeboten. Er hätte uns genauso gut verhaften lassen können.«

»Ja, Celia.« Contente sah seiner Tochter ins Gesicht. Es war offensichtlich, dass sie sich freute. Sie hatte recht. Es war großzügig und ungewöhnlich, dass der Statthalter ihr eine Stelle angeboten hatte und sie, ein einfaches Mädchen, unter seinen persönlichen Schutz stellte. Alles sprach für diesen Mann. Und trotzdem. »Wir sollten vorsichtig sein.«

»Warum?« Celia sprang auf. »Ich kann Geld verdienen, auf ehrliche Art und Weise, mit meiner Hände Arbeit.« Sie deutete auf das Kreuz. »Seit Tagen beten wir zu Jesus Christus, flehen ihn an, uns zu helfen, damit wir nicht in Armut fallen. Unsere Gemeinde ist nicht reich, sie kann uns nur bedingt unterstützen.« Sie lachte. »Jetzt wurden unsere Gebete erhört! Der Statthalter selbst hilft uns! Er, ein reicher und angesehener Mann, hält sein Versprechen, das er dir, einem Schuhmacher, gegeben hat. Dazu wäre er niemals verpflichtet gewesen. Freut ihr euch nicht? Wir müssten jubeln und loben und danken!« Celia verstand die Welt nicht mehr. »Aber ihr sitzt beide da, als wäre ein großes Unglück geschehen.«

»Ja, Celia, du hast recht.« Daphne war nun auch aufgestanden. »Wir sind dankbar, Celia. Wirklich. Aber wir haben auch Angst.«

»Angst wovor? Dass ich meine Arbeit schlecht mache? Dass dieser Darius nicht zufrieden sein wird? Dass jemand übergriffig wird? Vater, der Statthalter hat dir die Hand darauf gegeben, dass so etwas nicht passieren wird.«

Der Schuhmacher seufzte. »Bitte setz dich. Ich werde dir erklären, was mir Sorgen bereitet.«

Celia ließ sich auf ihrem Stuhl nieder. Sie verstand ihre Eltern nicht, merkte aber, dass es ihnen ernst war.

Contente sah seine Frau an, die sich hinter Celia gestellt hatte und ihre Hände auf deren Schultern gelegt hatte. »Schau, Celia. Titus Pectore scheint ein guter und gerechter Statthalter zu sein. In allem, was er tut und sagt, zeigt er, dass er sein Amt rechtschaffen und für die Menschen ausüben möchte. Nicht nur, dass er mich und die anderen freigelassen hat. Die Männer, die im Rat der Stadt sind, erzählen, dass er sie nicht nur angehört hat, sondern bereits die ersten Entscheidungen auf ihren Ratschlag hin getroffen hat. Er hört zu, wägt ab, entscheidet mit und nicht gegen den Rat. Das ist neu. Das hat Imperticus nie getan, und auch die Statthalter vor ihm nicht. Aber, Celia, bei allem, was gut an ihm ist – und bei Gott, wir können dankbar sein, dass er zu uns gekommen ist nach den letzten drei Jahren –, so ist er doch ein Römer.«

»Aber das bist du auch!«

»Das stimmt, Celia. Darum weiß ich, wie er denkt. Erst dadurch, dass ich Christ geworden bin, habe ich mich von diesem Denken gelöst.«

»Ich verstehe es trotzdem nicht. Was hat das mit mir und meiner Arbeit zu tun?«, fragte Celia, obwohl sie langsam ahnte, auf was ihre Eltern hinauswollten. Es war nichts, was ihr gefiel oder was sie selbst wollte.

Contente seufzte. »Sieh, Celia, er hat mir auf die Hand versprochen, auf dich aufzupassen. Aber, so frage ich dich, was ist, wenn die Gefahr nicht von irgendwelchen Männern, sondern von ihm selbst ausgeht?«

Celia wurde blass. »Ich verstehe nicht.« Dabei verstand sie längst, was sie meinten, befürchtete dasselbe wie ihre Eltern. Noch aber wollte sie es nicht glauben oder laut aussprechen.

»Titus Pectore ist ein achtbarer Mann. Aber das heißt noch lange nicht, dass er vor Frauen Achtung hat. Es bedeutet nicht, dass er rücksichtsvoll und zurückhaltend ist, wenn es um seine Wünsche, um sein Verlangen als Mann geht. Celia, sei auf der Hut. Seine Moral ist die Moral eines Römers. Sie hat nichts gemein mit dem, was Gott für uns möchte, wie er uns gedacht hat. Ich habe bemerkt, wie er dich angesehen hat. Und ich werde den Verdacht nicht los, dass er dich ganz gezielt ausgesucht hat, weil du ihm gefällst. Und einem Römer, zudem dem Statthalter, zu gefallen, heißt für die Tochter eines Handwerkers lediglich, dass er sie zu seiner Geliebten machen möchte. Mehr nicht.«

Celia war nachdenklich geworden. Auch, wenn sie es nicht hören wollte, so begriff sie doch, dass ihr Vater recht hatte. So fragte sie leise. »Du meinst, dass er selbst es bei mir versuchen wird?«

»Ja. Und dich fallen lassen wird, sobald er dich nicht mehr will.« Daphne hatte sich wieder neben ihre Tochter gesetzt und den Arm um sie gelegt.

Die junge Frau sah auf ihre Hände. »Ihr denkt also beide, dass er mich umwerben wird und ich schwach werden könnte? Oder vertraut ihr mir und rechnet damit, dass er sich einfach nimmt, was er will?«

Contente sah seine Frau an. »Ich weiß es nicht, Celia. Das Erste hoffe ich nicht. Das Zweite kann ich nicht ausschließen.«

Seine Tochter nickte. »Dann bitte ich dich, mir zu vertrauen.« Sie sah zum Kreuz. »Mit Gottes Hilfe wird sich die Arbeit als Segen für uns erweisen. Für alles andere können wir beten.«

Was sie nicht sagte, war, dass der Statthalter sie beeindruckt hatte, mehr, als ihre Eltern gutheißen würden. Abends, als sie im Bett lag, dachte sie über den Besuch nach. Ja, sie glaubte auch, dass sie ihm gefiel. Gleichzeitig war sie sich sicher, dass keine ernsten Absichten dahintersteckten. Wenn ihre Eltern recht hatten, ging es um Eroberung, mehr nicht. Dennoch – etwas in ihr fand es schön, an ihn zu denken, an sein Lachen, seine Augen, seine Art zu reden. Hatte sie sich verliebt? In einen Mann, der unerreichbar für sie war, wenn sie auf eine Ehe hoffte? Konnte man sich überhaupt so schnell verlieben? Celia hätte gerne ihre Mutter danach gefragt, war dieses Gefühl doch neu für sie. Aber wie sollte sie das? Ihre Mutter wäre entsetzt, wenn sie erfahren würde, um welchen Mann es sich handelte.

9. Im Hause des Statthalters

Darius begrüßte Celia freundlich, als diese am nächsten Morgen im Stadthaus angekommen war. »Ich weiß nicht, wie oft wir deine Dienste brauchen werden. Anfangs sicher täglich. Aber komm. Ich bringe dich zuerst zu Rabea. Sie führt den Haushalt und ist lediglich mir unterstellt. Allein sie und ich dürfen dir Arbeit zuweisen. Sonst niemand. Du bist nicht den anderen Sklavinnen gleichgestellt. Mach dir das immer klar.«

»Und genau dafür werden sie mir das Leben schwer machen, nicht wahr?«

Darius seufzte. »Das ist zu befürchten. Aber gut, dass dir das bewusst ist und ich dir das nicht sagen muss. Versuche, deine Arbeit zu machen, mehr nicht. Wenn es Probleme gibt, sie dich ärgern und versuchen, dich in deiner Arbeit zu behindern, wende dich sofort an Rabea oder an mich.«

Er führte Celia durch das Haus. Es war das erste Mal, dass die junge Frau ein Stadthaus betrat. Das erste Mal, dass sie ein Atrium mit Säulengang durchquerte. Und obwohl es das erste Mal war, hatte sie dennoch ein seltsam vertrautes Gefühl. Woher das kam, wusste sie nicht. Aber es war, als hätte sie das alles schon einmal gesehen.

Celia folgte dem Verwalter. Sie gingen am Wasserbecken vorbei, die Stufen zum Säulengang nach oben und betraten einen Raum, der schräg gegenüber vom Eingang lag. Es war die Küche. Mehrere Sklavinnen waren darin zugange. Eine kam auf sie zu. Es war eine große, hagere Frau mit fest zusammengebundenen Haaren, harten Gesichtszügen und dunklen Augen, die den strengen Eindruck noch verstärkten.

Darius stellte Celia vor. »Nun, Rabea, das ist die junge Frau, die der Statthalter für die Näharbeiten gefunden hat. Ich überlasse sie dir, damit du ihr zeigst, wo sie arbeiten kann und wo sie findet, was sie braucht.« Damit verabschiedete er sich und ging davon.

Rabea musterte Celia von oben bis unten. »Soso. Dich also hat Pectore in seinen Dienst genommen. Hm.« Sie stemmte die Hände in die Hüften. »Wie alt bist du?«

»18 Jahre.« Beinahe hätte sie Herrin zu der Sklavin gesagt, aber sie fing sich im letzten Moment. Die Situation war seltsam, ihr Stand in diesem Hause auch. Ungewohnt und neu für alle.

»Na, dann hoffe ich, dass du die Fertigkeiten hast, die man dir zuspricht.« Sie zeigte in den Raum auf die Sklavinnen, die alle mit einer Arbeit beschäftigt waren. »Die hier werde ich dir nicht vorstellen. Du wirst sie mit der Zeit kennenlernen. Komm, ich zeige dir, wo du arbeiten wirst.«

Celia folgte Rabea durch die Küche in den angrenzenden Flur, in dem eine Treppe nach oben führte. Rabea öffnete dort eine Tür. Ein kleiner Raum lag vor ihnen. Darin standen zwei kleinere Tische, mehrere Stühle, ein Regal mit Körben und Kästen. Durch zwei Fenster fiel Licht. Eines öffnete sich zum Atrium hin, das andere ging auf die Rückseite des Gebäudes hinaus. »Hier wirst du arbeiten.« Die Haushälterin zeigte auf zwei große Körbe und auf das Regal. »Es hat sich viel angesammelt. Manches wurde schon gemacht, muss aber wieder aufgetrennt und überarbeitet werden. Das ist jetzt deine Aufgabe. Du findest in den Kästen, was du brauchst. Wenn etwas fehlt oder du Fragen hast, komm zu mir.« Rabea deutete auf den ersten Korb. »Wenn du dir einen Überblick verschafft hast, fängst du hiermit an. Es ist die Tunika des Statthalters. Sie muss als Erstes und besonders sorgfältig genäht werden.« Rabea verschränkte die Arme. »Ich werde dir jeden Morgen sagen, was du zu tun hast, und mir jeden Abend das Ergebnis deiner Arbeit ansehen.«

Celia nickte. Rabea würde sie also kontrollieren. Nun, das war ihr gutes Recht. Jetzt konnte sie nur hoffen, dass Rabea nie mehr verlangen würde, als sie bewältigen konnte. Sie sah sich um. In dieser kleinen Kammer unter dem Dach sollte sie sitzen? Allein? »Ist es mir erlaubt, die Arbeit mit nach draußen zu nehmen? Bei schönem Wetter ist das Licht besser und die Arbeit leichter.«

Rabea schnaubte. »Du bist nicht zufrieden mit diesem Raum?«

»Doch, das bin ich. Wenn es regnet. Aber du möchtest, dass ich gute Arbeit abliefere. Zum Nähen brauche ich gutes Licht. Und besseres als Sonnenlicht gibt es nicht.«

»Hm.« Rabea stemmte wieder die Hände in ihre Hüften. »Wie du meinst. Dann zeige ich dir die Gärten. Achte aber darauf, dass du dich dort nur aufhältst, wenn der Statthalter nicht zugegen ist.«

»Ist er denn oft tagsüber zu Hause?« Celia war sich nicht sicher, ob sie das wollte oder ihn lieber nicht sah.

»Mal mehr, mal weniger. Das hängt davon ab, ob er in der Stadt oder außerhalb in der Provinz zu tun hat. Aber jetzt komm.«

Gemeinsam gingen sie nach unten. Sie gingen aber nicht zurück in die Küche, sondern über einen anderen Ausgang in den hinteren Teil des Gebäudes, das Peristylium. »Oh.« Mit großen Augen nahm Celia den Garten wahr, die Blumenbeete, den kreuzförmigen Brunnen in der Mitte, den Säulengang drum herum.

Wieder stellte sich das Gefühl der Vertrautheit ein. Woher kam das, war sie doch das erste Mal in ihrem Leben im Hause eines reichen Mannes?

»Hier kannst du sitzen und arbeiten. Aber wie gesagt, nur wenn der Statthalter nicht im Hause ist.« Rabea winkte der jungen Frau. Sie gingen durch das Peristylium. Ein weiterer Durchgang führte sie in einen Hof, an den Schuppen und Ställe grenzten. Links führte der Weg in eine Anlage mit Olivenbäumen und einer großen Rasenfläche. Hier hing an mehreren Leinen Wäsche zum Trocknen. Rabea wies auf eine Bank, die an die Hauswand gelehnt stand. »Wenn die Sonne zu stark brennt, kannst du hier ab Mittag im Schatten sitzen. Der Sommer kommt und da wirst du froh sein, nicht nur in der prallen Sonne sitzen zu müssen. Aber wer weiß, vielleicht bis du dann doch glücklich über die Kammer unter dem Dach.« Sie zeigte auf ein Fenster im ersten Stock.

›In der es dann besonders heiß sein wird‹, dachte Celia. Laut sagte sie: »Ich danke dir, Rabea. Dann werde ich mir gleich ansehen, was zu tun ist.«

»Nun, das hoffe ich doch.« Rabea ging zurück zum Haus. Celia folgte ihr. An der Treppe hielt sie Celia noch einmal auf. »Der Statthalter legt Wert darauf, dass du mit Essen und Trinken versorgt wirst. Er hat aber nicht gesagt, dass wir dich bedienen sollen. Darum: Wasser kannst du jederzeit in der Küche holen. Zur Mittagszeit kannst du mit uns essen, es sei denn, du fühlst dich als Freie nicht wohl unter uns Sklaven. Dann kannst du dein Essen abholen und es verzehren, wo du willst.«

Celia schluckte. Egal, was Rabea sagte, es klang unfreundlich und ungeduldig. Und mit diesen Worten hatte sie verraten, worum es ihr ging. Celias Befürchtungen waren nicht unberechtigt. Sie musste deshalb vorsichtig sein und allen zeigen, dass sie sich nicht über sie erhaben fühlte. Aber das sollte ihr nicht schwerfallen. Celia war von Natur aus freundlich. Sie lachte gerne, konnte sich über jede Kleinigkeit freuen. Das Leben war schwer, ja, aber ihr Gemüt hatte ihr immer Grund zum Singen und Lachen gegeben. Rabea würde ihr das nicht nehmen können. Nein, sie sollte sehen, dass Celia gerne hier war und sich in diesen Haushalt einfügen konnte. Also lächelte sie die Haushälterin an. »Ich danke dir. Gerne setze ich mich zu euch.«

»Dann geh jetzt an die Arbeit.«

Celia ging die Treppe hinauf. Die Tür zur Küche stand offen, sodass sie hören konnte, wie die Sklavinnen tuschelten. Sicher über sie, sonst würden sie lauter reden. Es würde nicht einfach sein, ihren Platz zu finden. Rabea würde ihr nicht dabei helfen, das war klar. Aber wer weiß, vielleicht konnte Celia sie für sich gewinnen. Sie betrat die Kammer, sah die viele Arbeit. Egal, wie es werden würde, sie war hier, um ihre Eltern zu unterstützen. Der Statthalter vertraute ihr, Darius war ebenfalls auf ihrer Seite. Der Rest würde sich geben.

Voller Zuversicht und froh über die Möglichkeit, die sie erhalten hatte, griff sie in den ersten Korb, stockte aber, als ihr ein Gedanke kam. Wenn es stimmte, was ihr Vater befürchtete, würde sie Pectore öfter sehen. Der Gedanke daran ließ ihr Herz höher schlagen. »Reiß dich zusammen, Celia«, schalt sie sich selbst und fasste erneut nach der Tunika des Statthalters. »Du musst vernünftig sein.«

Um die Mittagszeit begab sich Celia in die Küche, wo die Haussklaven aßen. Rabea wies ihr einen Platz am hinteren Ende des Tisches zu. Celia grüßte freundlich in die Runde, aber die anderen sahen sie nur kurz an und beugten sich dann schweigend über ihr Essen. Rabea wies auf die Feuerstelle, wo ein großer Topf hing. »Hol dir dein Essen selbst. Oder denkst du, du wirst bedient?«

Hastig stand Celia auf, nahm eine Schale, die neben der Feuerstelle stand, und schöpfte sich von dem heißen Eintopf aus Gemüse und Lammfleisch. Dann setzte sie sich wieder an ihren Platz. Gerne hätte sie sich mit den anderen unterhalten, erfahren, wie sie hießen, aber niemand sah sie an. So begann auch sie zu essen und schwieg ebenfalls.

Irgendwann begann Rabea, aufzuzählen, was an diesem Tag noch erledigt werden musste. Sie wies jedem eine Arbeit zu. Celia beachtete sie nicht.

Für die junge Frau war es eine furchtbare Mittagspause. Sie fühlte sich unter all diesen Menschen einsam und verlassen. Einmal hob sie den Kopf und begegnete dem neugierigen Blick einer jungen Sklavin, die noch ein halbes Kind war. Das Mädchen wagte ein schüchternes Lächeln. Celia lächelte zurück.

»Kira!« Rabeas Stimme fiel scharf dazwischen. »Trödel nicht mit dem Essen. Deine Arbeit wartet auf dich.«

»Ist ja gut«, maulte das Mädchen und beugte sich wieder über ihren Teller.

»Nicht in diesem Ton!« Rabea wandte sich an Celia. »Das Gleiche gilt für dich. Die Mittagspause ist nicht zum Vertrödeln da.«

Celia nickte. Schnell aß sie auf. Sie war froh, als sie wieder in der kleinen Kammer unter dem Dach war. Das Alleinsein war besser, als schweigend mit den anderen in der Küche sitzen zu müssen.

Celia kam von nun an jeden Morgen ins Haus, wo Rabea ihr ihre Arbeit zuwies. Es fiel Celia nicht schwer, diese zu bewältigen, sie schaffte sogar mehr, als ihr aufgetragen war. Abends, wenn sie die fertigen Stücke Rabea vorlegte, sah diese sie durch. Sie lobte nicht, aber sie tadelte auch nicht. »Hm, hm.« Mehr sagte sie nicht. Dann nahm Rabea die fertigen Kleidungsstücke an sich und ließ Celia gehen.

Die Mittagspause verlief immer gleich. Celia grüßte freundlich, wenn sie die Küche betrat, ein Gruß, der kurz und fast gleichgültig erwidert wurde. Oft wurde das Essen schweigend eingenommen. Oder es gab Gespräche, die oberflächlich und nichtssagend waren. Keiner aber sah Celia offen an, keiner redete mit ihr. Rabea verteilte die Aufgaben am Mittagstisch, ermahnte zur Eile. Mehr nicht.

Es war der dritte Tag im Hause des Statthalters. Celia saß auf einer Bank im Peristylium. Sie hatte mehrere Kleidungsstücke in einem Korb neben sich stehen. In der Hand hielt sie eine Decke, die einen langen, ausgefransten Riss hatte. Celia suchte einen Stofffetzen aus einem anderen Korb, mit dem sie den Riss unterlegen konnte, um ihn zu flicken. Sie war so vertieft in ihre Arbeit, dass sie nicht merkte, wie der Statthalter neben sie getreten war.

»Nun, Celia. Wie ich sehe, bist du schon mittendrin in deiner Arbeit.«

Erschrocken fuhr sie auf. »Verzeih, Herr. Ich habe dich nicht kommen hören.« Sie wollte aufstehen, aber er winkte ab.

»Bleib sitzen, Celia. Und um Verzeihung bitten muss ich. Es war nicht meine Absicht, dich zu erschrecken.« Titus Pectore setzte sich ihr gegenüber auf eine andere Bank. »Arbeite ruhig weiter und lass dich von mir nicht stören.«

Das war leichter gesagt als getan. Celia mochte es nicht, dass er sie beobachtete. Hoffentlich machte sie jetzt keinen Fehler. Sie wollte gar nicht daran denken, wie er darauf reagieren würde. Noch kannte sie ihn nicht, wusste nicht, wie sie ihn einordnen sollte. Sie beugte sich wieder über ihre Arbeit.

Aber der Statthalter saß ruhig da, betrachtete ihre Hände, ihre Finger. Auch wenn er nichts von dieser Arbeit verstand, so nahm er doch wahr, dass sie genau wusste, was sie tat. Es war schön, ihr dabei zuzusehen. Er ließ seinen Blick über ihre Arme, ihren Hals gleiten, betrachtete ihr Gesicht. Sie hielt den Blick auf ihre Arbeit gesenkt, den Kopf leicht nach unten geneigt. Eine Strähne fiel ihr in die Stirn. Mit einer kurzen Handbewegung schob sie diese zur Seite. Fasziniert sah ihr der Statthalter dabei zu. Sie war schön. Er wollte sie. Und er würde sie bekommen.

»Wie geht es dir in meinem Haus? Ist alles zu deiner Zufriedenheit?«, fragte er sie.

Celia hob kurz den Kopf. »Ja, Herr.«

»Rabea und Darius haben dir alles gezeigt?«

»Ja, Herr.«

»Du wirst mit allem versorgt, was du brauchst?«

»Ja, Herr.«

»Gibt es etwas, das ich für dich tun kann?«

»Nein, Herr.«

Der Statthalter musste lachen.

Verwirrt hob Celia den Kopf. »Was ist? Habe ich etwas Falsches gesagt?«

»Nein. Ganz gewiss nicht. Aber dein Wortschatz scheint sehr eingeschränkt zu sein.«

»Oh.« Celia erwiderte sein Lachen.

Ihm lief ein wohliger Schauer durch den ganzen Körper. Da war es: dieses Lachen, auf das er gewartet und gehofft hatte.

Die junge Frau sah ihn jetzt offen an. »Weißt du, Herr. Wenn du andere Antworten als Ja und Nein erwartest, musst du andere Fragen stellen.« Kaum hatte sie das gesagt, wurde ihr bewusst, dass sie respektlos gewesen war. Sie biss sich auf die Lippen.

Aber Pectore grinste amüsiert. »Da hast du recht.« Er beugte sich vor und griff in den Korb, um eine Garnrolle herauszuholen. »Wie geht es deinem Vater? Wie seinen Händen?«

Überrascht über solch eine Frage unterbrach Celia ihre Arbeit. »Nun, er hat sich gut erholt. Aber seine Hände werden immer verkrüppelt bleiben. Meine Mutter pflegt sie mit warmen Bädern und versucht sie durch sanftes Massieren beweglicher zu machen.«

»Mit Erfolg?«

»Zum Teil. Mit der rechten Hand kann mein Vater seinen Becher wieder halten. Es besteht Hoffnung, dass er mit ihr eines Tages wieder normal zugreifen kann. Aber viel mehr wird sie nicht erreichen können. Feine Arbeiten werden nicht möglich sein. Und die linke Hand wird verkrüppelt bleiben. Er wird nie wieder seinem Handwerk nachkommen können.«

»Und Adrianos? Kann er seinen Lehrling dennoch unterweisen?«

»Ja, das kann er.« Celia war noch immer erstaunt über seine Anteilnahme. »Adrianos war lange genug bei meinem Vater in der Lehre, dass er das meiste schon beherrscht. Es geht noch langsam, aber es wird nicht lange dauern und er wird die Werkstatt allein führen können.«

»Könnt ihr ihn dabei unterstützen? Ich meine du und deine Mutter? Nähen ist ein Teil des Schuhmacherhandwerks.«

Celia lächelte. »Wie ich sehe, hast du von dieser Arbeit wenig Ahnung.«

»Oh. Meinst du?« Der Statthalter lehnte sich zurück, ließ das Garn von einer Hand in die andere fallen.

»Verzeih, Herr. Ich bin zu vorlaut.« Celia erschrak selbst darüber, was sie sich ihm gegenüber erlaubte.

Aber Pectore schüttelte den Kopf und lachte. »Ach, Celia. Das ist mir lieber, als dass du vor Angst den Mund nicht aufbekommst. Damit kann ich umgehen.« Er grinste breit. »Also, wovon habe ich keine Ahnung?«

Celia nahm ihre Arbeit wieder auf. Während sie weiternähte, begann sie zu erklären. »Nun, Herr. Schuhe werden auch vernäht. Aber das ist nur ein Teil der Arbeit. Es fängt mit der Wahl des Leders an. Es muss weich und gut zu verarbeiten sein, sollte aber gleichzeitig kräftig und belastbar sein. Dann muss alles Maß genommen und geschnitten werden. Außerdem werden die meisten Schuhe an den Sohlen mit Nägeln versehen. Sie sollen etwas aushalten können und nicht nach drei Tagen durchgelaufen sein. Dann müssen Schuhe für feine Damen anders beschaffen sein als die für einen Arbeiter, Sandalen anders als Stiefel. Es gibt …«

»Halt«, unterbrach sie der Statthalter. »Das reicht.« Er lachte. »Wie ich sehe, habe ich wirklich keine Ahnung. Wenn ich einen Schuh in die Hand nehme, sehe ich, ob es gute Arbeit ist. Aber was es braucht, um so weit zu kommen, entzieht sich meiner Kenntnis.«

»Woher solltest du das auch wissen?«

Ein spöttisches Grinsen zeigte sich auf seinem Gesicht. »O ja. Ich bin ein verwöhnter, reicher Mann, der nichts von solchen Dingen versteht. Der andere für sich arbeiten lässt und selbst die Hände faul in den Schoß legt. Ich verstehe zu befehlen, mehr nicht.« Das Grinsen wurde breiter. »Das ist es doch, was du von mir denkst, nicht wahr?«

Jetzt wurde Celia ernst. Sie legte ihre Arbeit erneut ab, sah den Statthalter an. »Nein, Herr, das denke ich nicht. Du hast andere Aufgaben, andere Pflichten. Dir obliegt die Verwaltung der Provinz, die Gerichtsbarkeit. Du trägst die Verantwortung für das Wohl von Larisa, für die Menschen, die hier wohnen. Du bist Herr, befehlsgewohnt und bestimmend, das ist wahr. Deine Anordnungen sind bindend, deine Erlasse sind Gesetz. Ein Statthalter, der diese Aufgabe ernst nimmt, wird seine Hände nie faul in den Schoß legen können.«

Erstaunt musterte Pectore ihr Gesicht. Das Gespräch war auf einmal ernst geworden, das überraschte ihn. Er hatte immer mit Frauen zu tun gehabt, die oberflächlich waren, nicht über ihr Leben nachdachten. Celia schien anders zu sein. Er wusste nur noch nicht, ob er das gutheißen konnte. Denn wenn sie einen eigenen Kopf hatte und ihn zu gebrauchen wusste, würde er es umso schwerer bei ihr haben.

Er legte das Garn zurück und stand auf. »Ich hoffe, es stört dich nicht, wenn ich mich hin und wieder zu dir setze, um mich mit dir zu unterhalten, Celia.« Damit ging er davon.

Celia sah ihm nach. ›Nein‹, dachte sie. ›Das stört mich nicht.‹ Ja, sie mochte ihn, seine Art zu reden, sein Lachen. Sie war sich nicht sicher, ob er dazu neigte, über Dinge zu spotten. Das würde ihr nicht gefallen. Genauso wie das Gefühl, dass ihr Vater mit seinen Befürchtungen recht hatte.

Rabea stand halb hinter einer Säule versteckt und hatte den Statthalter und Celia beobachtet. Neben ihr stand Marga, eine ältere Sklavin, Freundin und Vertraute von Rabea. Marga atmete tief ein. »Das fängt ja gut an.«

»Wie meinst du das?« Rabea ließ Celia nicht aus den Augen, während sie fragte.

»Nun. Der Statthalter setzt sich zu ihr und redet mit ihr. Das tut er bei uns nie.«

»Sie ist keine Sklavin.«

»Ja, das stimmt. Aber sie ist auch nur ein einfaches Mädchen. Und sieh, wie sie ihn angelacht hat. Sei mir nicht böse, Rabea, aber ich glaube, er hat uns da eine Laus in den Pelz gesetzt, denn Celia wird sich noch als schädlich für diesen Haushalt herausstellen. Sie schäkert und tut schön. Und er fällt darauf herein.«

»Was willst du damit sagen?«

»Ganz einfach. Die erhofft sich mehr. Glaubst du, sie ist nur freundlich, weil sie nun mal so ist? Nein, Rabea, die hat was vor.«

Rabea nickte. »Und der Statthalter scheint Gefallen an ihr zu finden.« Sie schüttelte den Kopf. »Eine Geliebte im Haus hätte mir grad noch gefehlt.«

»Zumal eine Geliebte aus einfachen Kreisen. Stell dir vor, diese Celia würde hier die Herrin spielen.«

»Nein, das geht nicht. Das kann ich nicht dulden.« Rabea wandte sich Marga zu. »Das müssen wir verhindern. Lass sie uns beobachten.

Irgendwann wird sie sich einen Fehler erlauben. Und dann werden wir dem Statthalter die Augen öffnen.«

Marga nickte. »Dann müssen wir nur noch Darius überzeugen.«

»Darius? Das ist kein Problem. Noch ist er auf ihrer Seite. Aber sobald der Frieden und die Ordnung im Haus auf dem Spiel stehen, wird er alles tun, um diese zu erhalten. Und dann wird Celia ganz schnell allein dastehen.« Rabea lachte vor sich hin. »Ich kann ihr das Leben schwer machen. Verlass dich drauf. Und ich werde heute Abend damit anfangen.«

Am Abend brachte Celia nichtsahnend ihre Tagesarbeit zu Rabea.

Wie gewohnt sah die Sklavin Stück für Stück durch. Zuletzt nahm sie die Decke in die Hand. Sie drehte sie mehrmals, begutachtete den Stofffetzen, den Celia eingenäht hatte.

Die junge Frau wurde unruhig. Was hatte Rabea? Warum ließ sie sich heute so viel Zeit?

Schließlich ließ die Sklavin das Tuch sinken. »Du hast mit dem Statthalter geredet.« Es klang wie ein Vorwurf.

Celia nickte. »Er hat sich zu mir gesetzt. Nicht ich bin auf ihn zugegangen.«

»Darauf solltest du dir nichts einbilden«, schnaubte Rabea und nahm den Korb mit den fertigen Stücken. »Sieh dich vor, Mädchen! Du bist eine einfache Arbeiterin und nicht besser als jede Sklavin, auch wenn der Statthalter mit dir redet, als wärst du ihm gleichgestellt. Vergiss das nie!« Damit ging sie davon.

Erstaunt sah Celia ihr nach. Was sollte das?

An diesem Abend brachte Celia nach der Arbeit Brot und Früchte aus dem Haus des Statthalters mit. »Darius hat sie mir gegeben. Ich soll euch von ihm grüßen.«

Daphne nahm die Sachen dankbar entgegen. Essen war teuer. Deshalb sah sie die mitgebrachten Gaben als Teil des Lohnes an, den ihre Tochter für ihre Arbeit erhielt.

»Erzähle. Wie geht es dir im Hause des Statthalters?«, fragte Servius Contente, als sie zu Abend aßen. »Verzeih, dass wir jetzt erst fragen. Aber du bist jeden Abend so müde nach Hause gekommen. Wir wollten dir deine Ruhe lassen.« Er lächelte. »Aber heute hat die Neugierde gesiegt.«

Celia nickte. Sie nahm sich von dem Bohneneintopf, den ihre Mutter gekocht hatte. »Ja, es stimmt. Wenn ich abends nach Hause komme, möchte ich am liebsten nur etwas essen und dann zu Bett gehen. Denn es ist sehr viel Arbeit. Mehr, als ich gedacht habe. Imperticus hat keinen Wert auf diese Dinge gelegt, entsprechend ist alles in schlechtem Zustand.« Celia nahm sich ein Stück Brot. »Aber«, lachte sie, »das sichert mir einen regelmäßigen Lohn.«

»O Celia. Gott hat dir ein sonniges Gemüt geschenkt. In allem kannst du Gutes sehen.«

»Weil es gut ist! Das Leben ist schön. Auch wenn wir Sorgen und Nöte haben. Aber lehrt uns unser Glaube nicht, dass wir uns keine Sorgen machen müssen? Gott will für uns sorgen. Und das tut er doch auch.«

Servius hob seine Hände. »Aber das hier hat er nicht verhindert.«

Daphne seufzte. Sie saß neben ihm und nahm abwechselnd für sich und für ihren Mann von dem Eintopf. Noch schaffte er es nicht, einen Löffel sicher zu halten und allein zu essen. »Das ist wahr. Aber er hat dich am Leben erhalten. Celia hat recht. Wir müssen nicht hungern. Der Statthalter hat sein Versprechen gehalten. Adrianos leistet gute Arbeit und wird von Tag zu Tag besser und selbstständiger. Celia verdient gutes Geld. Ich ebenso. Es geht uns gut, besser als anderen.«

»Ich weiß, Daphne. Entschuldige. Aber manchmal bekümmert es mich, dass ich selbst nichts mehr zu unserem Lebensunterhalt beitragen kann.«

»Vater, mach dir keine Sorgen. Wir gehören zusammen. Und zusammen schaffen wir das auch. Mit Gottvertrauen und Mut.«

»Ja, das tun wir. Aber jetzt lass uns essen.« Vorsichtig hob Servius den Becher an und trank. Es fiel ihm noch schwer, aber er wurde langsam besser darin. Ja, es stimmte. Es hätte auch schlimmer kommen können. Er würde auch wieder lernen, einen Löffel zu halten. Aber die andere Sorge beschäftigte ihn auch. »Der Statthalter. Bist du ihm inzwischen begegnet?«

»Ja. Er hat sich heute zu mir gesetzt, als ich im Peristylium nähte.«

»Oh.« Daphne, die gerade ein Stück Brot vom Teller genommen hatte, legte dieses zurück. »Was wollte er?«

»Er hat mich gefragt, wie es mir geht, ob alles seine Ordnung hat und ich mit allem versorgt bin, was ich brauche.« Celia sah ihren Vater an. »Und dann hat er sich auch nach dir erkundigt, wollte wissen, wie es dir und deinen Händen geht. Er schien ehrlich besorgt zu sein.«

»So, war er das«, murmelte Servius. Seine Frau gab ihm erneut von dem Eintopf. Während er aß, sah er seine Tochter an. Schließlich sagte er: »Celia, du solltest aufpassen. Diese Fragen können auch nur darauf abzielen, dich für sich zu gewinnen.«

Die junge Frau nickte. »Ich weiß, Vater. Das Gefühl habe ich auch. Aber die Frage war dennoch ernst gemeint.« Sie legte ihre Hand auf den Arm ihres Vaters. »Bitte vertrau mir. Titus Pectore ist ein freundlicher Mann. Er lacht gerne und ich mag seinen Humor. Aber Vater, ich glaube, er macht sich gerne über Dinge lustig und amüsiert sich auf Kosten anderer. Etwas, das mir überhaupt nicht gefällt. Außerdem weiß ich, was richtig ist und was Gott von mir will. Und das ist ganz sicher nicht, dass ich mich in die Arme des Statthalters werfe, nur weil er großmütig ist und uns hilft.« Nachdenklich steckte sie ein Stück Brot in den Mund, kaute langsam und bedächtig.

»Was ist, Tochter?«, fragte Daphne besorgt. »Ist doch etwas vorgefallen?«

»Nein. Nichts von Bedeutung. Es ist nur …« Celia versuchte ihre Gefühle in Worte zu fassen. »Ich war noch nie in einer römischen

Villa, habe noch nie das Haus eines reichen Mannes von innen gesehen. Und trotzdem. Jedes Mal, wenn ich das Haus des Statthalters betrete, fühlt es sich seltsam vertraut an. Das Atrium, die Säulengänge, der Brunnen im Peristylium. Ich kann es nicht erklären. Es ist einfach nur ein Gefühl.« Sie nahm einen Löffel voll von ihrem Teller, ohne ihn zu ihrem Mund zu führen.

Daphne und Servius wechselten einen besorgten Blick, den Celia nicht bemerkte. Sie schüttelte den Gedanken wieder ab. »Ach, was soll's. Vielleicht entspricht es auch nur der Vorstellung, die ich mir gemacht habe, wenn jemand ein solches Haus beschrieben hat. Oder es ist so, weil es richtig ist, dort hinzugehen und zu arbeiten. Auch wenn Rabea und die anderen Sklaven mich nicht gerne sehen.« Schnell aß sie weiter.

Daphne aber war erschrocken. »Machen sie dir Schwierigkeiten? Behandeln sie dich schlecht?«

»Das kann ich nicht direkt sagen. Rabea ist unfreundlich. Die anderen sind verhalten. Wenn ich mit ihnen am Tisch sitze, sind die Gespräche oberflächlich und nichtssagend, so als ob meine Gegenwart stört. Wenn sie überhaupt miteinander sprechen. Eigentlich ist es hauptsächlich Rabea, die redet. Sie verteilt Arbeit, befiehlt dieses und jenes. Es ist, als hätte sie etwas dagegen, dass die anderen mich einbeziehen.« Celia seufzte. »Rabea hat gesehen, dass der Statthalter bei mir saß und sich mit mir unterhalten hat. Sie hat zum Abschied gesagt, ich solle mich vorsehen. Nur weil ihr Herr mit mir lacht, sei ich noch lange nichts Besseres als sie.«

»Das ist nicht dein Ernst!« Daphne war erschrocken. »Sei vorsichtig, Celia. Rabea ist die Haushälterin. Sie entscheidet, wie gut es dir dort geht. Wenn du sie gegen dich hast, kann es sehr schwer für dich werden. Du solltest Darius darauf ansprechen. Er muss das unterbinden.«

»Ach, Mutter. Du überschätzt die Situation. Rabea ist eifersüchtig, weil ich frei bin. Das kann ich gut verstehen. Nur, es liegt nicht in meiner Hand, etwas daran zu ändern. Das weiß sie auch. Ich warte ab, bis sie sich an mich gewöhnt hat. Ich werde weiterhin freundlich zu jedermann sein und meine Arbeit gut verrichten. Dann wird sich das legen.«

Aber diese Zuversicht teilten Celias Eltern nicht. Sie konnten nur hoffen, dass nichts Schlimmeres geschah und niemand versuchen würde, ihrer Tochter zu schaden.

Am nächsten Morgen erlebte Celia eine böse Überraschung. Nachdem sie sich angeschaut hatte, was für den Tag zu tun war, kam plötzlich Rabea in ihre Kammer gestürmt. Sie warf ihr die Decke hin, die sie ihr am Vortag gezeigt hatte. Der Stofffetzen, den sie vernäht hatte, war abgerissen.

»Das machst du noch einmal«, befahl die Sklavin.

Entsetzt starrte Celia die Decke an. Was sollte das? »Rabea, warum …?«

Aber sie wurde unterbrochen. »Widersprich mir nicht!«, fuhr Rabea sie an. »Das war schlecht genäht, viel zu locker. Sonst wäre das Stück Stoff nicht abgerissen, als ich die Decke in die Truhe legen wollte.«

Aber Celia verteidigte sich. »Das kann nicht sein. Ich habe …«

»Halt deinen Mund!«, herrschte Rabea sie an. »Heute erwarte ich bessere Arbeit!« Damit ließ sie Celia stehen.

Fassungslos sah Celia ihr nach. Warum tat Rabea das? Sie verstand es einfach nicht.

10. Streit

Der Ortsvorsteher Sextus Livius ging mit Titus Pectore die Stadtmauer ab. Er zeigte ihm die Stellen, an denen die Mauer ausgebessert werden musste. Ein Schreiber folgte den beiden, notierte jeden Befehl, jede Entscheidung, die getroffen wurde. Am Ende nahm der Statthalter die Aufstellung in die Hand und blieb stehen. »Es wird viel Geld kosten, Livius.«

»Wir haben genug Steuereinnahmen.«

»Die aber nicht nur Larisa zustehen.«

»Ach, die Provinz ist gut versorgt. Da ist alles in bester Ordnung.«

Der Statthalter musste laut lachen. »Auch wieder so eine Aussage von Imperticus?«, fragte er spöttisch.

Der Ortsvorsteher wurde rot. »Verzeih mir, aber ich denke, er hat alles gut verwaltet.«

»Aha. Denkst du.« Pectore grinste und beobachtete Livius.

Dieser fühlte sich sichtlich unwohl in seiner Haut. »Es gab keinen Grund, das zu bezweifeln.«

»Ja, das glaube ich dir.« Der Statthalter sah an der Stadtmauer hinauf. Dann überflog er noch einmal die Notizen. Es gefiel ihm, dass sich der Ortsvorsteher so leicht verunsichern ließ. Aber jetzt reichte es. Er gab Livius die Aufstellung. »Du hast recht. Das Geld ist da. Imperticus hatte seine Schwächen, aber er hat die Provinz gut verwaltet und die Steuereinnahmen sinnvoll eingesetzt. Du kannst die nötigen Arbeiten in die Wege leiten.«

Erleichtert atmete Livius aus. Er würde lernen müssen, den neuen Statthalter einzuschätzen. Zufrieden mit dem Ergebnis ihrer Besprechung verabschiedeten sich die Männer voneinander.

Pectore machte sich auf den Weg in sein Stadthaus, das Gesicht des Ortsvorstehers immer noch vor seinen Augen. Er genoss es, wenn er andere verunsichern konnte. Gleichzeitig war es ihm wichtig, trotzdem klare Entscheidungen zu treffen. Der Spott hatte seine Grenzen, aber er musste manchmal sein.

Beschwingt betrat er das Haus. Ein Sklave kam ihm entgegen, brachte ihm bequeme Schuhe und reichte ihm einen Becher mit kühlem Wasser. Pectore leerte diesen und ging ins Peristylium. Vielleicht saß Celia dort bei ihrer Arbeit. Als er sie nicht fand, ging er die Treppe hinauf zu ihrer kleinen Kammer. Aber auch hier war sie nicht. Er wollte sich schon abwenden, als er Gesang hörte, der aus den Anlagen hinter dem Haus zu kommen schien. Pectore ging zum Fenster und beugte sich hinaus. An die Hauswand gelehnt stand eine Bank, auf der Celia vertieft in ihre Näharbeit saß. Sie sang vor sich hin, nicht besonders laut, aber laut genug, dass er es hören konnte. Er setzte sich ans Fenster und schloss seine Augen. Es war schön, ihrer hellen, klaren Stimme zuzuhören. Als er seine Augen wieder öffnete, sah er, dass zwei Sklavinnen, die zwischen sich einen schweren Wäschekorb trugen, dazukamen. Sie stellten den Korb ab. Die ältere von beiden ging wieder davon. Pectore runzelte die Stirn. Er sah, dass die junge Sklavin, die recht klein war, ein großes Leintuch aus dem Korb holte und versuchte, es allein über die Wäscheleine zu werfen. Es gelang ihr nicht. Das durfte nicht wahr sein. Diese Arbeit wurde normalerweise von zwei Sklavinnen verrichtet, und das aus gutem Grund. Plötzlich fiel ihm auf, dass das Singen aufgehört hatte. Er beugte sich vor, um nach Celia zu sehen, die ihr Nähzeug zur Seite gelegt hatte. Jetzt stand sie auf und ging zu der jungen Sklavin. Er verstand nicht, was sie zu ihr sagte, aber das Mädchen schien erfreut zu sein. Gemeinsam fassten sie das Leintuch, jede an einer Seite, und hängten es auf. Wieder sagte Celia etwas. Beide lachten und nahmen das nächste Stück zur Hand. Es war ein schönes Bild. Diese Frau gefiel ihm immer besser.

»Was geht hier vor?« Pectore zuckte zusammen. Er hatte Rabea nicht in die Anlagen kommen sehen. »Was soll das?« Wütend riss die Haushälterin den beiden Frauen das Leintuch aus der Hand. »Ich untersage dir, Kira zu helfen. Sie muss das allein machen. Kümmere du dich um deinen Kram!«, fuhr sie Celia an und drückte der jungen Sklavin das Tuch in die Hand.

»Aber das ist keine Arbeit, die allein gemacht werden sollte!«, rief Celia aufgebracht.

»Das lass nur meine Sorge sein. Dich geht das nichts an. Schau, dass du mit deiner Aufgabe fertig wirst.«

Celia straffte die Schultern. »Das werde ich, darauf kannst du dich verlassen. Und wenn ich länger bleiben muss.«

»Keine Widerrede. Es ist mein Befehl, dass Kira das allein macht. Du wirst mir nicht in die Quere kommen.«

»Rabea!« Erschrocken blickten die Frauen nach oben. Der Statthalter stand am Fenster, sichtlich verärgert. Was sollte das? »Bleibt, wo ihr seid. Ich komme.«

Schnell lief er die Treppe hinunter, lief durch das Haus. Er musste verhindern, dass Rabea noch weiter auf die beiden einschrie.

Rabea erwartete ihn hoch erhobenen Kopfes. Celia sah ihm ruhig entgegen, Kira zitterte und wirkte verängstigt.

»Was ist hier los? Warum willst du nicht, dass Celia Kira hilft?«

»Nun, Herr.« Rabea zeigte auf die junge Sklavin. »Sie war ungehorsam und muss bestraft werden.« Herausfordernd sah sie Pectore an.

Ungläubig erwiderte dieser den Blick. »Auf diese Weise?«

»Ja, Herr. So lernt sie, dass sie sich fügen muss.«

»Indem du ihr eine Aufgabe gibst, die sie allein kaum bewältigen kann?«

»Sie wird sie bewältigen müssen. Egal, wie schwer es ihr fällt.«

»Aha.« Der Statthalter rieb sich das Kinn. »Und wo liegt da der Sinn?«

»Das habe ich doch gerade gesagt. Kira lernt Gehorsam nur, wenn sie merkt, dass die Strafe härter ist als das, was sie sonst hätte tun sollen.«

»Um den Preis, dass sie die Aufgabe überhaupt nicht erfüllen kann? Was bringt dir das? Ich meine, du willst doch, dass alles zu deiner Zufriedenheit erledigt wird, auch Aufgaben, die du zur Strafe verteilst? Oder sehe ich das falsch?«

»Herr. Es ist … Herr, ich habe mir schon etwas dabei gedacht.«

»Ja. Die Frage ist nur, was.« Der Statthalter schüttelte den Kopf. »Du willst überhaupt nicht, dass sie es schafft. Du willst sie scheitern sehen und dann ein zweites Mal bestrafen.«

Rabea wurde rot. »Das ist nicht wahr, Herr.«

»Wirklich nicht, Rabea? So etwas habe ich schon oft erlebt. Aber höre mir gut zu. Strafe mag angebracht sein. Sie muss aber einen Sinn haben. Ansonsten bewirkt sie nicht Gehorsam, sondern Wut.« Er musterte seine Haushälterin. »Oder hast du ein anderes Ziel? Willst du, dass Kira Angst vor dir hat? Willst du sie auf diese Weise gefügig machen?«

Jetzt wurde Rabea dunkelrot. Sie blickte zu Boden, damit ihr Herr ihre Wut nicht sehen konnte.

Der Statthalter schüttelte verächtlich den Kopf. »Nein, Rabea. Angst ist kein guter Grund für Gehorsam. Du bist für die Sklaven verantwortlich. Ja, sie müssen dir gehorchen. Deine Aufgabe ist es, dafür zu sorgen, dass es ihnen trotz der vielen und schweren Arbeit gut geht. Nur so bleibt ihre Arbeitskraft erhalten. Alles andere macht keinen Sinn.« Er wandte sich an Celia. »Es ist gut, wenn du Kira hilfst. Ich werde es deiner Arbeit zurechnen.«

»Danke, Herr«, flüsterte Kira.

Der Statthalter sah auf die kleine Sklavin hinab. »Gehorsam aber, Kira, ist unabdingbar. Ich hoffe, das hast du daraus gelernt.«

»Ja, Herr«, beeilte sich das Mädchen zu sagen.

»Gut.« Damit ging er davon, winkte aber Rabea hinter sich her. »Du hast sicher anderes zu tun. Das hier kann ohne deine Aufsicht gemacht werden.«

Wütend folgte ihm die Haushälterin. Sie war sich sicher, dass ihr Herr sie nicht für diese Strafe gerügt hätte, wenn Celia Kira nicht geholfen hätte. Es gefiel ihr nicht, dass ihr Herr diese Freie bevorzugt behandelte. Und sie, die Haushälterin, vor ihr bloßstellte.

Celia lächelte Kira an, die das Leintuch fest umklammert hielt, seit Rabea es ihr in die Hand gedrückt hatte. Kira lächelte vorsichtig zurück. Da nahm Celia das Leintuch wieder zur Hand. Sie faltete es auseinander und reichte ein Ende der jungen Sklavin. Dabei lächelte sie in sich hinein. Er hatte sie gesucht. Warum sonst war er in ihrer Kammer gewesen? Der Gedanke gefiel ihr. Sie mochte ihn. Wie sehr, konnte sie jedoch noch nicht sagen. Es war sowieso besser, das nicht zu verfolgen. Er war kein Christ, kam für sie als Mann nicht infrage. Außerdem war ihr klar, dass er nur auf eine Liebschaft aus war, mehr nicht. Das war die Wirklichkeit. Aber wer sollte ihr verbieten, trotzdem von ihm zu träumen?

Schnell lief Darius durch das Haus zum Arbeitsraum des Statthalters. Er fand ihn dort, wie er nachdenklich auf und ab ging, die Hand am Kinn. »Herr, du hast nach mir verlangt.«

Pectore reagierte nicht, ging weiter auf und ab. Schließlich blieb er direkt vor Darius stehen. »Sag mir, wie zufrieden du mit Rabea als Haushälterin bist.«

»Oh. Sie ist überaus gewissenhaft und hat alles fest im Griff. Sie weiß alles, was zum Führen eines Haushalts notwendig ist. Meiner Meinung nach muss man sicher nicht wissen, was sie nicht weiß.«

»Wie vertrauenswürdig ist sie?«

»Sehr. Rabea ist rechtschaffen und treu. Du kannst dich auf sie verlassen.«

»Und wie verhält sie sich den Sklaven gegenüber, die unter ihrem Befehl stehen?«

»Oh.« Darius zögerte. »Nun … Sie ist, na ja, streng.«

»So. Streng.« Pectore sah den Verwalter abwartend an. Aber dieser redete nicht weiter, sodass er nachhakte: »Also alles in bester Ordnung?«

»Herr, ja. Versteh doch. Einen Haushalt wie diesen zu führen, ist eine große Verantwortung. Da ruht viel Last auf ihren Schultern.

Darum ist sie manchmal unfreundlich und vielleicht auch ungerecht.«

Pectore ging um seinen Tisch herum, setzte sich aber nicht. Wie nebenbei ordnete er ein paar Papiere, die darauf lagen. »Haben die Sklaven Angst vor ihr?«, fragte er schließlich und hob den Kopf.

»Manche ja.« Darius blieb nichts anderes übrig, als ehrlich zu sein. »Vor allem die jüngsten wie Kira.«

Der Statthalter nickte. Er begann erneut, im Raum auf und ab zu gehen.

»Herr.« Darius sprach eindringlich. »Herr, Rabea ist seit zwanzig Jahren hier. Sie hat den Haushalt immer zur Zufriedenheit aller geführt. Erst die letzten drei Jahre unter Imperticus haben sie herrisch werden lassen. Ich denke, dass sich das wieder ändern lässt.«

»Denkst du?« Pectore sah den Verwalter an, ohne dabei stehen zu bleiben.

»Ja, Herr«, sagte Darius voller Überzeugung. »Rabea hat sich immer am Statthalter ausgerichtet, hat sich immer so verhalten, wie dieser es zugelassen hat. Wenn du ihr deine Grenzen zeigst, wird sie sich in diese einfügen.«

»Wäre das nicht deine Aufgabe?«

Der Verwalter nickte. »Ja, Herr. Du hast recht. Aber ich möchte offen sein. Unter Imperticus habe ich immer versucht, auszugleichen und zu besänftigen. Bei dir weiß ich noch nicht, was du genau von mir verlangst.«

»Dann will ich es dir sagen.« Pectore blieb wieder vor Darius stehen. »Rabea ist die Haushälterin. Von den Sklaven erwartet sie zu Recht Achtung und Gehorsam. Im Gegenzug trägt sie die Fürsorge für die Sklaven. Dazu gehört, dass sie freundlich, aber bestimmt ihre Anweisungen erteilt und nicht über Gebühr bestraft. Ungerechtigkeit dulde ich nicht.« Er wollte noch etwas sagen, überlegte es sich aber anders.

Darius aber vermutete, was den Statthalter noch beschäftigte. »Ich weiß von dem Vorfall mit Kira und Celia«, sagte er. »Ich werde dafür sorgen, dass es nicht mehr dazu kommt.« Dass er das Geschehene selbst anders beurteilte, verschwieg er. Der Statthalter schien Gefallen an der Tochter des Schuhmachers zu finden. Da war es sicher besser, sich auf deren Seite zu stellen.

»Gut. Denn Celia ist keine Sklavin. Mag sie Rabea auch unterstellt sein und von ihr die Arbeit zugewiesen bekommen, so ist sie nicht ihr Spielball, den sie nach Belieben treten kann. Mach ihr das klar. Celia steht unter meinem persönlichen Schutz. Ich habe ihren Eltern versprochen, dass niemand in meinem Haus ihr Schaden zufügen wird.«

»Herr, das werde ich weitergeben.«

»Dann war das alles. Du kannst gehen.«

Pectore folgte Darius mit seinen Blicken, bis dieser den Raum verlassen hatte. Er fragte sich, ob er mit dieser Anweisung nicht genau das Gegenteil von dem erreichen würde, was er beabsichtigte. Je nachdem, wie Rabea veranlagt war, würde es sie noch mehr dazu bringen, Celia schlecht zu behandeln. Vielleicht konnte sie mit einer – aus ihrer Sicht – weiteren Bevorzugung nicht umgehen.

Er musste wachsam sein. Das durfte er nicht zulassen.

In der folgenden Zeit blieb es jedoch ruhig. Darius konnte von keinen weiteren Vorfällen berichten. Rabea schien sich gefangen zu haben und befolgte den Befehl ihres Herrn. Celia lebte sich ein. Sie blieb bewusst freundlich, hilfsbereit und grüßte die anderen, wenn sie zum Mittagstisch kam. Sie wollte Rabea nicht Gleiches mit Gleichem vergelten. Sicherlich würde sie die Ältere dadurch irgendwann überzeugen, dass sie von ihr nichts zu befürchten hatte.

Eines Tages eilte sie ins Haus, um aus ihrer Kammer Nähgarn zu holen. Sie hatte zu wenig mit in den Garten genommen.

Marga kam ihr mit einer jüngeren Sklavin entgegen. Die jüngere Sklavin, Halma war ihr Name, trug einen Korb mit Nüssen. Plötzlich stolperte sie, der Korb fiel ihr aus der Hand. Die Nüsse verteilten sich über den ganzen Boden.

»Oh!«, rief Celia. Sofort bückte sie sich und fing an, die Nüsse aufzusammeln.

»Was soll das?«, fuhr Marga sie an.

Aber Celia ließ sich nicht beirren. Diese Frau hatte ihr nichts zu sagen, auch wenn sie offensichtlich eng mit Rabea befreundet war.

»Du musst mir nicht helfen«, flüsterte Halma.

Aber Celia hob nur kurz den Kopf, lächelte die Sklavin an. Dann fuhr sie fort, die Nüsse einzusammeln.

Dankbar lächelte Halma zurück. Gemeinsam hatten sie den Korb schnell wieder gefüllt.

Als sie fertig waren, hob Celia den Korb auf und gab ihn Halma. »Ich glaube, wir haben alle.«

»Ich danke dir.« Halma nahm den Korb schnell entgegen. Sie nickte Celia noch einmal zu und eilte davon.

Marga aber stand da, mit verschränkten Armen. Ihr waren die Hände gebunden. Celia etwas zu befehlen, stand ihr nicht zu. Aber der vernichtende Blick, den sie der jungen Frau zuwarf, ließ Celia erschrecken.

Sie verstand. Marga würde dieses Ereignis Rabea melden. Und ganz sicher anders, als es sich zugetragen hatte. Aber das würde sie nicht davon abhalten, weiter freundlich und hilfsbereit zu sein. Was immer Rabea oder Marga bezweckten, sie würden sie damit nicht zu einem anderen Handeln verleiten können.

Diese und ähnliche Begebenheiten überzeugten die anderen Sklaven, dass Celia keine besondere Behandlung suchte. In Gegenwart von Rabea verhielten sie sich weiterhin zurückhaltend, wollten sie doch nicht deren Zorn auf sich ziehen. Aber wenn sie der jungen Frau allein begegneten, lächelten sie ihr zu, wechselten sogar ab und zu ein freundliches Wort mit ihr.

Auch wenn Rabea das zu verhindern suchte, so gewann Celia doch das Wohlwollen der anderen.

Wenn der Statthalter nach Hause kam, fiel ihm auf, dass mehr gelacht und mehr gesungen wurde als früher. Dass Rabea dabei immer schlechter gelaunt wurde, ignorierte er.

Manchmal setzte er sich zu Celia, sah ihr bei ihrer Arbeit zu und unterhielt sich mit ihr. Vielleicht konnte er sie für sich gewinnen, wenn er sich auf ihre Gedanken einließ, mit ihr redete? Dabei musste er über sich selbst lachen. So hatte er sich noch nie um eine Frau bemüht. Und manchmal packte ihn die Ungeduld, fast sogar Wut, weil sie ihm nicht im Geringsten entgegenkam. Aber noch hatte er nicht vor, sein Ziel aufzugeben.

Manchmal redeten sie über ihren Glauben. Er war ihm fremd, vieles verstand er nicht.

An einem späten Nachmittag hatte er sich zu ihr auf die Bank gesetzt. Die Wäscheleinen waren an diesem Tag leer, gaben den Blick frei auf die Olivenbäume, an denen fast reife Früchte hingen. Es war Herbst geworden. Bald würde die Ernte beginnen. Angenehm warm war es, nicht mehr so heiß wie im Sommer. Ein leichter Wind wehte. Sie waren allein.

»Was macht dich so sicher, dass dein Gott der richtige ist? Es gibt so viele Götter. Römische, griechische, germanische. Was weiß ich, wahrscheinlich so viele, wie es Völker auf der Erde gibt.«

»Findest du das nicht seltsam?«, fragte Celia zurück. Sie griff in einen Korb nach einem kräftigen Nähgarn, um das Nachtgewand einer Sklavin zu flicken.

»Wie meinst du das?«

»Nun. Jedes Volk hat seine Götter. Welches sind die richtigen? Können so viele Gottheiten nebeneinander existieren? Wie soll das gehen?«

Pectore dachte an sein Gespräch mit Silvus Hilarus, als sie das erste Mal im Tempel der Athene gewesen waren. »Vielleicht gilt das Gleiche wie für das Römische Reich. Jede Gottheit hat seine ihm zugewiesene Region, sein Volk, das sie beherrschen darf.«

Celia sah ihn erstaunt an. »Das ist jetzt nicht dein Ernst, Herr. Ist das wirklich vorstellbar?«

»Wer weiß?« Der Statthalter grinste. »Unsere Kriege sind dann die Kriege der Götter, die ihre Grenzen ausweiten oder verteidigen. Dann geht es immer um ihr Reich, nie um das menschliche. Und wenn ein Volk untergeht, gehen seine Götter mit ihm unter.«

»Oh. Die Menschen als verlängerter Arm der Götter? Das heißt, dass die Götter Menschen sterben lassen, um ihren eigenen Machtbereich zu vergrößern?«

»Ja. Das heißt es.«

Ungläubig unterbrach Celia ihre Arbeit und sah ihn an. »Was ist daran göttlich?«

»Nun, ihre Macht, ihre Größe. Und ihre Möglichkeiten. Sie sind uns überlegen.«

»Nein.« Celia lachte. »Zumindest nicht moralisch.«

»Hm. Da ist was dran.« Pectore rieb sich nachdenklich das Kinn. »Aber«, überlegte er, »sie haben die Welt erschaffen. Und alles, was sich darauf befindet.«

»Du meinst, sie haben sich zusammengesetzt und Pläne gemacht? Die römischen, germanischen und griechischen Götter? So wie ein Mann Pläne macht, der ein Haus bauen möchte, und dazu seinen Bruder, seinen Vater und seine Nachbarn befragt?«

»Das klingt lächerlich. Das gebe ich zu.« Wieder überlegte er. »Vielleicht sind es dieselben Götter, die jedes Volk anders benennt. Oder denen sie sich anders zu erkennen geben.«

Die junge Frau war überrascht über seine Gedanken, fragte sich aber, ob er sie mit seinen Fragen und Bemerkungen nur herausfordern wollte. Spielte er mit ihr oder war es ihm ernst mit dem, was er sagte? Wollte er mit ihr über ihren Glauben reden oder sie nur dazu verleiten, etwas in seinen Augen Lächerliches zu sagen? Da sie nicht sicher war, nickte sie nur. »Das wäre eine Möglichkeit.«

»Dann ist das auch die Lösung.« Pectore sah sie herausfordernd an.

Da konnte sie nicht mehr anders. Sie lachte. »Herr, du wirst mich nicht von meinem Glauben abbringen und mich davon überzeugen, dass es egal ist, welchen Gott ich anbete und verehre.«

»Vielleicht, Celia. Aber dein Glaube macht keinen Sinn. Mein

Glaube, meine Götter erlauben mir zu leben, zu lachen, zu genießen. Was ist daran falsch? Dein Gott scheint das alles zu verbieten.«

»Oh, du findest also, dass ich zu wenig lache?«

Pectore hob die Hände. »So war das nicht gemeint.«

»Aber du unterstellst meinem Gott, dass er ein Spielverderber ist.«

»So habe ich das nicht gesagt!«

Celia lachte. »Doch, das hast du.«

»Dann sage mir, was dein Gott erlaubt. Soweit ich weiß, feiert ihr Feste nur halbherzig. Er verbietet dir, ganz Frau zu sein. Und …«

»Darum geht es dir also.« Celia wurde ernst. »Herr, ein Fest ist nicht halbherzig, weil es ohne Trinkgelage oder gar Orgien auskommt. Nur weil es Regeln gibt, heißt es noch lange nicht, dass alles freudlos oder langweilig ist. Du verwechselst Hemmungslosigkeit mit Leben und Maßlosigkeit mit Genuss. Freude ist etwas, das wir im Herzen tragen sollen, etwas, was unser Wesen durchdringen soll. Es ist nichts, das sich allein auf Äußerlichkeiten gründen sollte.«

»Du hältst mich also für oberflächlich?«

»Wenn ich deine Worte höre, ja.« Celia sah ihn an, ohne mit der Wimper zu zucken, hielt seinem Blick stand.

Der Statthalter hätte gerne gelacht, über sie gespottet. Aber die Ernsthaftigkeit, mit der sie redete, hielt ihn zurück. Ja, er hatte sie reizen wollen, dazu bringen wollen, dass sie Dinge sagte, über die er sich lustig machen konnte. Aber sie durchschaute ihn. Was sie sagte, machte es ihm unmöglich, mit Spott zu antworten.

»Es gibt vieles, was ich bei eurem Glauben nicht verstehe. Dein Vater war deswegen im Gefängnis. Er hat es verkrüppelt verlassen.«

»Aber Gott hat für uns gesorgt.«

»Gott? Die Arbeit habe ich dir angeboten, nicht dein Gott.«

»Der Gedanke mag dir nicht gefallen, aber du bist sein Werkzeug.«

Der Statthalter rang die Hände, öffnete den Mund. Aber ihm fiel nichts dazu ein. Schließlich ließ er seine Hände in den Schoß fallen. »Du erstaunst mich, Celia. Auf alles hast du eine Antwort. Ich, ein Werkzeug deines Gottes! Hörst du dir eigentlich zu, wenn du redest? Euer Gott benutzt mich, um euch zu helfen!? Was für ein schwachsinniger Gedanke!« Ungläubig schüttelte er den Kopf. »Nein, Celia, dein Gott – wenn es ihn denn gibt – liefert euch mir aus. Ich kann mit euch tun und lassen, was ich will. Wenn ich dir morgen deine Arbeit wieder nehme, kann dein Gott nichts dagegen tun. Wenn ich morgen entscheide, dass Imperticus im Recht war, kann ich euch alle ins Gefängnis werfen lassen. Beweise habe ich genug. Wenn ich will, bist du morgen tot! Trotzdem hältst du an deinem Gott fest?«

»Ja, Titus Pectore.« Celia räumte ihre Sachen zusammen. »Denn glaube mir, du vermagst nichts, wenn mein Gott es nicht will.« Sie stand auf. »Verzeih, aber es ist spät. Wenn du erlaubst, gehe ich jetzt nach Hause.«

Pectore wies mit einer weit ausholenden Handbewegung zum Haus. »Wenn du meinst.«

Er sah ihr hinterher, bis sie durch das Tor in den hinteren Hof verschwunden war. Das war unglaublich. Was für ein grotesker Glaube! Wer hatte dieser schönen Frau nur so seltsame Gedanken in den Kopf gesetzt?

Der Statthalter war außer sich. Nein. Bei allem Verständnis, das war zu viel für ihn.

11. Ungerechtigkeit

Bei der Abendmahlzeit wirkte Titus Pectore äußerlich ruhig. Doch das Gespräch mit Celia ließ ihm innerlich keine Ruhe. Schließlich sprang er auf, ohne zu Ende zu essen. Er lief ins Peristylium, setzte sich auf eine Bank.

Es war unfassbar! Wie konnte Celia ihm nur solche Dinge sagen. Er ein Werkzeug ihres Gottes! Was war das für ein abwegiger und grotesker Gedanke!

Der Statthalter stand ruckartig auf, lief ziellos im Garten umher. Seine Sklaven, die ihn heimlich beobachteten und sich über sein Verhalten wunderten, bemerkte er nicht.

Es war unglaublich. Titus blieb vor dem kreuzförmigen Becken stehen, starrte ins Wasser. Plötzlich schoss ihm ein neuer Gedanke durch den Kopf. Was Celia sich ihm gegenüber erlaubte, war ungeheuerlich. Wie hatte er das zulassen können? Jetzt erst ging ihm auf, dass sie frech, nein, unverschämt und respektlos war. Warum war ihm das nicht früher aufgefallen? Es gab nur eine Antwort. Er hatte sich durch ihre Schönheit blenden lassen. Eine Schönheit, die wohl nur äußerlich bestand.

Er spürte eine unbekannte Wut in sich und versuchte gar nicht erst, diese zu verdrängen.

Celia. Was hatte er nicht alles für sie getan? Ihren Vater hatte er freigelassen. Ihr hatte er Arbeit und damit Brot gegeben, hatte sie in sein Haus genommen. In allem war er ihr entgegengekommen. Ja, er hatte sich zu ihr gesetzt, sie behandelt wie seinesgleichen. Er, der Statthalter, hatte sie, ein einfaches, unbedeutendes Schuhmachermädchen, allen anderen bevorzugt, sogar mit dem Gedanken gespielt, sie zu seiner Geliebten zu machen. Alles, alles hatte er ihr geboten, aber sie war ihm nicht einen Schritt entgegengekommen. Im Gegenteil. Sie wies ihn ab, widersprach ihm, meinte, ihn belehren zu können. War respektlos und unverschämt. Wie hatte er jemals Gefallen an ihr finden können?

Immer mehr steigerte er sich in diese Gedanken, in seine Wut. Das konnte so nicht weitergehen. Er dachte an die Auseinandersetzung zwischen Rabea und Celia. Er hatte Rabea die Schuld gegeben, sich gefragt, ob sie die Richtige in ihrer Position war. Celias Rolle dabei hatte er nicht hinterfragt, er war einfach davon ausgegangen, dass sie freundlich und selbstlos handelte. Aber war das so? Was war, wenn sie sich Rabea gegenüber ebenfalls respektlos verhielt? Wenn sie diese vielleicht sogar bewusst hintertrieb?

Seine Gedanken bewegten sich in einem immer düster werdenden Kreis. Celia, die Frau, die er noch vor wenigen Stunden begehrt hatte, erschien ihm nun in einem völlig anderen Licht.

Dass er dabei jedes Maß verlor und immer ungerechter wurde, bemerkte er nicht.

Am nächsten Tag verließ der Statthalter das Haus sehr früh. Celia sah ihn den ganzen Tag nicht. Das Gespräch vom Vortag beschäftigte sie. Hatte sie sich zu weit hinausgelehnt, sich zu viel erlaubt? Sie wusste es nicht.

Trotz dieser Unsicherheit ging sie in aller Ruhe ihrer Arbeit nach. Abends, als sie gerade ihre Sachen zusammenräumte, kam Rabea zu ihr. Celia reichte ihr den Korb mit den Kleidungsstücken, die sie fertig hatte. Rabea nahm Stück für Stück heraus und ließ sich die Arbeit zeigen. »Du bist zu langsam«, sagte sie mürrisch.

Celia war nicht überrascht. Es war jeden Tag das Gleiche. »Ich habe mehr geschafft, als du heute von mir verlangt hast.«

»Widersprich mir nicht! Wenn ich sage, du bist zu langsam, dann ist das so. Ich weiß, was ich verlangen kann.«

Jetzt wurde Celia wütend. »Ich bin es gewohnt, dass du meine Arbeit kritisierst. Aber jetzt reicht es mir. Jeden Morgen sagst du mir, was ich zu tun habe. Jeden Tag gebe ich dir die Arbeit erledigt zurück, ja, sogar mehr, als du verlangt hast. Aber nie bist du zufrieden. Was soll das? Was habe ich dir getan?«

Rabea stemmte ihre Hände in die Hüften. »Du kleines, dummes Mädchen, was glaubst du eigentlich, wer du bist? Auch wenn du frei bist, bist du doch meinem Befehl untergeordnet. Hör auf, mir zu widersprechen, vor allem so laut, dass es die anderen hören können. Noch habe ich das Sagen in diesem Haus!«

Celia öffnete den Mund und wollte etwas erwidern. Aber Rabea hob die Hand. »Genug. Morgen erwarte ich bessere Arbeit.«

»Was ist hier los?« Wie aus dem Nichts war plötzlich der Statthalter in der Kammer aufgetaucht.

Rabea fuhr herum, zeigte auf Celia. »Herr, es geht nicht, dass sie schlechte Arbeit leistet und dann auch noch widerspricht, wenn ich sie dafür tadele.«

Titus Pectore musterte Celia, die schwer atmend dastand und nicht wagte, etwas zu sagen, mit einem finsteren Blick. Dann sah er zu Rabea, die vor Wut schnaubte.

Schließlich drehte er sich um. »Rabea! Komm mit!«

Zu Celia sagte er kein Wort. Erschrocken sah sie den beiden nach, dann packte sie ihre Sachen zusammen, um alles aufzuräumen. Verstört verließ sie das Haus. Warum verhielt er sich so anders als sonst? Irgendetwas stimmte nicht, aber sie konnte nicht fassen, was es war.

Titus Pectore stand hinter dem Tisch in seinem Arbeitsraum, die Hände auf der Tischplatte abgestützt, den Blick starr nach unten gerichtet. Stumm hörte er sich die Klagen Rabeas an. »Sie erledigt ihre Arbeit, ja, aber nicht so, wie sie es schaffen könnte. Dann behauptet sie immer, ich hätte etwas anderes verlangt, aber das stimmt nicht. Sie arbeitet sauber und gut, das mag stimmen, aber viel zu langsam. Dir gegenüber tut sie immer schön, aber Herr, ich sehe auch die andere Seite. Ich weiß, was ich von ihr verlangen kann und was sie tatsächlich leistet. Herr, du hast sie in dieses Haus gebracht. Aus guten Gründen, ich weiß. Aber sie untergräbt meine Autorität, verhält sich respektlos. Wo es geht, lässt sie mich spüren, dass sie eine Freie ist.«

Pectore nickte. »Du kannst gehen«, sagte er leise. »Und schick mir Darius.«

Langsam setzte er sich. Wenn nur die Hälfte von dem stimmte, was Rabea sagte, war es schon mehr als genug. Wie hatte er sich nur so in dieser Frau täuschen können.

Darius betrat den Raum. »Du hast mich rufen lassen, Herr?«

Der Statthalter nickte. Er stützte seine Ellenbogen auf den Lehnen des Stuhles ab und legte seine Hände ineinander. Aufmerksam sah er Darius an.

»Rabea wird dir gesagt haben, um was es geht. Sag mir deine Meinung.«

»Nun ...« Darius zögerte. Was sollte er sagen? »Die Situation ist nicht sehr einfach«, begann er langsam. »Rabea und Celia sind sich nicht immer einig.«

Ungeduldig schüttelte der Statthalter den Kopf. »Ich bin nicht Imperticus. Du musst nichts verschweigen oder beschwichtigen, um mich zu beruhigen. Ich will die Wahrheit wissen.«

Darius schluckte. Es war nicht einfach für ihn. Er mochte Celia. Aber er sah auch, dass das, was hier vor sich ging, dem Haushalt nicht guttat. Darum nahm er sich zusammen und straffte die Schultern. »Herr, Rabea ist zu hart zu Celia. Und ja, sie ist ihr gegenüber nicht immer gerecht. Aber das andere stimmt auch. Celia widerspricht ihr und begehrt gegen sie auf. Trotz allem hat Rabea das Sagen. Ich glaube nicht, dass es Celias Absicht ist, aber mit ihrem Verhalten untergräbt sie Rabeas Autorität und stellt ihre Befehlsgewalt infrage.«

»Rabea spricht davon, dass Celia ihren Stand als Freie ausnutzt.«

»Nein, Herr«, widersprach Darius. »Das tut sie ganz gewiss nicht. Das ist etwas, das Rabea ihr immer wieder unterstellt.«

Pectore fuhr auf. »Das wird sie nicht ohne Grund tun.«

In diesem Moment begriff Darius, worum es ging. Aus irgendeinem Grund hegte der Statthalter einen Groll gegen das Mädchen.

Einen Grund, den sich Darius denken konnte, der aber letztlich ohne Bedeutung für ihn war. Jetzt hieß es, die richtige Entscheidung zu treffen. Celia schützen und seinen Herrn verärgern oder Rabea schützen und damit den Frieden im Haushalt wiederherstellen? Die Entscheidung fiel nicht schwer. »Herr.« Darius überlegte sich jedes Wort genau. »Es ist letztendlich egal, wie es sich verhält. Du wünschst, dass ich offen rede. Von Anfang an war klar, dass es zu Unstimmigkeiten führen kann, wenn du eine Freie anstellst. Eine Freie, die einer Sklavin unterstellt ist. Allein diese Situation schafft Spannungen, die nicht so einfach gelöst werden können.« Er machte eine kurze Pause. »Denk an den Vorfall vor wenigen Wochen, als Celia Kira geholfen hat. Nun, was ich dir damals nicht gesagt habe: Kira leidet unter Rabea. Aber sie verhält sich auch nicht so, wie sie sollte. Sie ist aufsässig, faul und ungehorsam. Rabea musste durchgreifen, sie bestrafen, um ihr die nötigen Grenzen zu setzen und um ihr zu zeigen, wer wem zu gehorchen hat. Dadurch, dass Celia Kira geholfen hat, hat sie sich gegen Rabea gestellt. Mit deinem Einschreiten hast du das unterstützt. Verzeih, ich hätte damals schon offen reden sollen. Aber ich hatte gehofft, dass sich das Problem von selbst löst.« Er atmete tief durch. »Jetzt aber hat sich die Lage zugespitzt. Rabea ist für den Haushalt unentbehrlich. Ich habe es dir schon einmal gesagt: Ihr Wissen, ihre Fähigkeiten findest du nicht so schnell wieder. Aber Celia. Mag sie auch eine Arbeit erledigen, die sonst niemand beherrscht, so ist es doch nur ein Teil der anfallenden Aufgaben. Dieses Problem kannst du auch anders lösen.« Darius ließ den Statthalter nicht aus den Augen, während er redete. »Herr, so ungern ich das sage, aber Celia stört den Frieden im Haus.« Mehr fügte er nicht hinzu. Aber das war auch nicht notwendig.

Der Statthalter nickte. »Ich danke dir für deine Offenheit, Darius.« Seine Entscheidung war gefallen. »Wenn Celia morgen das Haus betritt, schicke sie sofort zu mir. Ich werde das Problem ein für alle Mal aus der Welt schaffen.«

Celia betrat am nächsten Morgen das Stadthaus mit gemischten Gefühlen. Der Vorfall ließ ihr keine Ruhe und hatte sie kaum schlafen lassen. Ständig sah sie ihn vor sich, den finsteren Blick, mit dem Pectore sie gemustert hatte.

Ihr Unbehagen wurde verstärkt, als Darius sie an der Tür abfing und ohne weitere Erklärung zum Arbeitsraum des Statthalters führte. Unsicher betrat sie ihn.

Titus Pectore stand mit dem Rücken zu ihr am Fenster.

»Hier ist das Mädchen, wie du verlangt hast, Herr.« Darius sprach schnell und verließ den Raum, ohne Celia noch einmal anzusehen.

Unsicher stand sie da, wartete ab.

»Warum untergräbst du Rabeas Autorität?« Der Statthalter drehte sich nicht um, als er die Frage stellte.

Celia erschrak. »Das tue ich nicht, Herr.«

Ruckartig wandte er sich um. »Das tust du nicht?« Er lachte auf, aber es war kein freundliches Lachen, wie sie es von ihm kannte.

»Herr, ich habe …«

»Schweig!«, unterbrach er sie. »Ich habe dich in mein Haus aufgenommen, um dir und deiner Familie zu helfen. Aber wie dankst du mir das? Du spielst dich auf, weil du frei bist. Du stellst dich gegen meine Haushälterin und verhältst dich ihr gegenüber respektlos.«

»Nein, Herr, nein!« Celia schüttelte entsetzt den Kopf.

»Widersprich mir nicht! Ich bin noch nicht fertig!«, herrschte der Statthalter sie an. »Auch mir gegenüber wirst du zunehmend respektloser. Anfangs habe ich das hingenommen. Aber seit gestern ist mir klar, dass du Grenzen überschreitest. Das kann und werde ich nicht weiter dulden.«

»Herr, bitte, lass mich dir erklären …«

Mit einer heftigen Handbewegung unterbrach er sie erneut. »Verlass mein Haus. Auf der Stelle.«

Celia starrte ihn ungläubig an. Was war hier los? Sie konnte seinen plötzlichen Sinneswandel, sein Verhalten nicht begreifen. Hilflos rang sie die Hände.

Aber er ging ohne ein weiteres Wort an ihr vorbei, ließ sie einfach stehen.

Celia ließ die Hände sinken. Das konnte nicht sein. Was war geschehen? O Gott, ihre Eltern. Wie sollte sie ihnen das erklären? Warum? Was hatte sie falsch gemacht? Sie drehte sich um. Darius stand in der Tür. »Du solltest jetzt besser gehen«, sagte er fast tonlos.

Celia nickte. Sie raffte ihr Kleid und lief schnell davon.

Darius sah ihr nach. Wohl fühlte er sich nicht in seiner Haut, als er sie davonlaufen sah. Hier geschah eine große Ungerechtigkeit, an der er nicht ganz schuldlos war. Aber hätte er das wirklich verhindern können? Der Statthalter hatte sich in seinen Augen in etwas verrannt. Aber mit welchem Recht hätte er, der Verwalter, ihm das sagen können?

12. Was ist Wahrheit

Während Celia schnell durch die Straßen nach Hause lief, blickte sie zu Boden. Niemand sollte sehen, dass sie weinte. Die Gedanken wirbelten in ihrem Kopf herum, fanden keinen Halt, keine Worte. Zu Hause stürmte sie durch die Werkstatt, doch diese war leer. Scheinbar waren Adrianos und ihr Vater auf dem Markt. Also rannte sie die Treppe nach oben, blieb jedoch vor der Tür zur Wohnung stehen. Mit zitternden Händen fasste sie nach dem Türgriff. Jetzt musste sie ihrer Mutter berichten, was geschehen war. Was sollte sie ihr bloß sagen?

Daphne saß am Tisch und hatte ihr Nähzeug um sich ausgebreitet, ein Kleid in der Hand. Erstaunt sah sie auf, als sich die Tür öffnete. Celia! Was machte sie hier? Sie sollte jetzt im Hause des Statthalters sein.

Celia trat langsam ein, schloss die Tür hinter sich und blieb mitten im Raum stehen. Jetzt erst sah Daphne, dass sie zitterte und ihr Gesicht tränenverschmiert war.

Erschrocken legte sie ihre Arbeit aus der Hand und stand auf. »Celia, Kind, was ist passiert?« Sie ging zu ihrer Tochter, legte ihr die Hand auf den Arm.

Celia brach erneut in Tränen aus. »Mutter«, schluchzte sie. Mehr brachte sie nicht heraus.

Daphne aber blieb ruhig. Sanft nahm sie ihre Tochter in die Arme und ließ sie weinen. Was war nur geschehen?

Schließlich richtete sich das Mädchen auf. »Der Statthalter hat mich rausgeschmissen.«

»Oh.« Daphne war überrascht. Dann nahm sie die Hände ihrer Tochter in die ihren. »Komm, setz dich erst einmal. Ich hol dir einen Becher Wasser. Und dann erzählst du in Ruhe.«

Celia nickte. Das Wasser tat gut. Ihre Kehle war vom Weinen ausgetrocknet und brannte. Langsam trank sie, Schluck für Schluck. Und dann erzählte sie. Daphne hörte schweigend zu.

»Mutter, ich habe alles falsch gemacht. Dabei habe ich versucht, meine Arbeit gut zu machen. Ich wollte niemandem schaden, aber das habe ich wohl dennoch getan. Es tut mir leid. Du musst enttäuscht von mir sein.« Wieder flossen die Tränen. Celia versuchte, sie wegzuwischen.

Daphne nahm ihre Hände. »Es ist ungerecht, was passiert ist. Das ist wahr. Aber Celia, wir können nichts tun. Mich wundert nur, wie der Statthalter handelt. So kennen wir ihn nicht. So hat er sich bisher nicht gezeigt. Es muss noch mehr vorgefallen sein. Als du gestern Abend nach Hause gekommen bist, hast du verstört gewirkt. Ich habe dich nicht gefragt, weil ich das Gefühl hatte, dass du nicht darüber reden wolltest. Aber jetzt muss ich doch fragen. Ist etwas zwischen dir und dem Statthalter vorgefallen? Etwas, das sein Verhalten erklären könnte?«

Celia schüttelte den Kopf. »Nein, nicht dass ich wüsste.« Sie stockte. Nachdenklich richtete sie ihren Blick zum Fenster. »Obwohl … Wenn ich darüber nachdenke …« Wieder stockte sie. Dann sah sie ihre Mutter an. »Vor zwei Tagen. Da hat er sich wie sooft zu mir gesetzt. Wir haben über Gott und über meinen Glauben gesprochen. Ich glaube, ich habe ihn mit dem, was ich sagte, verärgert. Ich habe das, was uns Gutes widerfahren ist, allein Gott zugeschrieben, und dem Statthalter gesagt, dass er ein Werkzeug Gottes ist. Er war sehr aufgebracht deswegen. Aber ich habe dem keine größere Bedeutung zugemessen.«

»Hm.« Daphne überlegte. »Vielleicht hast du ihn in seiner Eitelkeit getroffen. Ihn an einem Punkt berührt, der ihn in seinem Selbstverständnis infrage stellt. So etwas ertragen Menschen nicht immer. Bedenke, aus seiner Sicht ist es auch so. Er hat uns geholfen. Wie sollte unser Gott etwas damit zu tun haben?« Sie dachte weiter nach. »Aber das allein kann es nicht sein. Dass Rabea Unwahrheiten über dich erzählt, ist sicher nicht ohne Bedeutung. Es kann das, was sowieso schon an Wut oder Ärger in der Luft liegt, verstärken, wenn es auch nicht die Ursache für den Rausschmiss ist.«

»Aber Rabea lügt.«

»Vielleicht tut sie das. Aber vielleicht ist es auch nur ihre Wahrheit.«

»Ihre Wahrheit?«

»Ja, Celia. Als Christen glauben wir an die eine Wahrheit, die in Gott zu finden ist. Aber glaube mir, Wahrheit, wie wir Menschen sie sehen und empfinden, wie sie unser tägliches Leben bestimmt, ist etwas sehr Subjektives. Für Rabea mag das, was sie über dich erzählt, genau dem entsprechen, was sie wahrnimmt und empfindet. Wenn sie dir unterstellt, dass du dir etwas darauf einbildest, eine Freie und keine Sklavin zu sein, wird sie in dem, was du sagst und tust, immer Beweise dafür finden.«

»Aber wenn das so ist, bin ich machtlos. Dann kann ich handeln, wie ich will. Sie wird mich nicht sehen, wie ich wirklich bin.«

»Das ist so, Celia. Aber bevor du sie deswegen verurteilst, solltest du dir eines klarmachen. Du und ich sind vor solchen Fehlern auch nicht gefeit. Das kann jedem passieren. Und vermutlich ist genau das auch mit Titus Pectore passiert. Wenn auch in einem ungeheuren Ausmaß. Wer weiß, in was er sich hineingesteigert hat.«

Celia nahm ihren Becher in die Hand und sah hinein. »Glaubst du, dass es etwas damit zu tun haben könnte, dass er mehr von mir will und ich ihm nicht entgegengekommen bin?« Sie hob den Kopf, sah ihre Mutter fragend an. »Kann es sein, dass ich ihn in seiner Männlichkeit getroffen habe?«

Daphne seufzte. »Das wäre traurig. Aber Celia, das würde einiges erklären.«

Sie sah auf ihre Arbeit. »Willst du mir helfen? Dann können wir in Ruhe nebenher reden. Vielleicht kommst du auch auf andere Gedanken.«

Celia nickte. »Gerne. Ich habe ja Zeit«, fügte sie traurig hinzu.

Gemeinsam machten sie sich ans Werk.

Servius Contente war genauso überrascht über das, was vorgefallen war. Aber er machte seiner Tochter keinen Vorwurf. Es war, wie es war. Ändern konnten sie sowieso nichts.

Titus Pectore aber blieb unruhig. Dass er Celia entlassen, ja, sie regelrecht davongejagt hatte, brachte ihm nicht die erhoffte Erleichterung. Manchmal fragte er sich, ob er zu vorschnell, zu heftig reagiert hatte. Aber er schob den Gedanken jedes Mal schnell zur Seite. Abends stand er vor seinem Bett und starrte auf die Decke. Gut hätte sie es bei ihm haben können, sehr gut sogar. Aber nein, sie musste alles aufs Spiel setzen.

Am nächsten Tag empfing er Silvus im Verwaltungsgebäude. Zusammen mit zwei Beamten und zwei Soldaten machten sie sich auf den Weg zum Markt. Hin und wieder waren Kontrollgänge vonnöten. Falsche Maße oder Betrügereien gab es immer.

Silvus ging neben ihm her. Ab und zu warf er einen Blick auf seinen Freund. »So schweigsam heute?«, fragte er schließlich. »Und so finster? Was ist passiert?«

»Nichts«, wies Pectore ihn schroff ab.

»Hoppla.« Silvus lachte. »Was ist dir in die Quere gekommen?«

Doch der Statthalter antwortete nicht. Mit finsterem Blick setzte er seinen Weg fort. Gemeinsam betraten sie den Markt. Zuerst kontrollierten sie einen Getreidehändler, fanden aber nichts zu beanstanden. Bei einem Tuchhändler fanden sie minderwertige Ware. Einen Weinhändler ermahnten sie, weil er Wein-Wasser-Gemisch als puren Wein verkaufte.

Plötzlich fasste Silvus seinen Freund am Arm. »Ja, wen haben wir denn da?«, sagte er. »Dein Liebchen scheint sich die Zeit auf dem Markt zu vertreiben anstatt zu arbeiten.«

Pectore fuhr herum. Celia kam ihnen mit ihrer Mutter entgegen, am Arm einen großen Weidenkorb, gefüllt mit ihren Einkäufen. Als sie ihn sah, wandte sie sich abrupt ab, ohne ihn zu grüßen. Wut stieg in ihm auf. Mit wenigen Schritten war er bei ihr, packte sie am Arm.

»Was soll das?«, fuhr er sie an. »Ich bin der Statthalter, auch für dich. Wie kannst du es wagen, mich nicht zu grüßen und mir damit den Respekt, der mir zusteht, zu verweigern?«

Celia sah ihn mit großen, erschrockenen Augen an. Sie wagte es nicht, sich loszureißen. Aber auch sie war wütend. Warum behandelte er sie so? Und das auch noch in aller Öffentlichkeit?

Silvus, der ebenfalls über die unerwartete Reaktion seines Freundes erschrocken war, zog ihn zurück. »Titus. Komm. Wir haben anderes zu tun.«

Der Statthalter starrte ihn an, wollte etwas sagen. Aber Silvus' Blick hielt ihn zurück. Er atmete tief durch. Wie konnte er sich so vergessen? Er ließ Celia los und wandte sich den Beamten und Soldaten zu. »Kommt weiter. Wir haben keine Zeit zu vergeuden«, befahl er harsch. Dann ging er weiter, mit starr nach vorne gerichteten Augen.

Silvus schwieg, hörte aber nicht auf, seinen Freund zu beobachten. Was stimmte hier nicht? Was war zwischen den beiden vorgefallen?

Als sie von ihrem Kontrollgang zurückkamen, nahm der Zenturio seinen Freund zur Seite. »So, Titus, jetzt will ich wissen, was los ist. Was ist heute in dich gefahren? Und warum behandelst du Celia wie Dreck? Nur weil sie heute nicht bei der Arbeit war?«

»Sie ist nicht mehr in meinem Dienst«, entgegnete der Statthalter missmutig.

»Nicht mehr in deinem Dienst?« Silvus war erstaunt. »Warum?«

»Sie hat meinen Haushalt durcheinandergebracht und Unfrieden gestiftet.«

»Celia?« Silvus konnte nicht glauben, was er da hörte.

»Ja, Celia.« Titus wandte den Blick ab. Er war nicht bereit, mehr zu sagen.

Aber Silvus kannte seinen Freund. Er sagte kein Wort, sondern wartete einfach ab. Titus würde reden. Belustigt beobachtete er, wie dieser immer unruhiger wurde. Schließlich hielt der Statthalter es nicht mehr aus und erzählte, was vorgefallen war.

»Hm.« Silvus verschränkte die Arme, sagte aber immer noch nichts.

»Ist das alles?«, rief Titus. »Hm? Mehr fällt dir nicht dazu ein?«

»Doch. Aber ich glaube nicht, dass du hören willst, was ich denke.« Silvus wippte mit den Füßen auf und ab und grinste seinen Freund an.

»Glaubst du?« Titus stemmte seine Hände in die Hüften. »Rede.«

Silvus' Grinsen wurde breiter. »So autoritär! So kenne ich dich gar nicht. Aber, Titus, mir kannst du nichts befehlen.« Mit Genugtuung beobachtete er, wie sein Freund immer wütender wurde. »Komm«, sagte er schließlich. »Lass uns in den Garten gehen. Dort sind wir ungestört. Und bis wir dort sind, hast du dich vielleicht etwas beruhigt.«

Der Garten hinter dem Verwaltungsgebäude war ähnlich wie der Garten eines Herrenhauses angelegt. Wege zogen sich durch die Blumenrabatte. Hin und wieder lud eine Bank zum Verweilen ein. In der Mitte des Gartens war ein kreuzförmiger Brunnen, auf den Silvus zuhielt. Titus folgte ihm widerstrebend. Silvus setzte sich auf den Brunnenrand, tauchte seine Hand ins Wasser und wartete, bis auch Titus sich gesetzt hatte. Mit seinen Blicken folgte er den Bewegungen des Wassers, ließ sich Zeit. Schließlich hob er den Kopf, sah dem Statthalter in die Augen. »Nun sag mir eins, Titus.« Er sprach ruhig und bedächtig. »Dir sind Vertrauen und Gerechtigkeit wichtig. So kenne ich dich, so erlebe ich dich. Und so übst du dein Amt aus. Aber jetzt, da es um deine persönlichen Wünsche geht, um dein Verlangen, da handelst du ungerecht und unbarmherzig.«

»Sie zerstört den Frieden in meinem Haus«, brauste der Statthalter auf.

»Wirklich, Titus? Tut sie das?« Silvus blieb ruhig. »Oder ist es vielmehr so, dass du enttäuscht bist, weil eingetreten ist, wovor ich dich gewarnt habe? Egal, was du machst, egal, wie du sie behandelst – sie lässt sich nicht beeindrucken. Und steigt nicht in dein Bett.«

Titus' Blick verfinsterte sich. »So siehst du mich?«

»Nun, mein Freund. Du bist ein guter Verwalter, ein gerechter Herr, ein Mann, dem man vertrauen kann. Dir ist wichtig, wie es anderen geht, fragst, bevor du entscheidest. Aber wenn du ehrlich bist, gilt das für alles, nur nicht, wenn es um Frauen geht, die du für dich willst. Da kennst du keine Bedenken, keine Skrupel. Warum auch? Sie können sich ja glücklich schätzen, wenn du sie zu dir nimmst. Und letztendlich wurdest du auch immer darin bestätigt. Widerstand oder Abweisung hast du nie erlebt.«

Titus war aufgestanden. »Das muss ich mir nicht anhören.«

Aber Silvus sprach unbeirrt weiter. »Jetzt kommt eine Frau, die dieses Spiel nicht mitspielt. Und du behandelst sie wie Dreck. Dass das erbärmlich ist, muss ich dir nicht sagen. Das weißt du selbst.«

Titus wandte sich ab. »Es reicht. Ich habe genug gehört.« Er schüttelte den Kopf. »Leb wohl, Silvus.« Damit ging er davon.

Silvus aber ließ seine Hand wieder ins Wasser gleiten. Er war gespannt, wie sich die Sache entwickeln würde. Denn eines wurde ihm immer klarer. Titus hatte mehr Interesse an Celia, als ihm selbst bewusst war.

Schnell sprach sich im Haus des Statthalters herum, was geschehen war. Rabea war zufrieden. Marga teilte die Meinung ihrer Freundin, und Darius zweifelte an der Rolle, die er dabei gespielt hatte. Doch der Frieden im Haus war wiederhergestellt, und das war wichtiger als alles andere.

Die anderen Sklavinnen und Sklaven jedoch fühlten sich nicht glücklich damit, dass Celia nicht mehr da war. Sie machten sich ihre eigenen Gedanken und vertrauten sich diese nach und nach gegenseitig an, ohne dass Rabea, Marga oder Darius davon erfuhren. Sie hatten aber nichts in der Hand und konnten nichts an der Situation ändern. Mit dem Statthalter zu reden, um ihm ihre Sichtweise darzulegen, war unmöglich, stand dieser doch auf Rabeas Seite.

Am Abend hatte sich Daphne zu Celia ans Bett gesetzt. »Du bist unglücklich?«

»Ach, Mutter, es tut so weh, wie er mich behandelt. Das habe ich nicht verdient. Ich habe eine solche Wut auf diesen Mann. Dabei ...« Sie redete nicht weiter.

»Dabei was?«, fragte Daphne nach und nahm die Hand ihrer Tochter.

»Dabei sollte ich ihm seine Ungerechtigkeit vergeben.«

»Warum?«

»Du fragst, warum? Mutter, ich bin Christin. Da ist Vergebung Pflicht!«

»Oh. Wenn du das so siehst, wird es dir nicht gelingen.«

»Das verstehe ich nicht.« Celia richtete sich auf. »Als Christen sollte uns Vergebung leichtfallen.«

Daphne lächelte. »Zeig mir, wo das geschrieben steht.«

»Paulus schreibt davon.«

»Er schreibt, dass Vergebung zum Christsein gehört, dass Vergebung notwendig ist, er schreibt aber nirgends, dass sie leicht ist.«

Celia schluckte. »Aber sie gehört dazu.«

»Ja, Celia, Vergebung ist wichtig. Gott hat uns in Jesus Christus vergeben. Darum sind auch wir frei, denen zu vergeben, die uns verletzt oder Schaden zugefügt haben. Aber Celia, das ist nichts, das einfach so kommt. Vergebung kannst du nicht erzwingen. Dann passiert das Gegenteil.«

»Und was heißt das für mich? Ich soll vergeben, aber ich fühle nur Wut. Vergebung als Christenpflicht und gleichzeitig ohne Druck. Ich soll und kann nicht. Das ist unlösbar für mich.«

»Das glaube ich dir, Celia. Die Frage ist, ob du vergeben willst, ob du den Wunsch in dir spürst. Oder ob du es nur als Pflicht ansiehst, aber im Grunde deines Herzens überhaupt nicht vergeben willst.«

Celia zuckte mit den Schultern. »Ich weiß es nicht, Mutter. Eigentlich ist alles leer in mir. Wut und Trauer und gleichzeitig kein Gefühl.«

»Ich verstehe, was du meinst. Es ist ja auch keine Kleinigkeit, was geschehen ist.« Daphne nahm ihre Tochter in die Arme. »Ich möchte dir erzählen, wie ich Vergebung erlebe. Es war ein langer Weg, bis ich begriffen habe, dass es nur so für mich geschehen kann. Vergebung braucht Zeit. Sie kann nicht erzwungen werden. Besonders dann, wenn die Verletzung sehr tief sitzt. Aber ich bete darum, wenn ich Wut, Enttäuschung, vielleicht sogar Hass auf einen Menschen empfinde. Ich bringe alles vor Gott. Meine schlechten Gefühle genauso wie mein Unvermögen. Das kann lange gehen, selten von heute auf morgen. Aber irgendwann keimt in mir ein unbändiger Wunsch, der Person, die mir etwas angetan hat, zu verzeihen. Dann kann ich das aus vollem Herzen tun. Die Spannung, die Unzufriedenheit, bis es so weit ist, muss ich aushalten. Aber ich fühle, wie Gott in mir wirkt und mir den richtigen Zeitpunkt schenkt. Zu vergeben aus Pflicht, würde verleugnen, dass eine Verletzung da ist. Trotz allem ist etwas passiert, mit dem ich erst fertigwerden muss. Die Bereitschaft zu vergeben, kann mir dabei helfen.« Sie strich Celia übers Haar. »Glaubst du, ich konnte Imperticus einfach so das Unrecht vergeben, das er meinem Mann zugefügt hat? Nein, auch nicht, als dein Vater freigelassen wurde. Jeden Tag die Hände zu sehen, daran erinnert zu werden, was ihm, was uns angetan wurde, war nicht einfach. Jedes Mal kam die Wut, der Schmerz. Es hat manches Gebet, manch schlaflose Nacht gebraucht, bis ich das von ganzem Herzen tun konnte. Deinem Vater fiel es leichter.« Sie lächelte. »Es ist ein schwieriges Thema. Aber vielleicht kannst du verstehen, was ich meine.«

Celia legte sich wieder hin. Daphne zog ihr die Decke über die Schulter, so wie sie es getan hatte, als das Mädchen noch klein gewesen war. Dann beugte sie sich über ihre Tochter, küsste sie auf die Stirn. »Schlaf gut, mein Kind«, sagte sie leise.

»Gute Nacht«, murmelte Celia. Die Nähe und die Fürsorge ihrer Mutter hatten sie beruhigt. Friedlich schlief sie ein.

Der Statthalter hatte sich über die Steuerlisten gebeugt. Namen für Namen derjenigen, die mit kleinen Schulden verhaftet worden waren, ging er durch. Bei jedem von ihnen war das »ca« für Kerker durchgestrichen. Als er beim letzten angelangt war, hob er den Kopf. »Gut«, sagte er zu dem Beamten, der neben ihm stand. »Dann wären alle erledigt. Was berichtet der Steuereintreiber?«

»Er ist sehr zufrieden, Herr.« Der Beamte nahm die Liste an sich. »Er sagt, die Menschen zahlen besser, weil die Männer in der Familie bleiben können und sich um ihren Verdienst kümmern können. Wer im Gefängnis sitzt, kann nicht arbeiten. Letztendlich hat er mit kleinen Aufschüben mehr Erfolg bei den Schuldnern als mit Haftstrafen.«

Pectore nickte. »Das habe ich vermutet. Vertrauen hilft mehr als Abschreckung durch Strafe. Als Prokurator in Sumelocenna habe ich ähnliche Erfahrungen gemacht.«

Damit entließ er den Mann, der die Listen zusammenrollte und mit sich nahm.

Der Statthalter wandte sich zum Fenster um und sah hinaus. Was hatte er gerade gesagt? Vertrauen hilft mehr? Mehr als was? Ja, Vertrauen und Gerechtigkeit waren ihm wichtig. Aber – hatte Silvus vielleicht recht? Hatte er gegenüber Celia seine eigenen Grundsätze außer Acht gelassen? Er schüttelte heftig den Kopf, als könnte er damit die Gedanken von sich abwenden. Nein. Celia war unverschämt gewesen. Von Anfang an hätte er sie in die Schranken weisen müssen. Aber nein, er hatte sich von ihrem Aussehen blenden lassen, davon, dass sie genau dem entsprach, was ihm an einer Frau gefiel. Und dann dieses Lachen! Dieses wunderbare, helle Lachen!

Wieder schüttelte er den Kopf, noch heftiger als zuvor.

Die Beamten, die sich im Raum befanden, sahen sich erstaunt an. Was war mit ihrem Statthalter los? Was ging ihm durch den Kopf?

Pectore wandte sich vom Fenster ab, sah, wie die Männer schnell ihre Köpfe über ihre Arbeit beugten. Sie hatten ihn also beobachtet.

Er musste seine Gedanken im Zaum halten, sich zusammenreißen. So ging das nicht.

Doch Ruhe fand er nicht. Noch war die Wut in ihm, noch fühlte er sich im Recht. Gleichzeitig gingen ihm Silvus' Worte nicht aus dem Kopf.

Es war nur wenige Tage später, dass Celia auf dem Markt den Stand ihres Vaters betreute. Ihre Mutter kam und brachte ihr etwas zu essen und zu trinken. »Wie läuft es?«, fragte sie freundlich.

»Och, ganz gut. Die Schuhe, die Adrianos gefertigt hat und die kleine Mängel aufweisen, verkaufen sich besser als gedacht. Ein Gutsbesitzer war heute da und hat für seine Arbeiter Schuhe bestellt. Es ist ein guter Auftrag. Vater wird sich freuen.«

In diesem Augenblick ertönten laute Rufe. Sklaven bahnten sich ihren Weg durch die Menge, machten die Straße frei für die Sänfte, die hinter ihnen hergetragen wurde. Der Vorhang war zur Seite gezogen. Celia und ihre Mutter konnten erkennen, dass die Frau des Ortsvorstehers darin saß. Sie trug ein gelbes Kleid aus Seide, das sehr elegant wirkte. Sicher war sie auf dem Weg zu einem größeren Fest.

Daphne folgte dem Zug mit ihren Augen, drehte sich dann aber wieder zu ihrer Tochter um. Celia stand da, starrte der Sänfte mit einem seltsamen Blick hinterher. »Was hast du?«, fragte Daphne beunruhigt.

»Das Kleid.« Celias Stimme war kaum zu hören. »Hast du das Kleid gesehen?«

»Ja. Was ist damit?«

»Ich weiß es nicht. Aber etwas in mir …« Celia stockte. Dann sah sie ihre Mutter mit großen Augen an. »Meine Puppe. Ich hatte für meine Puppe ein gelbes Seidenkleid.« Sie schien nachzudenken, wandte dabei ihren Kopf hin und her. Dann lachte sie leise. »Ja, genau. Ich sehe es deutlich vor mir. Ich sitze auf deinem Schoß und halte die Puppe mit dem gelben, seidenen Kleid in meinen Armen.

Und ich frage dich, ob ich so ein Kleid haben werde, wenn ich groß bin. Genau. So war es.« Wieder zögerte sie. »Aber irgendetwas war anders. Warum stelle ich dich mir mit blondem Haar vor? Das ergibt keinen Sinn.«

Daphne schluckte. Doch das machte Sinn. Sie konnte sich an das gelbe Seidenkleid erinnern. Einmal hatte die kleine Lia es ihrer Puppe angezogen, als sie sich bei Manassos getroffen hatten. »Ich weiß nicht, was du meinst. An das Kleid kann ich mich nicht erinnern.« Warum log sie? Warum hatte sie solche Angst davor, dass Celia die Wahrheit erfuhr? Irgendwann würde sie es ihr sagen müssen. Es war jetzt schon das zweite Mal, dass Celia Erinnerungen aus ihrer frühen Kindheit kamen. Der Garten war noch ein vager Gedanke gewesen. Aber das gelbe Seidenkleid? Was würde als Nächstes kommen? Und wann war der richtige Zeitpunkt, mit ihr darüber zu reden?

Am selben Abend lag Celia in ihrem Bett. Sie dachte an das gelbe Seidenkleid, an das sich ihre Mutter nicht erinnern konnte. Aber ihr selbst stand es deutlich vor Augen. Und auf irgendeine Weise brachte sie es mit dem Haus des Statthalters in Verbindung, mit dem Gefühl der Vertrautheit, das sie jedes Mal gehabt hatte, wenn sie durch das Atrium und den Rest des Gebäudes gegangen war. Doch was half es, wenn sie sich darüber den Kopf zerbrach?

Sie versuchte zu schlafen. Aber der Gedanke kam immer wieder, blieb schließlich im Peristylium hängen, bei dem Platz, auf dem sie immer gesessen hatte, wenn sie dort gearbeitet hatte. Und schließlich bei ihm, wie er sich zu ihr setzte, mit ihr redete, lachte, sie zum Nachdenken und zum Widerspruch reizte. Sie vermisste diese Gespräche, fragte sich aber gleichzeitig, ob sie wirklich unverschämt gewesen war. Wenn sie das Gefühl gehabt hatte und sich bei ihm entschuldigt hatte, war er es gewesen, der gelacht hatte. Was waren seine Worte gewesen? »Das ist mir lieber, als wenn du vor Angst den Mund nicht aufbekommen würdest.« Ganz deutlich erinnerte sie sich an diese Worte in ihrem ersten Gespräch. Vielleicht hatte er es in dem Moment so gemeint, aber sicher mit der Zeit gemerkt, dass es ihn doch störte.

Celia wälzte sich in ihrem Bett hin und her. Es war ungerecht, sie wegen Rabea zu tadeln und sogar hinauszuwerfen. Noch ungerechter war, dass er sie nicht einmal angehört hatte, ihr keine Möglichkeit gegeben hatte, sich zu verteidigen. Aber dennoch … Sie vermisste ihn, so sehr er sie auch verletzt hatte. ›Warum sind Gefühle so widersprüchlich?‹, dachte sie. ›Warum kann ich ihn für das, was er getan hat, nicht einfach hassen? Dann wäre es leichter für mich.‹ Und sie fragte sich, wie sie reagieren sollte, wenn sie ihm das nächste Mal begegnete. Denn das würde geschehen.

Celia schloss die Augen, versuchte ruhig zu atmen. Vielleicht konnte sie so endlich einschlafen. Doch ihre Gedanken ließen ihr keine Ruhe. Wenn er sie rausgeschmissen hatte, weil er sie nicht bekommen hatte, war das ungerecht und unverzeihlich. Aber vor allem war es sehr traurig.

Ruckartig setzte Celia sich auf. Unverzeihlich? Nein, das war es nicht. Im selben Moment begriff sie, was es bedeuten würde, ihm nicht zu verzeihen. Wenn sie so dachte, würde sie ihm nie mehr in die Augen sehen können, ihm nie mehr ohne Groll begegnen können. Und genau das durfte nicht geschehen. Sie würde ihn sicher wiedersehen, aber dann wollte sie seinen Zorn nicht mit ihrem erwidern. Freundlich wollte sie ihm entgegentreten, ihn grüßen und ihm nichts nachtragen. Sie wusste, dass sie nichts mehr von ihm zu erwarten hatte, egal, ob sie ihm vergab oder nicht. Er würde sich dadurch nicht ändern oder sie wieder in den Dienst nehmen. Aber sie wollte ihm ohne Bitterkeit begegnen. Und darum ging es: Um ihren eigenen Frieden. Sie richtete die Augen auf die Stelle, an der das Kreuz hing. Es war zu dunkel, als dass sie es hätte sehen können. Aber das war nicht wichtig. Wichtig war, was sie empfand und im Gebet vor Gott brachte. Danach kuschelte sie sich eng in ihre Decke. Ja, sie wollte ihm vergeben. Würde es ihr gelingen? Konnte sie den Weg gehen? Sie wollte es versuchen – mit Gottes Hilfe.

Lächelnd schlief sie ein.

Die Wochen flossen dahin. Es war Winter geworden. Kurz nach dem Morgengrauen eines kühlen Tages hatte sich Titus Pectore zusammen mit Silvus Hilarus und zehn Soldaten im Gefolge auf den Weg gemacht.

Als Statthalter für die ganze Provinz war es seine Aufgabe, regelmäßig die Gehöfte und Dörfer aufzusuchen, sich nach den Sorgen und Nöten der Menschen zu erkundigen und nach Möglichkeit Streitigkeiten zu schlichten. Recht und Ordnung sollten nicht nur in Larisa selbst herrschen, sondern auch im Umland.

Winter! Bei dem Gedanken schüttelte Pectore den Kopf. In Sumelocenna hatte das Schnee und Eiseskälte zur Folge. Hier bedeutete es lediglich kühlere Tage, mehr Regen. Noch nicht einmal die Olivenernte, die im Herbst begonnen hatte, war vollständig abgeschlossen. In manchen Gehöften würde das bis in den März gehen.

Er schüttelte den Gedanken an die Jahreszeiten ab. Schweigend ritt er neben Silvus her. Ab und zu warf er seinem Freund einen Blick zu. Seit ihrem Streit hatten sie sich nicht mehr gesehen.

Titus Pectore vermisste die Gespräche mit seinem Freund, wusste aber nicht, wie er beginnen sollte, ohne das, was zwischen ihnen stand, anzusprechen.

Es war Silvus, der schließlich das Schweigen brach. »Du glaubst wirklich, dass du in vier, fünf Tagen deine Runde fertig hast und wir wieder nach Larisa zurückkehren können?«, fragte er betont lässig, als wäre nichts gewesen. »Die Leute sind stur. Sie werden dich mit allem Möglichen und Unmöglichen in Anspruch nehmen.«

Dankbar sah der Statthalter seinen Freund an. »Dann werden es eben sechs oder sieben Tage«, erwiderte er. »Vermisst du jetzt schon das Lager?«

Silvus lachte. »Ganz gewiss nicht. Die Gutsherren zumindest werden uns bessere Betten und vor allem ein besseres Essen anbieten, als das Soldatenleben hergibt.«

Titus grinste. »Du verweichlichst, mein Freund.«

Der Zenturio verzog sein Gesicht. »Fünfzehn Jahre Armee. Das reicht irgendwann.«

»Du hast noch ein paar Jahre.«

»Aber dann werde ich nach Rom gehen. Dort wartet das Erbe meines Vaters auf mich. Damit werde ich ein bequemes Leben führen.«

»Und dich dem Müßiggang hingeben? Ist das alles, was du vom Leben verlangst?«

Silvus schüttelte den Kopf. »Eine Ehe wäre vielleicht auch angebracht. Und Kinder.«

»Aha. Ich wusste gar nicht, dass du so häuslich bist.«

»Du weißt vieles nicht von mir.« Silvus sah seinen Freund mit ernstem Blick an. »Ich war schon einmal verheiratet. Vor meiner Zeit in Sumelocenna. Und lange, bevor wir uns kennengelernt haben.«

»Das wusste ich nicht!« Pectore war erstaunt. »Was ist passiert? Ist sie gestorben? Hast du dich von ihr geschieden?«

Silvus lachte bitter auf. »Lucias Vater hat einen besseren Mann für sie gefunden.«

Titus zügelte sein Pferd. »Ihr Vater? Dann hat er die Ehe aufgelöst?«

»Ja. Und zwar in meiner Abwesenheit. Das geschah, als ich in Spanien stationiert war. Ihr Vater schickte mir einen Brief, in dem er mir in drei Sätzen mitteilte, dass seine Tochter von mir geschieden sei und nun einen Neffen das Kaisers heiraten würde.«

»Oh.« Der Statthalter trieb sein Pferd wieder an. »Warst du einverstanden?«

»Spielt das bei unserem Eherecht eine Rolle? Wenn ihr Vater bestimmt, hat sie zu gehorchen. So will es das Gesetz.« Silvus ritt nachdenklich weiter. »Ich war nicht einverstanden. Lucia war die Frau, die ich von Jugend auf geliebt habe. Jetzt wurde sie mir entrissen. Von ihr habe ich nie mehr gehört, weiß also nicht, ob sie gegen die Scheidung war. Aber auch das hätte keine Rolle gespielt. Es ist, wie es ist.« Er sah Pectore mit einem schiefen Grinsen an. »Die Frau, die ich nach meiner Dienstzeit heiraten werde, wird auf jeden Fall keinen Vater mehr haben. Das schwöre ich dir.«

Titus Pectore war nachdenklich geworden. »Du liebst sie noch immer.«

Silvus schüttelte den Kopf. »Ich weiß es nicht, Titus. Aber ich weiß, dass es eine andere Frau schwer haben wird, die Erinnerung an Lucia auszulöschen.«

Schweigend ritten sie weiter, näherten sich dem ersten Gutshof.

Titus Pectore sah den Kummer seines Freundes, der ihn auf seltsame Weise berührte. Silvus, der einem flüchtigen Abenteuer nicht abgeneigt war, hatte geliebt. Und liebte noch immer. Zum ersten Mal in seinem Leben fragte sich der Statthalter, ob das Leben, das er führte, wirklich alle seine Bedürfnisse stillte. Zum ersten Mal kam ihm der Gedanke, dass ihm etwas Entscheidendes fehlte.

Am vierten Tag ihrer Reise wurde der Statthalter zu Streitigkeiten zweier Gutsbesitzer gerufen.

Titus Pectore wollte sich beide im Hause des Vorstehers eines nahe gelegenen Dorfes anhören, wo er und Silvus zu Gast waren und die Nacht verbringen würden.

Er befahl sie zur Abendstunde zu sich. Beide kamen, doch nur einer von ihnen war in Begleitung eines Zeugen, wie es im römischen Recht üblich war.

Titus Pectore ließ den ersten Grundbesitzer vortreten und forderte ihn auf, ihm den Fall vorzutragen.

Der große, stattliche Mann verneigte sich ehrerbietig und begann mit weit ausholenden Gesten: »Herr, mein Name ist Iordanis. Ich besitze das Land westlich des Dorfes. Es gibt da einen Olivenhain, der am äußersten Ende meines Grundbesitzes liegt, direkt neben

Weideland, das von ihm bewirtschaftet wird.« Mit übertriebener Geste deutete er auf seinen Gegner.

Silvus, der wenige Schritte von Titus entfernt saß, verdrehte die Augen. Dass der Kerl so übertreiben musste.

Der Statthalter selbst verzog keine Miene, hörte schweigend zu.

»Nun«, fuhr Iordanis fort. »Jetzt hat mein Nachbar meine Olivenbäume abgeerntet, ohne mich um Erlaubnis zu fragen. Nur weil er das die letzten Jahre durfte, heißt das noch lange nicht, dass er es weiterhin tun darf. Jedes Jahr habe ich ihm die Erlaubnis aufs Neue gegeben. Dieses Jahr aber wollte ich selbst meine Oliven ernten.«

Silvus bemerkte, dass es um den Mund des Statthalters zuckte. Der Fall war für ihn lächerlich. Gleichzeitig hatte der Mann jedoch recht. Für ihn war es eine ernste Angelegenheit. Schließlich ging es um sein Eigentum.

Silvus sah zu Pectore, der Iordanis nun antwortete.

»Es gibt also keinen Vertrag, der deinem Nachbarn die Nutzung erlaubt?«

»Nein, Herr. Keinen dauerhaften. Der Vertrag wurde immer nur für ein Jahr geschlossen.«

Der andere Gutsbesitzer wurde unruhig, musste jedoch warten, bis ihm das Wort erteilt wurde.

Der Statthalter sah an Iordanis vorbei auf den Mann, der hinter ihm stand. »Ich vermute, du hast einen Zeugen dabei?«

Iordanis wandte sich um. »Das ist mein Verwalter Phillipos. Er war bei jedem Vertragsabschluss dabei. Er kann bezeugen, dass es sich verhält, wie ich gesagt habe.«

»Stimmt das?«

Phillipos verneigte sich ebenfalls. »Ja, mein Herr. Ich kann das bezeugen. Es hat sich so zugetragen, wie mein Herr es gesagt hat.«

»Hm.« Titus Pectore stützte seine Hand auf die Lehne seines Stuhles. Der Fall schien eindeutig zu sein.

Silvus lehnte sich entspannt zurück. Das war eine einfache Geschichte. Der andere war allein gekommen, ohne Zeugen. Egal, was er vorbringen würde, es würde ihm nicht helfen.

Der Statthalter sah das genauso, doch er musste ihn trotzdem anhören. So gab er ihm mit einem Handzeichen zu verstehen, dass er reden konnte.

Der Mann trat vor. Er stand aufrecht, ernst. Ohne große Gesten wie sein Vorredner sprach er: »Herr, mein Name ist Stathis. Erlaube mir, dir meine Sicht darzulegen. Obwohl ich sehe, dass der Fall für dich klar erscheint und Iordanis sogar einen Zeugen vorweisen kann, denn das kann ich nicht.« Er räusperte sich kurz. »Das Stück Land, von dem er spricht, ist unwegsam und schwer zu bewirtschaften. Es bedarf großer Anstrengung, den Olivenhain zu pflegen und die Ernte einzubringen. Darum hat Iordanis mir das Land zur Nutzung zugesprochen, und zwar auf Dauer. Als Gegenleistung gebe ich ihm immer ein Drittel der Ernte ab. Mein Besitz ist nicht groß, ich bin auf jede Einnahme angewiesen. Darum möchte ich ungern auf dieses Recht verzichten.«

»Wie willst du das bezeugen? Du bist allein hier und Phillipos bestätigt seinen Herrn.« Titus Pectore wusste bereits, wie zu entscheiden war. Aber er wollte Stathis die Möglichkeit geben, sich zu verteidigen.

»Nun, Herr. Phillipos spricht die Unwahrheit. Aber du hast recht. Wie soll ich das beweisen? Ich hatte einen Zeugen, der zugegen war, als ich den Vertrag abgeschlossen habe. Mein Verwalter Linos.«

»Und wo ist dieser Linos?«

»Er ist letzten Winter an einem Fieber gestorben.«

»Oh.« Pectore nickte. »Das ist nicht sehr hilfreich.«

»Nein, Herr.« Stathis senkte den Blick. »Herr, wenn du entscheidest, wem die Ernte gehört, so bitte ich dich eines zu bedenken: Iordanis kam mit seiner Forderung, nachdem ich den Hain das ganze Jahr über gepflegt und die letzte Olive von seinen Bäumen geholt habe. Er hat die ganze Ernte abgewartet und mich die Arbeit machen lassen, die, wie ich schon gesagt habe, unter sehr schweren Bedingungen geschehen muss.«

Titus Pectore horchte auf. Das war seltsam. Er wandte sich an Iordanis. »Du hast dir bis zum Schluss Zeit gelassen?«

Iordanis hob abwehrend die Schultern. Mit Unschuldsmiene sagte er: »Herr, ich habe nicht gewusst, dass er schon erntet. Wie hätte ich da einschreiten können?«

Der Statthalter beobachtete Phillipos, während dessen Herr sprach. Dieser hatte den Blick gesenkt und war rot geworden. »Nun, Phillipos, kannst du das ebenso bezeugen?«

Der Verwalter öffnete den Mund. »Ja … Schon …« Der strafende Blick seines Herrn traf ihn, sodass er die Schultern straffte und sich aufrichtete. »Ja, Herr, ich kann das bezeugen«, sagte er hastig.

Silvus verkniff sich ein Lachen. Lüge, alles nur Lüge. Gespannt wartete er, wie sein Freund entscheiden würde.

Titus Pectore hatte sich aufgerichtet, sah die Männer abwechselnd an. Dann schüttelte er den Kopf. »Es ist schwer, die Wahrheit herauszufinden. Aber«, er wandte sich an Iordanis, »dass dein Verwalter lügt, ist offensichtlich. Wer sagt mir, dass auch sein erstes Zeugnis keine Lüge war?«

Iordanis wollte auffahren, aber der Statthalter hob die Hand. »Diese Ernte gehört dem, der sie eingebracht hat.« Zu Stathis gewandt sagte er: »Du wirst wie die letzten Jahre ein Drittel an Iordanis abgeben. Der Rest ist dein. Aber es ist das letzte Mal gewesen, dass du den Olivenhain betreten hast. Ab sofort obliegen Pflege und Ernte in vollem Umfang seinem Gutsbesitzer.« Pectore erhob sich. Der Fall war für ihn abgeschlossen. Murrend ging Iordanis mit seinem Verwalter davon. Stathis verneigte sich noch einmal und dankte dem Statthalter. Dann ging auch er.

Pectore wandte sich Silvus zu. »Es ist immer das Gleiche. Sie betrügen sich gegenseitig und versuchen es auch mit mir. Dabei könnte es so einfach sein, wenn sie sich an das halten würden, was sie abgemacht haben.«

Silvus nickte. Aber ihn beschäftigte etwas anderes. Und darüber wollte er mit seinem Freund reden.

Der Dorfvorsteher ließ seinen Gästen eine einfache, aber gute Abendmahlzeit auftischen.

Nach dem Mahl kam Silvus auf seinen Freund zu. »Lass uns ein paar Schritte gehen. Es ist noch zu früh, um schlafen zu gehen.«

Titus nickte. Gemeinsam verließen sie das Haus. Gemächlich gingen sie nebeneinander her.

»Nun«, begann Silvus. »Was hältst du von der Sache?«

»Du meinst die beiden Grundbesitzer?«

»Ja, die meine ich.«

Der Statthalter zuckte mit den Schultern. »Es ist, wie es ist. Sie hätten das gut ohne mich klären können.«

»Ja, das stimmt. Aber sie haben dich gerufen.« Silvus überlegte. »Als du Iordanis gehört hattest und Phillipos das Gesagte bezeugte, warst du sicher, dass du zu seinen Gunsten entscheiden wirst, nicht wahr?«

»Ja, das war ich.«

»Dennoch hast du beschlossen, Stathis ebenfalls anzuhören.«

»Natürlich. So verlangt es das Gesetz. Beide müssen gehört werden, auch wenn der Fall noch so eindeutig liegt.«

»Hm.« Silvus fuhr sich mit der Hand durchs Haar. »Hättest du Stathis zuerst gehört, hättest du seine Geschichte für wahr gehalten.«

Titus Pectore blieb stehen. »Was meinst du? Denkst du, ich habe falsch entschieden?«

»O nein, das denke ich nicht.« Silvus war ebenfalls stehen geblieben. »Du hast eine gute Entscheidung getroffen. Der, der die Arbeit hatte, bekommt den Lohn. Gleichzeitig hast du geregelt, wie es künftig weitergehen soll. Mehr kann man nicht verlangen.«

»Auf was willst du dann hinaus?«

Silvus sah seinen Freund an. »Welches Urteil hättest du gefällt, wenn Phillipos die zweite Behauptung seines Herrn mit der gleichen Selbstverständlichkeit und Sicherheit bestätigt hätte wie die erste?«

»Dann hätte ich in allem zugunsten Iordanis entschieden.«

»Und Stathis wäre leer ausgegangen.«

»Ja, so ist es. Warum fragst du? Du weißt, welche Bedeutung Zeugenaussagen vor Gericht haben. Ich kann Iordanis nicht nachweisen, dass auch die erste eine Lüge war. Aber ich gehe davon aus.«

»Wirklich? Warum? Wegen Phillipos?«

»Wegen Phillipos.«

Silvus lachte auf. »Nein, Titus, das ist eine Schlussfolgerung, die möglich ist, aber nicht unbedingt der Wahrheit entsprechen muss. Vielleicht hatte Iordanis recht, als er sagte, der Vertrag wurde immer für die Dauer eines Jahres geschlossen. Warum sollte das nicht stimmen? Vielleicht hat Stathis gelogen. Wenn du mich fragst, hatten wir heute zwei sich ebenbürtige Schurken vor uns, die versuchen, sich gegenseitig zu betrügen. Du hast beiden recht gegeben, aber auch beide in die Schranken gewiesen. Was aber tatsächlich der Wahrheit entspricht, wirst du nie herausfinden.«

Der Statthalter fasste sich am Kinn. »Da hast du recht.« Er sah Silvus nachdenklich an. »Aber du willst auf etwas ganz Bestimmtes hinaus, nicht wahr? Es geht nicht um den Fall heute.«

»Nein, mein Freund.« Silvus wählte seine Worte genau. »Fälle wie heute wurden dir schon oft vorgelegt. Es war nicht das erste Mal, dass ich dich auf die Art und Weise handeln sah. Je nachdem, wen du fragst, hat die Wahrheit ein anderes Gesicht. Meistens liegt sie irgendwo in der Mitte. Darum hörst du immer beide Seiten an, lässt beide Seiten ausführlich reden. Und du hörst genau hin, was sie sagen. Das ist das, was dich auszeichnet.«

»Aber?«

Silvus nickte. »Ja, jetzt kommt das Aber.« Er wandte sich wieder dem Haus des Dorfvorstehers zu. »Celia hast du die Möglichkeit nicht gegeben. Ihr hast du nicht erlaubt, zu reden. Ihr hast du nicht zugehört. Nur Rabea durfte reden. Und Darius, der das sagte, was du hören wolltest.« Er sah Titus an. »Aber, mein Freund, vielleicht liegt auch in diesem Fall die Wahrheit in der Mitte. Du wolltest Celia nicht anhören, weil du von ihr enttäuscht bist. Du bist verblendet. Darunter leiden deine Gerechtigkeit und dein Urteilsvermögen.«

Titus Pectore holte tief Luft, wollte etwas erwidern.

Aber Silvus schüttelte den Kopf. »Sag jetzt besser nichts. Dein Zorn hilft dir nicht weiter. Aber ich bitte dich: Lass dir das durch den Kopf gehen. Vergleiche das, was du mit ihr getan hast, als du sie hinausgeworfen hast, mit dem, was heute passiert ist.« Damit machte er sich auf den Rückweg zum Haus.

Titus Pectore war wütend, weil Silvus wieder davon angefangen hatte. Aber gleichzeitig fühlte er sich getroffen. Vor allem die Bemerkung über Darius hatte ihn erschreckt. Wenn es so war, war er nicht besser als Imperticus. Dann hatte er sich von seinem Verwalter das sagen lassen, was ihn in seiner Meinung bestärkte, und nicht das, was der Wahrheit entsprach.

In dieser Nacht konnte der Statthalter kaum schlafen. Immer wieder rief er sich die Gespräche mit Rabea und Darius ins Gedächtnis, versuchte sich genau an deren Worte zu erinnern. War es, wie Silvus gesagt hatte? Auch wenn es ihm schwerfiel, so musste sich Pectore doch eingestehen, dass er einseitig gewesen war. Er war zornig gewesen und hatte dabei jedes Maß aus den Augen verloren.

Aber jetzt war es zu spät. Celia war nicht mehr in seinem Haus.

Er wälzte sich in seinem Bett hin und her, fand keine Ruhe. Warum Celia? Warum diese Frau? Warum ließ sie ihn nicht los?

Er setzte sich auf, rieb sich das Gesicht. Was sollte er tun? Noch einmal mit Darius reden? Ihn zwingen, ihm zu sagen, was er wirklich dachte?

Es war verrückt: Noch immer begehrte er diese junge Frau. Doch wie sollte er sie für sich gewinnen, nachdem er sie so behandelt hatte?

13. Zweiter Versuch

Zwei Tage später kehrte Pectore mit seinem Gefolge nach Larisa zurück. Der Statthalter betrat sein Haus, wo ihm sofort andere Schuhe gebracht wurden.

»Herr.« Darius kam ihm entgegen. »Ich hoffe, deine Reise war erfolgreich und angenehm.«

»Angenehm?« Pectore lachte. »Erfolgreich war sie. Ist hier alles in Ordnung?«

»Ja, Herr.« Darius nickte. »Alles lief seinen gewohnten Gang.«

»Hast du jemanden als Ersatz für Celia gefunden?«

»Nein, Herr, noch nicht. Aber wir erwarten in den nächsten Tagen einen Sklavenhändler, der immer in Larisa haltmacht, bevor er nach Rom weiterzieht. Ich hoffe, er hat eine Sklavin dabei, die gut in unseren Haushalt passt.«

Pectore nickte. »Gut. Aber lass mir jetzt ein Bad ein. Ich werde in meinem Arbeitsraum sein, bis es so weit ist.«

»Ja, Herr. Hast du Hunger, Durst? Möchtest du, dass ich dir etwas bringen lasse?«

»Ja. Wein und etwas Brot, mehr nicht.«

Darius nickte und eilte davon.

Der Statthalter hatte seinen Arbeitsraum kaum betreten, als Kira zusammen mit Halma hereinkam. Sie stellten Wein, Wasser und Brot auf den Tisch. Als sie damit fertig waren, gingen sie jedoch nicht aus dem Raum, wie sie das immer taten. Stattdessen standen sie unsicher da, sahen sich gegenseitig an, als wollte jede der anderen das Wort überlassen.

Erstaunt sah Pectore sie an. »Gibt es etwas, das ihr mir sagen wollt?«

Kira schluckte, ergriff dann aber das Wort. »Ja, Herr. Aber …« Hilfesuchend sah sie Halma an.

»Aber?«, fragte der Statthalter.

»Es geht um Celia.« Halma atmete tief ein. Jetzt war es heraus. Wie würde ihr Herr reagieren?

Pectore blieb ruhig. Er schenkte sich einen Becher ein. An den Tisch gelehnt stand er abwartend da. Aber die Frauen redeten nicht weiter. Sie wirkten unsicher. Halma knetete ihre Hände ineinander.

Pectore hob den Becher. Langsam trank er. Dabei sah er beide abwechselnd an. »Und?«, fragte er schließlich. »Was ist mit Celia?«

»Nun.« Kira nahm ihren ganzen Mut zusammen. »Herr, es ist so, dass Celia … Ich meine, sie hat …« Sie atmete noch einmal tief ein. »Herr, es ist wahr, was Rabea sagt. Ich bin ungehorsam und aufmüpfig. Ich habe oft genug keine Lust zur Arbeit und widerspreche. Aber, Herr, ich strenge mich an. Ich will das ändern und meinen Pflichten nachkommen. Wenn du nur Celia wieder ins Haus holst.«

Pectore ließ den Becher sinken. »Warum sollte ich das tun?«

»Weil sie fehlt. Sie ist nicht so schlimm, wie Rabea erzählt. Im Gegenteil. Zuerst dachten wir alle, dass sie sich für was Besonderes hält. Aber das war nicht so. Sie war immer freundlich und hilfsbereit. Und sie hat gelacht und gesungen, auch wenn Rabea sie schlecht behandelt hat.«

Halma nickte eifrig. »Es ist so, Herr. Mit ihr fiel die Arbeit leichter. Sie hat Freude und Leben in dieses Haus gebracht.«

Pectore sah auf seinen Becher. Ernst sagte er: »Sie hat Rabea hintergangen und ihre Stellung untergraben.« Er hob den Kopf, musterte die Gesichter der Frauen.

»Nein, Herr, das hat sie nicht. Rabea empfindet das so. Aber, Herr, in Wirklichkeit ist Rabea nur neidisch, weil Celia keine Sklavin ist.« Halma hielt kurz die Luft an. So mit ihrem Herrn zu sprechen, war gewagt.

Nachdenklich sah Pectore die Frauen an. Wieder nahm er einen Schluck. Noch immer lehnte er am Tisch, die eine Hand auf der Platte abgestützt. Es war mutig, ihn auf Celia anzusprechen, ihn aufzufordern, sie wieder in seinen Dienst zu nehmen. Aber es bestätigte auch das, was Silvus gesagt hatte. Die Wahrheit lag irgendwo in der Mitte.

»Ich danke euch für euren Mut und eure Offenheit«, sagte er freundlich. »Aber jetzt geht. Ich …« Er überlegte kurz. »Ich werde mir Gedanken darüber machen.«

Kira und Halma verbeugten sich schnell und gingen hinaus.

Der Statthalter sah den Frauen nachdenklich hinterher. Er wunderte sich selbst darüber, dass er keine Wut auf sie hatte, weil sie sich einmischten.

Er seufzte, setzte sich an den Tisch. Darius hatte ihm mehrere Listen mit Ausgaben hingelegt. Titus Pectore beugte sich darüber. Vielleicht konnte ihn die Arbeit von seinen Gedanken ablenken.

Celia ging langsam an den Ständen auf dem Markt vorbei, schaute sich die Waren an. Seit Tagen war der Statthalter in der Provinz unterwegs. Sie fürchtete sich vor der ersten Begegnung und fragte sich, ob sie das, was sie sich vorgenommen hatte, umsetzen konnte. In ihren Gedanken war es einfach: Da lächelte sie und war freundlich zu ihm. Aber was war, wenn er ihr in der Wirklichkeit gegenüberstand? Konnte sie dann wirklich so ungezwungen sein? So, wie es sich gehörte? Oder war da doch noch Zorn und Bitterkeit in ihr?

Ihre Mutter hatte sie auf den Markt geschickt, um verschiedene Dinge zu besorgen. Sie hatte Mehl gekauft und wollte gerade zu einem Gewürzhändler gehen, als der Statthalter aus einem Seitenweg auftauchte, der neben dem Stand auf den Marktplatz führte. Sie begegnete seinem Blick. Und merkte, dass es ganz einfach war. Freundlich grüßte sie ihn, lächelte ihn sogar an. Überrascht erwiderte er ihren Gruß. Celia zog ihren Korb enger an sich heran und ging weiter. Ja, sie konnte ihm ohne Groll begegnen. Dafür war sie dankbar.

Der Statthalter aber sah ihr nach. Sie hatte allen Grund, ihn weder freundlich noch mit einem Lächeln zu grüßen. Aber beides hatte sie getan. Was hatte das zu bedeuten?

Nachdenklich ging er weiter. Dieses Lächeln! Diese Augen, dieses Gesicht! Wie sehr hatte er sie vermisst. Sollte er es doch versuchen und sie wieder in seinen Dienst nehmen? Würde sie ein neues Angebot überhaupt annehmen?

Pectore wandte sich noch einmal nach ihr um. Ja, er würde sie noch einmal fragen. Aber zuvor musste er ein paar andere Dinge klären. Es war höchste Zeit, mit Darius zu reden.

Später am Nachmittag stand der Statthalter an seinem Tisch im Arbeitsraum. Ungeduldig trommelte er mit den Fingern auf die Platte. »Wie siehst du die Sache wirklich?«

Darius, der mitten im Raum stand, schüttelte den Kopf. »Herr, so wie ich es dir damals gesagt habe. Celia hat den Frieden gestört, indem sie Rabeas Stellung untergraben hat.«

»Du wiederholst dich.«

»Aber, Herr, so ist es.« Darius wusste nicht, worauf der Statthalter hinauswollte. Es fiel ihm immer noch schwer, ihn einzuschätzen. Hatte er vor, die junge Frau zurückzuholen? Oder brauchte er eine weitere Bestätigung, dass Rabea recht hatte? Unsicher sagte er: »Das Ganze ist nicht so einfach.«

»Nicht so einfach?«, schnaubte Titus Pectore. »Nicht so einfach? Oder hast du nur ein Problem damit, dass du nicht weißt, was ich hören möchte?«

»Herr, ich verstehe nicht …«

»Hör auf, Darius!«, unterbrach ihn Pectore und wurde lauter. »Äußerst du immer die Meinung, die ich, die dein Herr, gerade einfordert? Oder hast du auch eine eigene? Hast du Rabeas Seite eingenommen, weil du gemerkt hast, dass ich Celia loswerden möchte? Oder weil du das Gleiche wie sie gedacht hast? Was ist die Wahrheit?

Wie verhält es sich wirklich? Welche Rolle spielt Rabea bei dem Ganzen? Welche du? Und welche Celia?«

Darius war irritiert. Was wollte der Statthalter von ihm? »Herr, jede Sache hat zwei Seiten. Ich meine, es kommt immer darauf an, wie man es betrachtet. Das kann dann so …«

Pectore schlug mit der Faust auf den Tisch. »Es reicht!«, schrie er. »Halt den Mund oder sag mir endlich, was du wirklich denkst.«

Darius war zusammengefahren. Also gut, dann würde er reden. Aber der Statthalter musste selbst entscheiden, was er damit anfangen wollte. Er holte tief Luft. »Gut, Herr. Wie du willst. Nun. Rabea ist eifersüchtig auf Celia. Vom ersten Tag an hat sie das Mädchen schlecht behandelt. Celia hat die Arbeit, die Rabea ihr aufgetragen hat, immer bewältigt. Sogar mehr und besser, als verlangt war. Aber Rabea hat sie trotzdem getadelt, ihr Vorwürfe gemacht, manchmal sogar wieder aufgerissen, was Celia mühevoll zusammengeflickt hatte. Celia hatte nie die Gelegenheit, Rabea zu beweisen, dass sie nichts Böses möchte oder sie ihr in irgendeiner Weise schaden möchte, weil Rabea das überhaupt nicht sehen wollte. Die junge Frau war freundlich zu jedermann, hat geholfen. Ich gebe zu, ich mag sie sehr.« Der Verwalter hob die Schultern. »Aber Herr, die andere Seite stimmt auch. Celia hat Rabea widersprochen, oft sogar vor den anderen. Sie hat geholfen, auch wenn Rabea es ihr verboten hatte. Das ist nicht gut für Rabeas Stellung. Die anderen Sklaven verlieren so die Achtung vor ihr. Celia hat das sicher nicht böse gemeint, für Rabea aber war das schwer auszuhalten. Vor allem, als du dich wegen Kira auf Celias Seite gestellt hast. Da war Rabea wirklich im Recht.« Darius seufzte. »Herr, für den Haushalt war Celia ein Segen. Durch sie und ihre Art haben auch die anderen mehr gelacht und gesungen. Gleichzeitig wuchs der Unfrieden, da es zwischen Rabea und Celia nicht gut gehen konnte. Für mich ist der Hausfrieden oberstes Gebot. Darum habe ich mich auf Rabeas Seite gestellt. Aber Herr, ich denke dennoch, dass du ungerecht warst, als du Celia hinausgeworfen hast. Sie hatte diese Behandlung durch dich nicht verdient.« So, jetzt war es heraus.

Pectore hatte schweigend und mit finsterer Miene zugehört. Jetzt setzte er sich auf seinen Stuhl, stützte die Ellenbogen auf der Tischplatte ab und legte seinen Kopf in die Hände. Lange sagte er kein Wort.

Darius stand abwartend da, biss sich auf den Lippen herum. Sein Herr hatte eine ehrliche Antwort verlangt. Aber den Statthalter so zu kritisieren, war vielleicht keine so gute Entscheidung gewesen. Hoffentlich wurde er dafür nicht auch entlassen.

»Du kannst gehen«, sagte Pectore schließlich leise, ohne den Kopf zu heben. »Ich muss nachdenken.«

»Du hast mich rufen lassen?« Silvus machte es sich im Speiseraum bequem. »Waren sechs Tage gemeinsam unterwegs nicht genug für dich?«

Der Statthalter schüttelte den Kopf. »Ich habe viel über das nachgedacht, was du mir gesagt hast. Und ich habe Darius befragt.«

»Oh. Es geht um Celia.«

»Ja, es geht um Celia.«

»Zu welchem Ergebnis bist du gekommen?«

»Ich werde sie zurückholen.«

»Wenn sie denn will. Schon mal darüber nachgedacht, dass sie Nein sagen könnte?«

»Ja, habe ich. Dann kann ich nichts machen.«

»Aha.« Silvus beugte sich vor. »Und wenn sie Ja sagt?«

»Dann weiß ich, dass ich sie für mich gewinnen kann.«

»Das also ist dein Plan.« Silvus nahm seinen Becher, führte ihn zum Mund, ohne zu trinken. »Was heißt das genau? Willst du sie immer noch als Geliebte?«

»Natürlich, als was denn sonst?«

Silvus antwortete nicht. Langsam nahm er einen Schluck und betrachtete seinen Freund, während er trank. Dann stellte er den Becher ab, schüttelte den Kopf. Wann würde Titus Pectore endlich begreifen, dass er mehr für diese Frau empfand als nur Begehren? Wann sich eingestehen, wie viel sie ihm tatsächlich bedeutete? Warum weigerte er sich, seine wahren Gefühle zuzulassen und danach zu handeln? Laut sagte Silvus: »Auch wenn sie wieder in dein Haus kommt, gilt noch immer, was ich dir am Anfang gesagt habe. Du wirst es nicht schaffen.«

Titus Pectore lächelte. »Das werde ich dann sehen.«

Am nächsten Tag betrat er um die Mittagszeit die Wohnung des Schuhmachers. Die Familie saß beim Essen. Erschrocken sahen sie ihn an. Was wollte er?

»Seid gegrüßt«, sagte Pectore freundlich. »Und verzeiht, dass ich euch bei eurer Mahlzeit störe.«

Contente war aufgestanden. Er bot dem Gast einen Stuhl an, aber der Statthalter winkte ab.

»Herr«, fragte der Schuhmacher. »Was führt dich in unser Haus?«

»Ich bin hier, weil ich deine Tochter Celia bitten möchte, wieder in meinen Dienst zu treten. Leider hat Darius keinen Ersatz gefunden. Und ich möchte nicht länger warten.«

Celia war aufgesprungen. Sie sah ihn mit großen Augen an. »Herr, das ist keine gute Idee.«

»Doch, Celia.« Der Statthalter sah sie offen an. »Ich habe dir unrecht getan. Das tut mir leid. Ich weiß inzwischen, was sich in meinem Haus abgespielt hat. Es wäre meine Aufgabe gewesen, auch dich anzuhören. Vielleicht kannst du trotz dem, was geschehen ist, zurückkommen.«

Celia sah von ihrem Vater zu ihrer Mutter und wieder zurück. Beide sahen sie an, sagten aber nichts. Ihre Tochter sollte entscheiden. Das Geld, das sie verdient hatte, fehlte. Auch wenn Adrianos gute Arbeit leistete und sie mehr verkaufen konnten, als sie erwartet hatten, so waren sie doch auf jeden Sesterz angewiesen.

Celia nickte schließlich. »Ich danke dir, Herr«, sagte sie mit fester Stimme. »Morgen früh werde ich da sein.«

Pectore lächelte. »Das ist gut. Hab keine Angst vor Rabea. Dieses Mal wirst du in Darius mehr Unterstützung finden.«

»Ja, Herr.«

Mit einem Gruß ging der Statthalter davon.

Celia und ihr Vater setzten sich wieder. »Ich weiß nicht, ob es gut ist«, sagte die junge Frau leise. »Aber wir brauchen das Geld.«

Daphne nahm ihre Hand. »Celia, bitte, wenn du nicht willst … Wir werden dich nicht zwingen.«

Die junge Frau schüttelte den Kopf. »Ich werde es versuchen. Aber dieses Mal werde ich selbst gehen, wenn es nicht klappt. Dieses Mal wird nicht er es sein, der mich hinauswirft.«

»Ach, Kind.« Contente seufzte. »Er war sehr ernst. Und er hat dich um Verzeihung gebeten. Aber dennoch … Glaubst du …?«

»Vater«, unterbrach Celia ihn. »Bitte, fang nicht damit an. Das werde ich schnell genug merken. Vertrau mir.« Sie senkte den Blick, nahm ihren Löffel in die Hand. »Außerdem muss auch ich ihn um Verzeihung bitten. Es war nicht allein seine Schuld, dass es so weit gekommen ist.«

Rabea sah dem Tag, an dem Celia das Haus wieder betreten würde, mit Ärger entgegen. Was war passiert, dass dieses Mädchen zurückkam? Darius hatte ihr nichts gesagt, nur, dass der Statthalter von ihr Zurückhaltung erwartete. Welche Lügen hatte man ihm aufgetischt? Wie hatte Celia ihn wieder um ihren Finger gewickelt?

Marga bestärkte sie in ihrem Zorn.

Nein, dieses Mal würde sie es geschickter anstellen. O ja, sie würde es schaffen und Celia dazu bringen, dass sie von selbst ging.

Seit acht Tagen war Celia nun wieder im Dienste des Statthalters. Die Sklavinnen und Sklaven hatte sie freudig begrüßt. Auf einmal redeten sie offen mit ihr, begegneten ihr auch in Gegenwart von Rabea ungezwungen und frei.

Darius hatte ihr seine Unterstützung ausdrücklich zugesagt. Aber auch Celia erzählte er nicht, was zwischen ihm und dem Statthalter gesprochen worden war.

Auch von Kiras und Halmas Gespräch mit dem Statthalter wusste niemand etwas. Die beiden lächelten sich manchmal vielsagend zu und freuten sich über den Erfolg, den sie mit ihrem Handeln erzielt hatten.

Rabea verhielt sich zurückhaltend. Sie gab Celia morgens ihre Arbeit und nahm sie am Abend wieder entgegen, ohne zu loben oder zu tadeln. Sie sah sich an, was gemacht worden war, nahm es ohne ein Wort zu sagen hin. Sie wartete ab, ihre Stunde würde kommen.

Der Statthalter selbst begegnete ihr kaum. Wenn er sie sah, grüßte er freundlich, suchte aber nicht das Gespräch mit ihr. Celia hoffte, dass er das bald tun würde, wollte sie doch endlich loswerden, was ihr auf dem Herzen lag.

Schließlich war es so weit.

Es war ein kühler und verregneter Wintertag, als Pectore Celia in ihrer Kammer aufsuchte. Sie hatte nicht damit gerechnet, dass er zu ihr kommen würde.

»Nun«, begann er ohne sich zu setzen. Er lehnte sich an die Wand, während er ihr Gesicht musterte. »Die ersten Tage sind vorbei. Geht es dir gut?«

»Ja, Herr.« Celia lächelte. »Ich wurde freundlich empfangen. Alle sind nett zu mir. Die Arbeit läuft gut von der Hand. Es gibt nichts, worüber ich mich beklagen könnte.«

»Und Rabea? Ist auch sie … nett?«

Celia lachte. »Sie ist mürrisch und unfreundlich. Aber damit kann ich umgehen.«

»Ist sie ungerecht? Behandelt sie dich schlecht?«

»Nein, Herr. Das tut sie nicht. Es ist anders als das letzte Mal. Ich kann meine Arbeit in Ruhe erledigen. Und sie scheint zufrieden damit zu sein, sonst würde sie das sicherlich sagen.«

»Gut.« Er setzte sich auf einen Stuhl.

Celia nähte ruhig weiter, wartete ab. Aber er sagte nichts mehr, sah ihr nur zu.

Da ließ sie ihre Hände sinken. »Herr. Es gibt etwas, das ich dir sagen möchte.«

Aufmerksam sah er sie an.

»Auch ich habe dir unrecht getan. Du hast meiner Familie geholfen. Und ich habe dir nicht dafür gedankt. Im Gegenteil. Ich habe nicht anerkannt, was du für uns getan hast, habe es dir nicht zugesprochen. Bitte verzeih mir.«

Pectore war erstaunt. Damit hatte er nicht gerechnet. »Ich danke dir. Aber …« Er stand auf und ging ans Fenster, sah hinaus in den Regen. »Aber du glaubst dennoch, dass hinter all dem dein Gott steht. Auch wenn du mir für meine Hilfe dankst, wirst du ihm immer den größeren Anteil an allem geben.«

»Ja, Herr. Trotz allem ist er es, der Gebete erhört.«

Pectore nickte. Ihre Gedanken waren ihm fremd. Er wandte sie zu ihr um. »Ein Werkzeug deines Gottes.« Er schüttelte den Kopf. »Celia, Celia, was geht nur in deinem Kopf vor?« Mit diesen Worten verließ er die Kammer.

Celia aber lächelte vor sich hin. Er war nicht zornig oder aufgebracht wie das letzte Mal. Vielleicht begann er zu begreifen?

Dem Statthalter ging das Gespräch nicht aus dem Kopf. Warum dachte sie so? Er musste mehr wissen. Bereits am nächsten Nachmittag suchte er Celia erneut auf. Der Regen hatte sich gelegt. Es war ein windiger, aber recht warmer Tag, die junge Frau saß deswegen im Peristylium. Er ließ sich ihr gegenüber auf einer Bank nieder.

»Das Gespräch von gestern lässt mir keine Ruhe«, begann er ohne Umschweife. »Denn eines verstehe ich nicht: Wir Römer dulden alle anderen Götter, jeder im Reich darf seine Religion leben, ohne Strafen befürchten zu müssen.«

»Außer wir Christen. Wir werden verfolgt.«

»Ja. Genauso wie die Juden. Aber ihr seid selbst schuld.«

»Warum? Weil wir keine Zugeständnisse machen?«

»Niemand verlangt, dass ihr unsere Götter anbetet.«

»Das weiß ich. Aber du weißt genauso gut wie ich, dass es darum nicht geht. Ihr verlangt, dass wir die Göttlichkeit des Kaisers anerkennen.« Celia überlegte, suchte nach Worten. »Herr, wer glaubt und erkannt hat, dass Gott der alleinige Herr ist, wer erkennen darf, was Jesus Christus für uns getan hat, kann nicht tun, was ihr verlangt. Es wäre Verrat am eigenen Glauben!«

Titus sah die junge Frau an. Er war nachdenklich geworden. »Aber ich verstehe es trotzdem nicht. Warum fällt es euch so schwer, den Kaiser als Gott anzuerkennen? Er ist es nun einmal. Ihr müsstet euren Glauben nicht aufgeben, nur eure Gottheit um eine Person erweitern.«

Celia sah ihn erstaunt an. »Nur? Glaubst du wirklich, dass das so einfach ist? Du verstehst wirklich nicht, Herr.« Die junge Frau sah ihn offen an. »Sag mir eins: Was macht dich so sicher, dass der Kaiser ein Gott ist? Warum nimmst du das hin, ohne es zu hinterfragen? Du hinterfragst meinen Gott, aber deinem begegnest du ohne Zweifel.« Sie schüttelte den Kopf. »Alle eure Kaiser nennt ihr Herr und Gott. Alle. Auch Nero und Domitian habt ihr so genannt. Beide haben Verbrechen begangen, betrogen, gemordet. Und beide sind einen unehrenhaften Tod gestorben. Nero hat sich selbst getötet. Und Domitian? Er ließ Menschen verfolgen und töten, weil er sich selbst verfolgt fühlte. Er glaubte, dass sich alle gegen ihn verschworen hatten und versuchte, sich selbst dadurch zu schützen, indem er seine vermeintlichen Gegner ins Gefängnis werfen oder ermorden ließ. Schließlich wurde er genau deshalb selbst zum Opfer. Wo siehst du da Göttlichkeit? Ihr selbst habt versucht, beide aus der Geschichte zu streichen, aus dem Gedächtnis Roms. Ihr wolltet sie nach ihrem Tod endgültig vernichten. Obwohl ihr sie als Gott verehrt habt. Was macht dich so sicher, dass der jetzige Kaiser, dass Trajan ein Gott ist? Eure eigene Geschichte, euer eigener Umgang mit den Kaisern widerlegt euch.«

Dass Celia genau die Fragen stellte, die er selbst hatte, beunruhigte Pectore. Sie traf ihn tief, tiefer als ihm bisher bewusst war. Langsam sagte er: »Menschen können irren. Und dass ein Gott verfolgt wird, nimmt ihm nicht seine Göttlichkeit. Dein Gott wurde auch verfolgt. Er wurde von seinen eigenen Anhängern verraten und im Stich gelassen. Und so dem Tod ausgeliefert. Einem unehrenhaften Tod. Er starb an einem Kreuz. Wie du siehst, weiß ich einiges über euch Christen. Ich weiß, was ihr glaubt und wie euer Gott gelebt hat.«

»Aber du unterscheidest nicht. Es wird immer Menschen geben, die Gott leugnen und seine Anhänger verfolgen werden. Aber mein Gott ist nicht tot. Er hat seinen Sohn auf die Erde geschickt, damit dieser für uns, für unsere Sünden in den Tod geht. Ja, er wurde von seinen eigenen Jüngern verlassen, gerade da, als er sie am meisten gebraucht hätte. Aber glaube mir, wenn Gott nicht gewollt hätte, dass sein Sohn diesen Weg geht, hätte kein Mensch Macht über ihn bekommen. Niemand hätte ihn töten können. Niemand. Weder der Hohepriester der Juden noch der römische Statthalter.«

»Das ist Glaube. Das kannst du nicht beweisen.«

Celia nickte. »Das ist wahr. Aber da ist noch etwas. Jesus ist nicht im Tod geblieben. Er ist auferstanden. Und das ist eine Tatsache.«

»O nein!«, rief Titus lachend aus. »Auch das ist nur Glaube.«

Celia senkte den Blick, sah auf ihre Hände. »Herr«, sagte sie leise. »Es ist eine Tatsache. Es gibt Menschen, die ihn nach der Auferstehung gesehen haben und es bezeugen können. Aber du hast recht.« Sie hob den Kopf und sah Titus direkt in die Augen. »Es ist eine Tatsache, die nur im Glauben als solche erkannt werden kann.«

»Das klingt überheblich.«

»Ich weiß. Aber glaube mir: Wer erkennt, dass Jesus Christus tatsächlich auferstanden ist, dass seine Auferstehung kein Mythos und keine Legende ist, der kann sich diesem Gott nicht mehr verschließen. Wenn ich diesen Gott erkannt habe, wie soll ich da einen anderen, menschlichen Gott neben ihm anerkennen und anbeten können? Gott, der Schöpfer des Himmels und der Erde, Gott, der seinen Sohn auf die Erde gesandt hat, um mich zu erlösen! Welch ein großer Gedanke! Welch ein großer Gott! Und daneben ein kleiner Sterblicher, der nur über Menschen Macht besitzt? Eine Macht, die ihm jederzeit genommen werden kann? Wie soll das gehen?«

»Du müsstest nur so tun, als würdest du ihn anerkennen. Damit würdest du dich und jeder Christ, der ebenso handelt, sich vor Verfolgung, falschen Beschuldigungen und vielleicht sogar vor dem Tod retten.«

»Du verlangst Heuchelei? Lippenbekenntnisse, um sich zu schützen?«, fragte Celia ungläubig. »Ich frage dich: Könntest du einem Menschen, der so handelt, mit Achtung begegnen?«

Titus sah sie an. Ein Lächeln huschte über sein Gesicht. »Nein, Celia. Das könnte ich nicht. Heuchelei ist mir zuwider. Das würde ich von niemandem verlangen. Aber ich könnte es verstehen, wenn jemand so handelt.«

»Ja, ich auch. Es gibt tatsächlich Christen, die das tun. Trotz allem geht es nie um sie allein. Die meisten haben Familie, Menschen, für die sie sorgen müssen. Und mancher kann im Stillen …« Sie stockte.

Aber Titus lächelte wieder. »Ich bin nicht blind, Celia. Natürlich kann das auch als Tarnung dienen, um im Geheimen weiter zu wirken und von eurem Glauben weiterzuerzählen, ohne behelligt zu werden.« Er rieb sich das Kinn. »Versteht das dein Gott auch?«

Jetzt musste Celia lachen. »Oh, ich glaube, dass Gott sehr viel versteht. Die Frage ist, was will er von mir? Wozu will er mich gebrauchen? Wir haben nicht immer die Wahl zwischen Gut und Böse, manchmal müssen wir uns zwischen zwei schlechten Dingen entscheiden. Aber Gott hilft uns, trotz allem die richtige Entscheidung zu treffen und mit dieser auf seinen Wegen weiterzugehen und für ihn zu wirken.«

Titus lehnte sich zurück, betrachtete die junge Frau, die vor ihm saß. Ihr Lächeln, ihre runden Wangen, die sich während des Gesprächs gerötet hatten. Sie gefiel ihm, sie gefiel ihm sogar sehr. Aber mehr noch überraschte ihn, welche Gedanken sie hatte und dass es ihm unmöglich war, diese mit einer Handbewegung wegzuwischen.

»Sag mir eins, Celia: Wie kommt es, dass du so redest? So denkst? Es ist nicht das, was man von der Tochter eines Schuhmachers erwartet.«

Celia musterte ihn. Was sollte sie sagen? Wie viel konnte sie preisgeben? Sie atmete tief durch.

»Celia?«, fragte er nach, als sie nicht antwortete.

Aber sie schüttelte den Kopf. »Herr …« Noch einmal holte sie tief Luft. »Herr, du magst viel über uns Christen wissen, aber verstehst du uns auch? Mein Vater mag nur Schuhmacher sein, aber er verfügt über ein großes Wissen. Er hat mich viel gelehrt. Außerdem gehören zu unserer Gemeinde auch Lehrer. Sie haben mich unterrichtet.«

»Unterrichtet? So wie ein Mädchen aus wohlhabendem Hause?«

Celia nickte. »Ja, genau so.«

Der Statthalter war verblüfft. »Warum? Ich sage es noch einmal: Dein Vater ist Schuhmacher! Wofür brauchst du Bildung? Du wirst einmal einen Handwerker heiraten, mehr nicht. Lesen, Schreiben, Rechnen, ja, das schadet nie. Aber es genügt auch.« Er musterte ihr Gesicht. Seine Gedanken gingen weiter. »Aber was mich am meisten beschäftigt: Woher hatte dein Vater das Geld? Es ist nicht billig, ein Kind von einem Lehrer unterrichten zu lassen.«

»Herr, die Lehrer in der Gemeinde verlangen nicht viel für ihre Arbeit. Wer wenig hat, braucht nichts zu geben. Das übernimmt die Gemeinde. Mein Vater musste kein Geld bezahlen. Er hat Schuhe für die Lehrer gefertigt. Das war unser Beitrag.«

Celia biss sich auf die Lippen. Warum erzählte sie das alles? Was würde ihr Vater sagen? Wie konnte sie sich nur so vergessen und Dinge aus der Gemeinde erzählen, die niemanden etwas angingen? Denen der Statthalter nachgehen müsste? Schließlich gab sie ihm die Beweise, die Imperticus nie hatte und mit denen er sie als Christen überführen und verhaften könnte. »Herr, bitte, vergiss, was ich gerade gesagt habe«, sagte sie, während sie hastig ihre Arbeit wegräumte. »Es ist alles nicht wichtig. Es hat keine Bedeutung. Außerdem ist es spät. Meine Eltern warten auf mich. Die Abendmahlzeit muss vorbereitet werden. Und ich bin bereits länger weg als üblich.«

Titus sah der jungen Frau schweigend zu, während sie alles an seinen Platz zurückstellte. Wieder rieb er sich das Kinn. Er war hin- und hergerissen. Er war neugierig und wollte alles wissen. Gleichzeitig fühlte er sich zu ihr hingezogen. Ihre großen, blauen Augen, ihre ganze Art faszinierten ihn immer mehr. Wenn er jetzt weiter nachfragte, sie unter Druck setzte, würde sie ihm aus dem Weg gehen. Aber das wollte er nicht. Er wollte ihr Vertrauen, wollte, dass sie weiterhin offen mit ihm redete. Sie brachte ihn zum Nachdenken, und das gefiel ihm. Ein kurzes Lächeln huschte über sein Gesicht. »Du kannst gehen, Celia«, sagte er freundlich. »Wir werden das Gespräch ein anderes Mal fortführen.«

»Ja, Herr«, erwiderte sie ruhig. »Ich wünsche dir eine gute Nacht.« Damit ging sie eilig davon.

Er sah ihr hinterher. Warum beunruhigte sie ihn so? Ja, ihre Fragen waren auch seine. Er zweifelte an vielem: an den verschiedenen Göttern, am Kaiser als Gott, an der Gleichgültigkeit, mit der andere Religionen akzeptiert wurden. Bisher konnte er diesen Bedenken mit Spott begegnen. Doch jetzt sah er sich einer Frau gegenüber, die diese Zweifel ernsthaft anrührte und zum Schwingen brachte. Wo lag die Wahrheit? War wirklich alles gleich gültig? Letztendlich ohne Bedeutung? Zum ersten Mal begegnete ihm ein Gott, der keine anderen Götter neben sich duldete. Etwas, was es im Römischen Reich nicht gab und das er immer für fragwürdig gehalten hatte. Und jetzt, da ihm so ein Gott gezeigt wurde, fiel es ihm schwer, diesen Gedanken mitzugehen. Aber war dieser Gott nicht das, was er im Grunde immer gesucht hatte?

Heftig schüttelte er den Kopf. ›Celia‹, dachte er. ›Was machst du mit mir?‹ Sie war eine wunderbare Frau, so, wie eine Frau sein sollte. Doch ihr Denken irritierte ihn, zügelte seinen Spott. Gerne hätte er belächelt, was sie sagte, aber es ging nicht. Seltsam und neu war, dass er das nicht als unangenehm empfand.

14. *Wunsch und Wirklichkeit*

Als Celia am nächsten Tag die Treppe hinaufsteigen wollte, um mit ihrer Arbeit zu beginnen, nahm Rabea sie zur Seite. »Hör mir gut zu, Mädchen. Die anderen scheinen es nicht zu merken. Du lachst und singst und tust freundlich. Alle denken, dass du einfach unglaublich nett bist. Aber ich bin nicht blind. Glaubst du, ich merke nicht, dass du dich einschmeichelst, um auf diese Weise bevorzugt behandelt zu werden? Die Sklaven mögen auf dich hereinfallen, ich aber durchschaue dich.« Sie stemmte die Hände in die Hüften. »Als der Statthalter dich rausgeschmissen hat, dachte ich, er hätte dich auch durchschaut. Aber nein. Er musste dich ja zurückholen. Ich frage mich, wie du das angestellt hast!«

»Was soll das?« Celia war erschrocken. »Ich tue keinem etwas zuleide. Auch dir nicht. Warum bist du so feindselig?«

»Weil du meinen Hausstand verdirbst. Ich habe das Sagen. Nicht du! Ich verbitte mir, dass du meine Autorität untergräbst.«

»Das mache ich nicht. Ich bin nur freundlich. Ich kann gar nicht anders.«

»O ja. Das sehe ich. Aber kein Mensch verhält sich wie du, wenn er sich dadurch keine Vorteile erhofft. Der Statthalter mag dich zurückgeholt haben. Er mag sich hin und wieder zu dir setzen und mit dir reden. Glaubst du, er wird nicht irgendwann merken, dass du eine Schmeichlerin bist? Dass es richtig war, dich hinauszuwerfen?«

»Darum geht es also. Du bist eifersüchtig, weil er sich nicht zu dir setzt. Aber ich kann dich beruhigen, ich habe ihn nicht eingeladen. Es ist allein seine Entscheidung.«

Rabea lachte höhnisch auf. »Was bildest du dir eigentlich ein? Ihn einladen! Du! Als könntest du das!«

Celia atmete tief durch. »Was willst du, Rabea? Was wirfst du mir vor?«

»Du bist eine Freie. Du störst die Ordnung in meinem Haushalt. Aber ich werde dafür sorgen, dass das nicht mehr lange so läuft.«

»Warum sagst du das nicht vor den anderen? Du bist doch diejenige, die den anderen vorspielt, kein Problem damit zu haben, dass ich wieder da bin? Darius denkt, es ist alles in Ordnung und du hättest deine Abneigung gegen mich abgelegt oder zumindest so im Griff, dass du mich anständig behandelst.«

Rabea verschränkte die Arme. »Vor dir muss ich mich nicht für mein Verhalten rechtfertigen. Aber der Tag wird kommen, an dem du freiwillig gehen wirst.« Damit wandte sie sich um und ließ Celia einfach stehen.

Die junge Frau konnte verstehen, dass Rabea eifersüchtig war. Aber das gab ihr nicht das Recht, ihr zu drohen. Aber worin bestand eigentlich ihre Drohung? Celia fragte sich, wie Rabea es anstellen wollte, dass sie von allein gehen würde. Darius würde sie schützen. Was konnte sie schon tun?

Der Frühling zeigte sich endlich von seiner freundlichen Seite. Pectore stand in seinem Arbeitsraum am Fenster und sah hinaus. Alles schien ruhig und friedlich zu sein. Tief atmete er ein, genoss die Wärme. Aber die Pflicht rief.

Er setzte sich an den Tisch, vertiefte sich in die Anklageschrift, die darauf lag. Morgen sollte ein Dieb dem Gericht vorgeführt werden. Er studierte das Schreiben, als die Tür aufgerissen wurde. Der Statthalter sah verärgert auf. »Was willst du?«, fuhr er Darius an, der hereingestürmt kam.

»Herr, bitte komm. Es geht um Rabea. Sie muss verrückt geworden sein.«

»Was ist passiert?«

»Sie ist hinten bei der Wäsche. Sie hat mitbekommen, dass Celia den Sklavinnen hilft. Jetzt brüllt und schreit sie herum und schlägt auf die junge Frau ein.« Darius wirkte völlig aufgelöst.

Pectore sprang auf, eilte durch das Haus. Brüllen? Schreien? Schläge? Was sollte das?

Zuerst konnte er nichts sehen. Die Wäsche war ihm im Weg. Doch er bahnte sich seinen Weg und fand die Situation so vor, wie Darius sie beschrieben hatte. Rabea hatte sich vor Celia aufgebaut, versuchte nach ihr zu schlagen.

Die Sklavinnen, die dabei waren, hielten sie jedoch fest, sodass Rabea es nicht schaffte, sich aus deren Griff zu befreien. Celia stand an einem Pfosten, an dem die Wäscheleinen befestigt waren, hielt sich an diesem fest.

»Was ist hier los?«, brüllte der Statthalter. Hinter den Frauen blieb er stehen. »Rabea!«

Erschrocken ließen die Sklavinnen die Haushälterin los. Diese fuhr herum, zeigte mit dem Finger auf Celia. »Seit sie wieder hier ist, hintergeht sie mich und untergräbt meinen Stand. Nichts hat sich geändert. Sie lügt und tut schön, zeigt allen ein freundliches Gesicht. Aber in Wirklichkeit bringt sie die anderen gegen mich auf.«

Celia rang die Hände. »Herr, das ist nicht wahr. Bitte. Das ist nicht wahr.«

Jetzt erst sah er, dass sie geweint hatte. Die Spuren waren deutlich auf ihren Wangen zu sehen. »Was genau ist passiert?« Er richtete seine Frage an die Sklavinnen.

Eine von ihnen wagte sich vor. »Herr. Nichts Schlimmes. Wir haben gearbeitet und Celia hat uns geholfen. Dabei haben wir gelacht, viel gelacht. Über alles Mögliche. Aber jedes Mal, wenn wir das tun, meint Rabea, wir würden über sie lästern. Dabei haben wir nicht einmal an sie gedacht.«

Rabea schnaubte. »Ich weiß doch, was ich sehe. Hinter meinem Rücken macht ihr euch über mich lustig. Das mache ich nicht mehr mit.«

Pectore schloss für einen Moment entnervt die Augen. »Hast du Beweise?«, fragte er.

»Nun, es ist die Art, wie sie lachen.«

»Wie bitte?« Der Statthalter wollte seinen Ohren nicht trauen.

»Sie lachen nur, wenn ich nicht dabei bin. Wäre es harmlos und nicht gegen mich gerichtet, wäre das anders.«

Pectore schüttelte ungläubig den Kopf. »Merkst du, wie albern das ist, was du gerade erzählst?«

Aber die Frau holte tief Luft, wollte etwas sagen. »Herr …«

Mit einer Handbewegung schnitt er ihr das Wort ab. »Geh hinein«, befahl er. »Ich rede später mit dir. Ihr ebenfalls. Geht alle hinein. Lasst mich mit Celia allein.«

Unwillig gehorchte Rabea. Die Sklavinnen und Darius folgten ihr.

Pectore wartete, bis sie weg waren. Dann wandte er sich Celia zu. Ihre Tränen, das, was gerade geschehen war, berührten ihn. Warum hatte er das nicht kommen sehen? Warum es nicht verhindern können? Warum hatte er geglaubt, dass sich etwas geändert hatte? Er ging zu ihr, blieb ganz nah vor ihr stehen.

»Verzeih mir«, sagte er leise. »Ich habe versprochen, dich zu beschützen. Und habe es nicht getan.«

Doch die junge Frau schüttelte den Kopf. »Herr, wie hättest du das tun können? Rabea ist voller Wut. Ja, sie ist ungerecht. Und was gerade passiert ist, ist gemein. Aber ich kann sie gut verstehen. Es ist besser, ich komme nicht mehr. Trotz allem wussten wir alle, dass das wieder passieren kann. Eine Freie unter Sklaven, das kann nicht gut gehen.«

Pectore wehrte ab. »Nein, das kommt nicht infrage. Vorher verlässt Rabea mein Haus.«

»Aber das wäre nicht richtig. Rabea ist eine gute Haushälterin. Sie ist fleißig und verantwortungsbewusst. Eine Sklavin mit ihrem Können und Wissen wirst du nicht so einfach wieder finden.«

»Verantwortungsbewusst? Bei diesem Verhalten?«

»Herr, rechne ihr das nicht an. Sieh, was sie leistet. Sie hat Angst um ihre Stellung.«

Der Statthalter war überrascht. »Du nimmst sie in Schutz?«

»Ja, Herr. Ich werde zu ihr gehen und versuchen, mich mit ihr zu versöhnen. Vielleicht habe ich es wirklich übertrieben.« Sie lächelte.

»Nach allem, was passiert ist, sollte ich klüger sein und wissen, wie Rabea denkt. Ich sollte zurückhaltender sein, mich im Umgang mit den anderen zurücknehmen. Vielleicht untergrabe ich ihre Stellung, indem ich bin, wie ich bin. Die anderen vergleichen uns und nehmen sie als oberste Sklavin nicht mehr ernst.«

Erstaunt sah er Celia an. Wie konnte sie so über die Frau reden, die sie gerade geschlagen hatte? Er verstand sie nicht. Aber es berührte ihn. »Gut, Celia«, sagte er leise. »Versöhne dich mit ihr. Versuche es zumindest. Ich werde ebenfalls mit ihr reden. Du aber wirst weiterhin in mein Haus kommen. Es kann nicht sein, dass du oder deine Familie Schaden nimmt, weil sie nicht mit der Situation zurechtkommt.« Er lächelte sie an, hob seine Hand. Zärtlich strich er ihr eine Haarsträhne aus dem Gesicht, dann beugte er sich vor und küsste sie auf den Mund. Es war ein kleiner, sanfter Kuss. Nicht mehr. Schnell drehte er sich danach um und ging davon.

Celia blieb verwirrt zurück. Mit der Hand berührte sie ihren Mund, meinte, seine Lippen auf den ihren zu spüren. Es war ein warmes Gefühl, fremd und schön zugleich. Ein Gefühl, das nach mehr verlangte.

Sie schluckte. Nein, das durfte nicht sein. Sie durfte dem nicht nachgeben.

In dieser Nacht lag Celia lange wach. Ihre Gedanken waren bei ihm, bei diesem einen zarten Kuss. Das Gefühl, das dieser in ihr ausgelöst hatte, ließ sie schwanken. Schließlich stand sie auf, kniete neben ihr Bett. »Herr, bitte, warum lässt du so etwas zu? Warum darf ich so empfinden, wenn es doch nicht richtig ist? Was soll ich tun? Was ich will, willst du nicht. Und was du willst, fällt mir so schwer. Bitte, Herr, hilf mir.«

Sie fiel erst spät in einen unruhigen Schlaf. Immer wieder wachte sie auf, fragte sich, was wäre, wenn sie den Schritt gehen würde. War es wirklich so schlimm, wenn sie ihren Gefühlen folgte? Was konnte schon passieren? Sie sah das Gesicht ihrer Mutter, ihres Vaters vor sich, stellte sich deren Enttäuschung vor. Aber war das ein Grund? Celia wälzte sich im Bett hin und her. Sie hatte sich in ihn verliebt, wünschte sich mehr. Obwohl sie wusste, dass er sie nie heiraten würde. Sie stellte sich ihre Zukunft an seiner Seite vor. Eine Zukunft, die was für sie bereithielt? Glück? Liebe? Oder etwas anderes?

Celia wägte ab, überlegte, stellte ihre Gefühle gegen ihre Vernunft. Was war richtig? Was war erlaubt? Sie betete, handelte mit Gott, stritt und flehte ihn an.

Als die ersten Sonnenstrahlen durch ihr Fenster fielen, hatte sie ihre Entscheidung getroffen. Ruhig stand sie auf, wusch sich und kleidete sich an. »Herr, ich danke dir.« Sie legte die Hand auf das Kreuz. »Aber jetzt bitte ich dich: Geh meinen Weg mit mir. Allein werde ich das nicht schaffen.«

Am nächsten Tag war Rabea noch unfreundlicher, als sie Celia ihre Arbeit gab. Sie hatte den Wäschekorb in der Hand, wollte ihn gerade der jungen Frau in die Hand drücken.

Celia aber hielt es nicht aus. »Bitte, Rabea, bitte. Lass uns nicht so miteinander umgehen.«

»Was meinst du?«, fauchte Rabea sie an.

»Das, was gestern war. Das, was zwischen uns steht. Du bist mir von Anfang an mit Misstrauen begegnet, weil ich eine Freie bin. Du neidest mir, dass der Statthalter mit mir redet wie mit seinesgleichen. Du hast mich bei ihm schlechtgemacht, ja, sogar bewirkt, dass er mich entlässt. Warum, Rabea? Wovor fürchtest du dich?«

Rabea knallte den Wäschekorb auf den Tisch. »Mit welchem Recht willst du mir Vorwürfe machen?«

»Du hast recht, Rabea. Verzeih. Denn im Grunde … im Grunde verstehe ich dich.« Celia legte ihre Hand auf den Korb. Es fiel ihr schwer, das zu sagen, was ihr auf dem Herzen lag, aber es war notwendig. Sie hob den Kopf, sah Rabea fest in die Augen. »Rabea, ich wollte dir nie schaden. Ich wollte nur meine Arbeit machen. Aber ich sehe, dass ich mit meiner Art das Gegenteil erreicht habe. Freundlich und hilfsbereit wollte ich sein, dir zeigen, dass ich mich nicht für was Besseres halte. Aber ich hätte zurückhaltender sein müssen, mich dir mehr unterordnen müssen, vor allem in Gegenwart der anderen. Es tut mir leid. Ich habe es dir gegenüber an Achtung mangeln lassen. Ich hoffe, du kannst mir verzeihen.«

Rabea war verblüfft. Mit einer Entschuldigung hatte sie nicht gerechnet. »Hm.« Sie stemmte ihre Hände in die Hüften. »Und du denkst, damit wäre alles gut?«

»Nein, Rabea.« Celia fuhr mit der Hand über die Wäsche. »Ich werde mich künftig zurücknehmen und dir die Achtung entgegenbringen, die dir zusteht.«

»Aha. Und was erwartest du von mir?« Rabeas Stimme klang nicht mehr ganz so unfreundlich wie sonst.

»Es ist nicht an mir, etwas zu verlangen. Aber bitten kann ich dich, dass du in mir das siehst, was ich bin: eine Frau, die der Statthalter für eine bestimmte Arbeit eingestellt hat. Mehr nicht. Und dass du anerkennst, was ich leiste.«

»Hm.« Rabea schob Celia den Wäschekorb zu. »Genug geredet«, sagte sie schroff. Sie räusperte sich. »Geh an deine Arbeit.«

Celia nickte und nahm den Korb auf. Geknickt ging sie zur Tür. Rabea würde ihr also nicht verzeihen.

Aber die Sklavin rief noch einmal nach ihr. »Celia.«

Die junge Frau drehte sich um.

»Arbeite weiter wie bisher, dann werden wir miteinander auskommen.« Mehr sagte sie nicht.

Celia aber nickte freudig. Dankbar verließ sie den Raum.

Draußen regnete es. Seit Wochen waren es die ersten Tropfen. Der Boden, die Natur, alles sehnte sich nach Wasser.

Celia war allein in der kleinen Kammer unter dem Dach. Sie hörte während der Arbeit auf die fallenden Regentropfen. Wie sehr mochte sie dieses Geräusch. Vor sich auf dem Tisch hatte sie ihr Nähzeug liegen: verschiedene Nadeln, Garne, eine Schere und Stoffreste; auf dem Stuhl rechts neben ihr stand ein Korb gefüllt mit Kleidern, links neben ihr lag das, was sie bereits fertig hatte. Gerade nahm sie das Kleid einer Sklavin aus dem Korb. Es war am Saum mehrfach eingerissen, als die Frau, die es getragen hatte, an einem Strauch hängen geblieben war. Das Kleid war alt, der Stoff rau. Aber es musste trotzdem genäht werden. So würde es noch für eine einfache Sklavin, die die Kloaken reinigte oder andere schmutzige Arbeiten verrichtete, genügen.

Während sie zu nähen begann, dachte sie über Titus Pectore nach, darüber, wie sie zu ihm stand. Sie mochte ihn, sah, wie er mit den Menschen umging, hörte von seinen Urteilen und Entscheidungen. Ja, es war gut, dass er da war. Ja, er gefiel ihr; sein Lachen, seine Art zu reden, sein Handeln. Und er hatte sie vor den anderen beschützt, sich hinter sie gestellt und die anderen in die Schranken gewiesen. Und er hatte sie um Verzeihung gebeten, als er erkannt hatte, wie ungerecht er sich ihr gegenüber verhalten hatte. Aber dann war da noch die andere Seite, die Art und Weise, wie er sich über Menschen und Dinge lustig machte. Obwohl, manchmal hatte sie das Gefühl, dass er sie nur herausfordern wollte, hören wollte, wie sie reagieren, was sie sagen würde. Noch immer fragte sie sich, warum er sie geküsst hatte, nur geküsst, nicht mehr. Es verwirrte sie, und sie fragte sich, ob sie nachgegeben hätte, wenn er mehr gefordert hätte.

Hinter Celia öffnete sich die Tür. Sie hob den Kopf, um nachzusehen, wer hereinkam. Es war der Statthalter.

Schnell sah sie zurück auf ihre Arbeit. Sie fühlte sich unsicher und ertappt, so als könnte er ihre Gedanken lesen.

Er war neben sie getreten und sah auf den Korb hinab. »Du hast viel zu tun.«

»Ja, Herr, das habe ich.« Warum war er gekommen? Wollte er wieder ein Gespräch über den Glauben mit ihr anfangen? Warum tat er das? Bis jetzt hatte sie nie das Gefühl gehabt, dass er echtes

Interesse hatte oder sie ihn mit irgendetwas überzeugen konnte. Es erschien ihr eher wie ein Spiel. Er fragte, manchmal provokant, und wartete dann auf ihre Antwort.

Pectore ging ans Fenster, sah hinaus. »Es regnet schon den ganzen Tag. Dieses Frühjahr ist kälter, als der ganze Winter war. Die wenigen warmen Tage, die es bis jetzt gab, zählen nicht.«

Celia musste lachen.

Erstaunt wandte er sich um. »Was gibt es da zu lachen?«

»Verzeih, Herr. Aber ich vermute, im Vergleich zu Germanien ist es hier um einiges wärmer, auch wenn der Regen alles abkühlt. Und soweit ich weiß, hat dir die Kälte dort nichts ausgemacht.«

Sein Mund verzog sich zu einem breiten Grinsen. »Ich fühle mich durchschaut.« Er nahm einen Stuhl und setzte sich ihr gegenüber. Vor sich hin lächelnd, betrachtete er sie, ihre Hände, ihr Gesicht, ihre runden Wangen, die gerötet waren. Warum wich sie ihm immer noch aus? Auch nachdem er ihr geholfen hatte? Nach dem Kuss?

»Du kommst gut mit deiner Arbeit zurecht?«, fragte er.

»Ja, Herr.«

»Darius zahlt dir den vereinbarten Lohn?«

»Ja, Herr.«

»Seit dem Vorfall im Garten ist nichts mehr Vergleichbares geschehen?«

»Nein, Herr.«

»Sie lassen dich in Ruhe?«

»Ja, Herr.«

»Alle?«

»Ja, Herr.«

»Oder hast du das Gefühl, dass sie nur vordergründig freundlich sind?«

»Nein, Herr.«

»Du hast dich mit Rabea versöhnt?«

»Ja, Herr.«

Er sah sie lange an. »Ist das alles, was ich heute von dir höre? Ja, Herr? Nein, Herr?«

Celia lachte. »Herr, du hast einfache Fragen gestellt. Und es hat genügt, so zu antworten.«

»Ja. Das hat es wohl.« Pectore nahm einen Stofffetzen in die Hand. »Hat der Kuss denn gar nichts für dich bedeutet?«, fragte er und hob den Kopf, sah sie direkt an.

Celia wurde rot. »Ich weiß nicht, Herr. Hätte er denn etwas bedeuten sollen?« Hoffentlich merkte er ihr das starke Herzklopfen nicht an, das seine Frage in ihr ausgelöst hatte.

Pectore schüttelte den Kopf. Was war das für eine Frage? »Natürlich, Celia. Für mich schon. Es kann dir nicht entgangen sein, dass du mir gefällst. Sehr gefällst.« Er lehnte sich zurück, knetete den Stofffetzen in seiner Hand. Es war unglaublich. Er, der Statthalter, saß hier und versuchte, ein junges Mädchen, das nichts war und nichts hatte, davon zu überzeugen, dass es richtig war, sich auf ihn einzulassen. Warum nahm er sich nicht einfach, was er begehrte? »Ich will ehrlich zu dir sein. Seit ich dich das erste Mal gesehen habe, stelle ich mir vor, wie es ist, dich in meinen Armen zu halten. Ich frage mich, wie es wohl ist, dich zu berühren, dich ganz nah bei mir zu spüren. Ich begehre dich, Celia, und das weißt du.«

Celia senkte den Blick, versuchte mit ruhiger Hand weiterzunähen. »Und was wäre, wenn ich dem nachgeben würde? Was wäre, wenn ich in dein Bett kommen würde?« Sie hob den Kopf. »Das ist es doch, was du willst?«

»Ja, das ist mein Wunsch.«

Celia schluckte. »Ist der Wunsch eines Statthalters zugleich ein Befehl?«

»Nein, Celia. Denn ich spreche als Mann zu dir, nicht als Statthalter. Ich möchte, dass du freiwillig zu mir kommst.«

Die junge Frau nickte, beugte sich wieder über ihre Arbeit. »Und dann, Herr? Was wäre dann?«

»Ich würde für dich sorgen. Du hättest es gut bei mir. Mit dir deine Eltern. Du müsstest nicht mehr arbeiten und könntest das Leben in vollen Zügen genießen – gemeinsam mit mir.«

»Hm.« Celia vernähte das letzte Stück Faden und biss das überflüssige Stück ab. Sie besah sich ihre Näharbeit. Zufrieden mit dem, was sie sah, suchte sie die nächste zerrissene Stelle an dem Kleid. »Du weißt, dass ich Christin bin?«

»Na und? Das bedeutet sicherlich nicht, dass du das, was dir Vergnügen bereitet, meiden musst.«

»Oh, Vergnügen. Die Frage ist immer, wie man diesen Begriff füllt, was man als solches bezeichnet.«

Der Statthalter lachte laut auf. »Die Liebe zwischen Mann und Frau gehört sicher dazu.«

Celia legte ihr Nähzeug ab. »Wäre es denn Liebe?«

Pectore wurde ernst. »Wäre es das nicht? Ich verstehe dich nicht. Ihr sagt, euer Gott sei ein Gott der Liebe. Aber er verbietet die körperlichen Freuden, die ein Mann und eine Frau aneinander haben können!«

»O nein. Du verstehst das völlig falsch. Gott verbietet sie nicht. Im Gegenteil. Er hat sie geschaffen, um uns Menschen zu erfreuen. Aber er weist ihr ihren Platz zu. Nur wo ein Mann und eine Frau in der Ehe verbunden sind, wo sie geschützt sind, soll das geschehen, was du von mir willst.«

Pectore schüttelte den Kopf. »Dein Gott ist ein leibfeindlicher Gott. Ich habe das schon immer vermutet. Jetzt bestätigst du mich darin.«

»Dann hast du mir nicht zugehört.« Celia nahm ihre Näharbeit wieder auf. »Aber glaube mir, es gibt gute Gründe, nach seinem Wort zu handeln. Es spricht viel dagegen, deine Geliebte zu werden.«

»So? Und was genau, wenn ich fragen darf?« Jetzt war der Statthalter belustigt. »Gefalle ich dir nicht? Bin ich dir zu alt? Zu hässlich? Zu langweilig?«

»Nein, Herr.« Celia überlegte, sprach dann aber offen aus, was sie dachte. »Ich möchte ehrlich zu dir sein, so wie du es zu mir bist. Ich empfinde mehr für dich, als ich sollte. Aber, Herr, spielt es denn eine Rolle, ob und was ich für dich fühle? Hauptsache, du bekommst, was du willst. Aber darum geht es mir nicht. Von solchen Gründen rede ich nicht.«

»Von welchen denn?« Pectore verstand sie nicht. Wenn er ihr gefiel und sie ihm, was konnte sie dann noch aufhalten?

Celia legte ihre Näharbeit ganz zur Seite. »Ich rede von der Wirklichkeit, Herr.« Sie setzte sich aufrecht hin und sah den Statthalter offen an. »Von dem, was geschehen würde.« Sie machte eine Pause, sah an die Wand. »Als du mich geküsst hast … In dieser Nacht habe ich kaum geschlafen. Was geschehen ist, was es in mir ausgelöst hat, es hat mich nicht ruhen lassen. So vieles ging mir durch den Kopf. Was ist richtig, was ist falsch? Warum sollte ich mich nicht auf dich einlassen? Da hat Gott mir meine Zukunft mit dir gezeigt. Es gibt Frauen in Larisa, die sich darauf eingelassen haben, Geliebte eines reichen Mannes zu werden. Wenn ich sie sehe, sehe ich auch meine Zukunft mit dir.« Sie lächelte, sah ihm wieder in die Augen. »Ja, ich könnte deine Geliebte werden. Ich hätte dadurch ein einfaches und bequemes Leben, meine Eltern hätten ausgesorgt. Und ja, ich glaube sogar, dass ich es gut bei dir hätte und du ein zärtlicher und liebevoller Mann wärst. Aber, Titus Pectore, was wird passieren, wenn du meiner überdrüssig wirst? Wenn du genug von mir hast und mich nicht mehr willst? Was wird aus mir, wenn du Larisa wieder verlässt? Würde dann nicht das geschehen, was das Schicksal der Frauen ist, die kein Geld haben und abhängig von ihrem Liebhaber sind?« Sie atmete tief ein, versuchte, die richtigen Worte zu finden. »Würdest du mich einfach verstoßen, ohne dich darum zu kümmern, wie und wovon ich leben werde? Würde das dein Gewissen aushalten? Ich glaube nicht. Trotz allem hättest du den Wunsch, für mich zu sorgen, damit ich nicht hungern oder unter freiem Himmel schlafen muss.« Sie lachte leise. »Du würdest für mich sorgen, indem du mich an den nächsten Mann weiterreichst. Und ja, vielleicht wäre dieser Mann gut zu mir, vielleicht hätte ich auch bei ihm ein bequemes und angenehmes Leben. Vielleicht würde er mich aber auch schlagen, demütigen. Aber das würde niemanden kümmern. Jedenfalls würde auch dieser Mann mich weiterreichen, wenn er genug von mir hat.

Das würde sich solange wiederholen, bis sich kein Mann mehr finden würde, da ich dann verbraucht wäre, alt, krank. Von heute auf morgen würde niemand mehr für mich sorgen. Ich wäre arm, bitterarm. Jede Sklavin wäre besser versorgt. Die Leute würden mit dem Finger auf mich zeigen und sich hinter meinem Rücken das Maul zerreißen. Das ist doch die, die sich von reichen Männern hat aushalten lassen, die die Geliebte war von dem und dem. Sieh, wohin sie das gebracht hat. Alt und hässlich ist sie, arm und ohne Zukunft.« Celia sah, dass der Statthalter blass geworden war. Doch sie achtete nicht darauf. Mit ruhiger Stimme sprach sie weiter. »Aber das ist noch nicht alles. Sollte ich dir oder einem anderen Mann Kinder gebären, so hätte ich kein Recht auf sie. Sie wären Eigentum des Vaters. So will es das Gesetz. Die Männer würden sie mir wegnehmen, zu irgendwelchen Verwandten bringen und aufziehen lassen. Die Jungen würden zu Soldaten werden, die Mädchen vorteilhaft verheiratet. Ich aber, ich würde sie nicht mehr sehen dürfen, sobald man mich an den nächsten Mann weitergereicht hat.« Pectore stand ruckartig auf, ging zum Fenster. Celia aber redete weiter, bedächtig, jedes Wort überlegend. »Und wenn ich dann alt und arm und krank bin, lebst du immer noch in Saus und Braus, hast eine andere junge Geliebte, vielleicht auch eine Ehefrau, Familie. Mich hast du längst vergessen. Ich war nur eine kleine, nette Geschichte auf deinem langen Lebensweg. Du erhältst dafür keine Strafe, die trage allein ich.« Celia machte eine Pause. Sie sah den Statthalter an, der ihr den Rücken zugedreht hatte. Sie konnte sehen, dass er tief ein- und ausatmete. »Das ist die Wirklichkeit, nicht wahr? Das ist das, was mich erwarten würde. Das kannst du nicht abstreiten oder schönreden.«

Pectore starrte aus dem Fenster. Er hatte die Hände hinter dem Rücken verschränkt, stand aufrecht und starr. »So habe ich das nie gesehen«, sagte er fast tonlos. »So habe ich noch nie darüber nachgedacht.«

Celia wartete. Was sollte sie noch hinzufügen?

Schließlich wandte sich der Statthalter um. Jedes Lächeln, jeder Spott war aus seinem Gesicht verschwunden. Ernst und nachdenklich sah er sie an. »Du hast mich beschämt, Celia.« Er schüttelte den Kopf, sah von ihr weg. »Ich kam her, um dich zu mir zu holen, dich so weit zu bringen, dass du keine Wahl mehr hast. Und jetzt …« Wieder schüttelte er den Kopf. »Jetzt hast du mich beschämt. Und es gibt nichts, was mich rechtfertigt.« Er ging zur Tür, legte seine Hand auf den Türgriff. Ohne sich noch einmal umzudrehen, sagte er leise: »Verzeih mir, Celia.« Dann ging er hinaus.

Celia nahm ihre Näharbeit in die Hand. Doch es war ihr unmöglich, den nächsten Faden einzufädeln. Ihre Hände zitterten, Tränen liefen ihr über das Gesicht. Warum konnte sie nicht sagen. Sie fühlte sich leer und erschöpft. Und auf seltsame Art und Weise schuldig.

Wenige Tage nach diesem Gespräch hatte der Statthalter zu einem Fest geladen. Das war er den Männern des Rats und dem Ortsvorsteher mit ihren Ehefrauen längst schuldig. Es sollte ein Fest werden, wie es sich gehörte. Mit gutem Essen und viel Wein, mit Musikern und Tänzerinnen.

Es war eine große, fröhliche Runde, die zusammengekommen war. Silvus, der ebenfalls eingeladen war, betrachtete es mit Wohlwollen. Er ließ seinen Blick über den reichlich gedeckten Tisch schweifen. »Wunderbar, Titus. Wie in alten Zeiten. Du weißt noch immer, wie man seine Gäste bewirtet.«

Der Statthalter lachte. »Das Beste ist der Wein. Besser als alles, was wir in Germanien bekommen haben.« Er nahm sein Trinkglas in die Hand und leerte es in einem Zug. Sofort hielt er es einem Sklaven hin, um es sich erneut füllen zu lassen. Heute wollte er feiern, trinken und vergessen. Das Leben war mehr als die Jagd nach einer Frau, die unerreichbar war.

Seine Gäste aßen reichlich, es wurde gelacht, geredet. Laut war es und fröhlich. Die Musik war kaum zu hören, aber sobald die Harfen- und Flötenspieler eine Pause einlegten, verlangten die Gäste nach mehr.

Solange gegessen wurde, hielten sich alle mit dem Wein zurück. So war es Sitte. Aber sobald der letzte Gang abgetragen war und nur noch Obst und mit Honig gesüßte Kuchen auf dem Tisch standen, griffen alle, Männer wie Frauen, vermehrt zum Wein.

Titus Pectore lehnte sich wohlig zurück. Er schaute den Tänzerinnen zu, die sich zur Musik bewegten.

Silvus stieß ihn an. »He, die Kleine da vorne, die mit dem grünen Tuch um die Hüften, die gefällt dir wohl. Du lässt sie keinen Augenblick aus den Augen.«

Der Statthalter grinste. Ja, heute würde er sich nehmen, was er wollte. Und, bei den Göttern, endlich auch brauchte! Nur einen kurzen Augenblick sah er Celias ernstes Gesicht vor sich. Mit einer energischen Handbewegung schob er den Gedanken zur Seite.

»Woher hast du die Mädchen?«, fragte Silvus.

»Sextus Livius hat sie mir empfohlen.«

»Oh. So viel Geschmack hätte ich ihm nicht zugetraut.« Er sah zum Ortsvorsteher hinüber. »Der Ärmste muss sich aber leider in Zurückhaltung üben. Seine Frau scheint nicht begeistert zu sein.«

Titus lachte wieder. »Es hat Vorteile, nicht verheiratet zu sein.«

»O ja, das hat es.«

Beide hoben die Gläser. »Dir zum Wohle, mein Freund«, sagte Silvus. »Und dir zur Ehre«, erwiderte Titus. Beide leerten erneut ihre Gläser.

Der Statthalter sah wieder zu der Tänzerin mit dem grünen Tuch. Sie erwiderte seinen Blick mit einem koketten Augenaufschlag. Das gefiel ihm. Sie würde es ihm nicht schwer machen. »Diese Nacht ist gerettet.«

Silvus grinste. »Ja, so sieht es aus. Und ich werde auch auf meine Kosten kommen.«

Der Wein floss in Strömen. Titus Pectore merkte, wie er ihm zu Kopf stieg. Das war gut. Das hatte er schon lange nicht mehr gehabt.

Im Laufe des Abends wurde der Lärm lauter, der Wein löste bei den meisten die Zunge. Einer der Räte hatte seinen Kopf auf den

Tisch gelegt und schnarchte, ein anderer hatte sich an die Schulter seiner Frau gelehnt und weinte hemmungslos.

»Jaja, der Wein. Er verändert Männer und macht sie zu Helden oder zu Memmen.« Silvus stand auf. »Ich bin gleich wieder da. Muss mich nur kurz erleichtern.« Er rülpste ausgiebig und ging davon.

Die Tänzerinnen zeigten ihr ganzes Können. Titus sah ihnen mit wachsendem Vergnügen zu. Die, die er für sich auserkoren hatte, warf ihm eindeutige Blicke zu. Er trank einen Schluck, ohne sie dabei aus den Augen zu lassen. Als Gastgeber musste er bis zum Ende des Festes warten, doch das war absehbar. Mitternacht war längst vorüber. Die ersten Gäste rüsteten sich bereits zum Aufbruch.

Als Silvus zurückkam, ließ er sich auf den Diwan neben Titus fallen. Er schaute sich die Männer und Frauen an, wie sie tranken und lachten. »Und jetzt, Titus, stell dir vor, Celia wäre hier.« Er lachte laut auf. »Sie würde dir den ganzen Spaß verderben.« Er griff nach seinem Glas. »Nimm dir heute, was du kriegen kannst. Und von ihr nie bekommen wirst.«

Verärgert sah der Statthalter seinen Freund an. Celia. Den ganzen Abend hatte er die Gedanken an sie verdrängt. Warum musste Silvus ihn an sie erinnern?

Doch dieser hatte sich bereits eine der Tänzerinnen geschnappt und neben sich gezogen. »Du bist doch auch hier, um zu feiern, oder etwa nicht?« Die Frau lachte.

Titus verfolgte nicht weiter, was sie redeten. Die Tänzerin mit dem grünen Tuch hatte sich zu ihm gesetzt. »Nun, Statthalter, du scheinst den Abend zu genießen?«

Er fasste sie an der Taille. »Und wie«, sagte er und zog sie an sich heran. Während sie die Arme um ihn legte, küsste er sie. Und empfand – nichts. Der Wunsch nach ihr, sein Verlangen, war von einem Augenblick auf den anderen verschwunden.

Verwirrt ließ er sie los.

In diesem Augenblick kamen die ersten Gäste, um sich zu verabschieden. Titus Pectore wechselte noch ein paar freundliche Worte, wünschte jedem einen guten Nachhauseweg und einen guten Schlaf.

Wie von ferne nahm er wahr, dass Silvus zusammen mit seiner Tänzerin das Fest verließ. Schließlich war er allein mit der Frau, die er gerade noch für anziehend gehalten hatte. Sie griff nach seiner Hand, beugte sich zu ihm. »Jetzt sind wir endlich allein«, flüsterte sie verführerisch in sein Ohr.

Titus schob sie ein wenig von sich fort, sah sie an. Es ging nicht! Umständlich und schwankend stand er auf. War er schon so betrunken, dass er nicht mehr gerade gehen konnte? Die Frau stand ebenfalls auf, legte den Arm um ihn. »Ich kann dich gerne in deinen Schlafraum bringen. Du musst mir nur den Weg zeigen.«

Wieder sah er sie an. Nein. Das fühlte sich alles falsch an. Trotzdem ließ er sich von ihr ins Atrium führen. Doch dann konnte er nicht mehr anders und löste sich von ihr. »Geh«, sagte er leise. »Geh. Ich will dich nicht.« Damit ließ er sie stehen und ging davon.

Er hörte, wie die Frau hinter ihm zu schreien und zu zetern begann, doch ihre Beleidigungen erreichten ihn nicht.

In seinem Schlafraum wartete der Sklave, der ihm normalerweise beim Auskleiden half, bereits auf ihn. Titus befahl ihm zu gehen.

Ohne sich umzuziehen, ließ er sich auf sein Bett fallen. Was war nur los mit ihm? Früher hätte er sich dieses Vergnügen nicht entgehen lassen. Im Gegenteil. Warum jetzt? Warum dieses Mal? Schuld daran hatte Silvus. Warum hatte er Celia erwähnt? Celia. Ihre Worte kamen ihm in den Sinn. »In Saus und Braus …« Was war falsch daran, in Saus und Braus zu leben und das Leben zu genießen? Nichts! Oder doch?

Titus rollte sich zusammen, presste das Kopfkissen an sich. Warum fühlte sich sein bisheriges Leben auf einmal so verkehrt an?

›Ich habe zu viel getrunken‹, dachte er. ›Zu viel getrunken.‹ Er presste das Kopfkissen noch enger an seinen Körper. Er dachte daran, wie er Celia geküsst hatte. An die Gefühle, die er dabei gehabt hatte. Sie waren anders gewesen, als er erwartet hatte. Wärmer, schöner. Kein Vergleich zu dem, was er bei der Tänzerin empfunden oder besser gesagt nicht empfunden hatte. »Celia«, murmelte er. »Ach, Celia. Was machst du bloß mit mir?« Dann schlief Titus ein.

Am nächsten Morgen erwachte er mit Kopfschmerzen. Der Wein war wohl doch nicht so gut gewesen. Stöhnend wälzte er sich aus seinem Bett. Was für ein Abend! Alles erschien ihm unwirklich. Hatte das wirklich so stattgefunden? Diese Tänzerin. Hatte er sie tatsächlich wegen Celia fortgeschickt? Was war nur los mit ihm?

Er musste nachdenken. Dazu brauchte er einen klaren Kopf. Also befahl er seinen Sklaven, ihm ein Bad zu richten.

Als er im warmen Wasser lag, ließ er seinen Gedanken freien Lauf. Wie oft hatte er schon Feste wie gestern gefeiert. Was war jetzt anders gewesen? Er wusste es nicht. Trotz allem bedeutete Celia nicht mehr für ihn als jede andere Frau, die ihm jemals gefallen hatte. Oder doch? Was war anders bei ihr, außer, dass sie ihn abgewiesen hatte?

Den ganzen Tag quälte er sich, fand aber keine Antwort auf seine Fragen.

Als gegen Abend ein Soldat mit beunruhigenden Nachrichten über Aufstände kam, war Titus fast dankbar. Jetzt gab es etwas zu erledigen, das ihn ablenken konnte.

Schnell eilte er ins Lager, um von Silvus mehr zu erfahren. Vor dem Quartier des Zenturios setzten sie sich zusammen und redeten über die Vorkommnisse des Tages.

»Wie viele Aufstände waren es? Wie bedrohlich waren sie?«, fragte Pectore besorgt. »Haben wir Schlimmeres zu befürchten?«

»Das habe ich mir gedacht.« Silvus reichte seinem Freund einen Becher mit Wein. »Aufstände! Dass die Boten immer übertreiben müssen.«

»Dann war es nur einer? Mir wurde von mehreren berichtet, davon, dass sich die Sklaven an mehreren Stellen gegen ihre Herren erhoben haben.«

»Nein, Titus, da kann ich dich beruhigen. Wir wurden in den Norden gerufen. Es waren ein paar Feldsklaven, ein übereifriger Gutsverwalter und ein ängstlicher Ortsvorsteher. Nichts Großes, nichts Bedenkliches.«

»Waren es Sklaven, die sich in Staatsbesitz befinden?«

»Ja. Du weißt, sie werden schlechter behandelt als Haussklaven. Es kommt immer wieder zu kleinen Aufständen. Es ist wie überall. Aber, Titus, es ist nichts im Vergleich zu den Unruhen, die wir in Germanien erlebt haben.«

»Es brauchte also keine ganze Legion, um sie niederzuschlagen?«

»Ganz gewiss nicht. Ein paar Soldaten, ein entschlossener Verwalter. Das hätte genügt. Du brauchst dir keine Sorgen zu machen.«

Pectore sah seinen Freund an. »Schade.« Er grinste breit, überspielte aber nur, wie es ihm in Wirklichkeit ging. »Ein paar Tage außerhalb Larisas hätten mir gutgetan.«

Silvus wurde hellhörig. »Aha. Was ist passiert?«

Aber der Statthalter schüttelte den Kopf.

»Oh. Ich verstehe. Das Mädchen. Und damit meine ich nicht die Tänzerin.« Er sah seinen Freund an. »Hat Celia dich abgewiesen?« Der Zenturio war sichtlich belustigt.

Doch Titus wehrte ab. »Mein Freund, du bist mir wichtig. Aber ich bin ungern Ziel deines Spottes.«

»Also ja.« Silvus lachte. »Ein Christenmädchen. Wie ich gesagt habe.«

Pectore leerte seinen Becher, stellte ihn ab. Er wurde ernst. »Das ist es nicht. Zumindest ist das nicht alles.« Nachdenklich rieb er sich das Kinn. »Aber es ist das Beste, ich gebe auf. Du hattest recht, sie ist unerreichbar für mich.«

»Aufgeben?« Silvus war erstaunt. »Du willst aufgeben?« Der Zenturio lachte. »Sie ist 18 Jahre alt. Oder 19? Egal. Sie ist eine junge Frau, die noch nichts vom Leben weiß. Noch vor Kurzem dachtest du, du müsstest nur mit dem Finger schnippen und sie würde zu dir kommen.« Er musterte seinen Freund. Hatte er endlich begriffen, was für andere offensichtlich war?

»Du hast mir gesagt, dass das nicht klappen wird. Was soll das jetzt?«

»Nun, ganz einfach. So kenne ich dich nicht.« Silvus sah seinen Freund mit einem spöttischen Lächeln an, beobachtete jede seiner

Reaktionen. »Was hat sie getan? Was ist passiert? Einfach so streckst du nicht die Waffen.«

Pectore schüttelte den Kopf. »Es ist seltsam. Aber mir ist klar geworden, dass ich mich schuldig mache, wenn ich sie zu mir hole.«

»Schuldig? Inwiefern?« Überrascht stellte auch Silvus seinen Becher ab, beugte sich vor. »Warum, Titus? Warum machst du dich schuldig, wenn du das Mädchen für dich erobern willst? Sie wäre nicht die erste.« Er sah seinem Freund direkt in die Augen. Jetzt wurde es spannend. »Hast du deswegen letzte Nacht die Tänzerin weggeschickt?«

»Du weißt davon?«

»Sie hat es jedem erzählt, der es hören oder auch nicht hören wollte.« Silvus beugte sich noch weiter vor. »Was ist zwischen dir und Celia vorgefallen? Ich frage dich noch einmal: Warum machst du dich schuldig, wenn du sie verführst?«

Aber Titus antwortete nicht. Er sah sie vor sich, wie sie ihm mit ruhiger und klarer Stimme ihre Zukunft ausmalte. Waren Männer, die reich waren und Macht besaßen, wirklich so herzlos? War er so, wie sie es beschrieben hatte? Wie selbst Silvus es schon geäußert hatte? Er wollte es nicht glauben. Er hatte genug Männer kennengelernt, die anders handelten, die sich in Liebe und Treue an eine Frau banden. Aber wenn er ehrlich zu sich selbst war, musste er sich eingestehen, dass er diese Männer immer belächelt hatte. Dann dachte er an das Fest. War das wirklich erst gestern Abend gewesen? Die Tänzerin mit dem grünen Tuch? Ihre Blicke? Seine Gedanken, sein Verlangen? Ja, Celia hatte recht. Jedes Wort, das sie gesagt hatte, war wahr. Sie hatte ihm die Wirklichkeit vor Augen gehalten, eine Wirklichkeit, die er gerne geleugnet hätte.

Silvus lehnte sich zurück. »Es gibt nur eine Erklärung, mein Freund.« Er nahm seinen Becher. »Du empfindest mehr für sie als Begehren.« Der Zenturio nahm einen Schluck und sah seinen Freund dabei unverwandt an. »Titus Pectore, du hast dein Herz an sie verloren. Du liebst sie.«

Am nächsten Nachmittag saß Titus Pectore im Verwaltungsgebäude. Er hatte sich verschiedene Edikte vorlegen lassen, las sie aber nicht. Ihm ging das Gespräch vom Morgen nicht aus dem Kopf. Hatte Silvus recht? Titus wusste es nicht. Aber er wollte auch nicht darüber nachdenken. Was wusste sein Freund schon von der Liebe? Er, der selbst schon genug Affären gehabt hatte. Plötzlich fiel ihm jedoch ein, was ihm der Zenturio erzählt hatte. Er hatte geliebt und trauerte noch immer um die Frau, die ihm genommen worden war.

Titus Pectore versuchte, den Gedanken weit von sich zu schieben. Aber das ging nicht.

Er stand auf, ging ans Fenster und sah hinaus. Er kam aus einer angesehenen Familie. Deswegen kam eine Liebe zu einer einfachen Frau, geschweige denn eine Ehe mit ihr, nicht infrage. Von ihm wurde anderes erwartet. Irgendwann würde er heiraten, aber dann eine Frau von Stand. Auf keinen Fall würde es die Tochter eines Handwerkers sein.

Doch ganz so sicher war er sich seiner Gefühle nicht. Wie sollte er damit umgehen? Wie ihr begegnen? Am besten war, er ging ihr aus dem Weg.

So kam es, dass er sich kaum noch im Stadthaus aufhielt, wenn Celia da war. Wenn er ihr begegnete, grüßte er sie freundlich oder nickte ihr zu, aber er setzte sich nicht mehr zu ihr, um sich mit ihr zu unterhalten.

Es schien alles einfacher zu machen. Aber war das wirklich das, was er wollte?

Celia bemerkte, dass er anders mit ihr umging. Sie fragte sich, ob er sie nun wieder hinauswerfen würde. War er wütend, zornig, weil sie ihm gesagt hatte, was sie dachte? War er enttäuscht von ihr?

Nein, das konnte nicht sein. Dieses Mal war es anders. Er war weiterhin freundlich. Kein finsterer Blick, kein vorwurfsvolles Wort. Nichts. Nur seine Zurückhaltung. Was hatte das zu bedeuten?

Sie konnte es nicht sagen, fühlte sich zunehmend unwohl. War es Zeit, dass sie ging? Von sich aus?

Celia beschloss, sich mit einer Entscheidung Zeit zu lassen.

15. Der Graben

Der Sommer hatte Einzug gehalten. Die Vögel sangen, ein leichter, aber drückender Wind wehte durch die Straßen und durch die Fenster in die Wohnungen. Seit Wochen hatte es nicht mehr geregnet. Die Luft war trocken und staubig. Dieser Tag versprach anders zu werden. Erste Wolken zeigten sich am Himmel. Alles deutete darauf hin, dass es heute noch zu Gewittern kommen würde.

Celia saß nachdenklich vor ihrem Teller und stocherte mit dem Löffel in ihrem Getreidebrei herum. Manchmal hob sie den Kopf und sah aus dem Fenster. Was auch immer mit Pectore war – heute beschäftigte sie etwas anderes.

Daphne wechselte einen besorgten Blick mit ihrem Mann. Schließlich hielt sie es nicht mehr aus.

»Geht es dir nicht gut, liebe Tochter? Du bist sehr blass. Und das Essen scheint dir auch nicht zu schmecken.«

Celia seufzte. Sie führte den Löffel zum Mund, ließ die Hand aber wieder sinken. »Mutter.« Sie zögerte, sah Daphne über den Tisch hinweg unsicher an. »Mutter, haben Träume eine Bedeutung?«

»Wie meinst du das?«

»Nun, wenn ein Traum sich wiederholt, wenn er immer wieder zu mir zurückkehrt, hat das tiefere Gründe?«

»Oh.« Daphne dachte nach. »Ich weiß nicht, mein Kind. Gott spricht manchmal durch Träume zu uns Menschen. Aber das meinst du nicht, oder?«

Celia schüttelte den Kopf. »Nein. Ich glaube nicht. Oder doch?«

Daphne legte ihren Löffel zur Seite. Ihr Mann nickte ihr aufmunternd zu.

»Was hast du für Träume? Und warum beunruhigen sie dich?«

Die junge Frau seufzte wieder. »Es ist immer der gleiche Traum.

Ich sehe eine Frau. Ihr Gesicht kann ich nicht erkennen, es verschwimmt vor meinen Augen. Aber ich sehe, dass sie blond und wie eine vornehme Frau frisiert ist. Und ich sehe, dass sie weint. Sie streckt ihre Arme nach mir aus und ruft ›Lia, Lia‹. Immer wieder.« Celia hob den Kopf, sah ihre Mutter fragend an. »Hat das etwas zu bedeuten?«

Daphne schluckte. Sie wechselte einen Blick mit ihrem Mann. Jetzt musste er reden.

Contente legte seine Hand auf die seiner Frau. »Die Erinnerungen nehmen zu. Ich denke, jetzt ist es an der Zeit, unserer Tochter die Wahrheit zu erzählen.«

»Welche Wahrheit? Und welche Erinnerungen?« Celia sah beide abwechselnd an. Was wusste sie nicht? Und was hatte das Ganze mit ihren Träumen zu tun?

»Nun, meine liebe Tochter. Vielleicht ist es das letzte Mal, dass ich dich so nennen darf. Denn siehe, ich bin nicht dein leiblicher Vater, so wie Daphne nicht deine leibliche Mutter ist. Die Frau, von der du immer wieder träumst, ist die Frau, die dich geboren und aufgezogen hat, bis du knapp fünf Jahre alt warst. Ihr Name war Priscilla.«

Daphne nickte. »Weißt du noch, wie du mir von dem gelben Seidenkleid für deine Puppe erzählt hast? Diese Erinnerung ist echt. Ich habe dich angelogen. Die Frau, die dich auf dem Schoß gehalten hat, war sie.«

Celia wusste nicht, was sie sagen sollte. Sie starrte ihre Eltern an, begriff nur langsam, was ihr Vater gerade zu ihr gesagt hatte. »Ich verstehe nicht. Ihr seid nicht meine richtigen Eltern?«

»Nein, Celia. Wir sind deine Pflegeeltern. Aber wir haben dich immer geliebt und uns immer um dich gesorgt, als wärst du unser eigenes Kind.«

Celia schob ihren Stuhl nach hinten. Mit beiden Händen stützte sie sich auf dem Sitz ab, starrte vor sich auf den Boden. »Nicht meine Eltern«, murmelte sie. Ruckartig stand sie auf, sodass der Stuhl umfiel. Aber das kümmerte sie nicht. Aufgeregt lief sie auf und ab, warf zwischendurch einen kurzen Blick auf die zwei, die sie bis jetzt für ihre Eltern gehalten hatte. Schließlich blieb sie am geöffneten Fenster stehen.

Der Wind streifte ihre Wangen, erschreckte sie. Heftig schüttelte sie den Kopf.

»Aber warum bin ich bei euch? Wo ist meine Mutter? Lebt sie noch? Du sagtest, ihr Name *war* Priscilla? Das sagtest du doch? Und mein Vater? Wer ist mein richtiger Vater? Wo ist er? Warum lebe ich nicht bei ihm, warum nicht bei meinen richtigen Eltern? Was ist passiert?« Sie fuhr herum. Ihre Augen waren weit aufgerissen. »Was … Warum …« Celia wusste nicht, was mit ihr geschah, wie sie mit dem, was sie gerade erfahren hatte, umgehen sollte. Ihr Leben, ihre Eltern – alles, was bisher richtig und gut und schön gewesen war, alles, was sie bis jetzt für unerschütterlich und gültig für alle Zeiten gehalten hatte, war eine Lüge. Eine einzige Lüge. Sie war nicht, wer sie zu sein glaubte. Wer war sie dann?

Sie drehte sich wieder zum Fenster um, starrte hinaus.

Daphne war aufgestanden und zu ihrer Tochter gegangen. Sanft legte sie den Arm um sie.

Aber Celia wehrte sie ab. »Ich bin spät dran. Rabea duldet keine Unpünktlichkeit. Ich muss gehen.« Sie sprach undeutlich, schien mit sich selbst zu reden. Eilig lief sie zur Tür, legte sich ihren Umhang um. Ohne einen Gruß hastete sie davon.

»Celia!« Daphnes Ruf verhallte. Ihre Tochter hatte sie nicht mehr gehört.

Contente trat zu seiner Frau. »Lass sie gehen. Das war zu viel für sie. Lass uns heute Abend in Ruhe darüber reden, wenn sie von ihrer Arbeit zurückkommt.«

Daphne nickte. »Ach Servius, was ist, wenn sie nicht mit uns reden will?«

»Das wird sie. Da bin ich mir sicher. Wir sind die Einzigen, von denen sie mehr erfahren kann. Und sie wird mehr wissen wollen.«

»Wie kannst du nur so ruhig bleiben?«

Ihr Mann lächelte. »Weil wir nichts falsch gemacht haben. Celia ist ein kluges Mädchen. Sie wird verstehen. Und erkennen, was wir für sie getan haben.«

Daphne sah auf die Tür, durch die die junge Frau gerade verschwunden war. »Gebe Gott, dass du recht hast, Servius.«

Ihr Mann küsste sie auf die Stirn. »Adrianos wartet auf mich in der Werkstatt. Mach dir nicht zu viel Sorgen. Verrichte deine Arbeit, so wie jeden Tag. Das wird dich ablenken.« Noch einmal küsste er sie. Dann ging auch er.

Daphne fing an, den Tisch abzuräumen. Vielleicht hatte ihr Mann recht. Hoffentlich war Celia am Abend bereit, sich in Ruhe anzuhören, was sie ihr zu sagen hatten.

Celia ging nicht zum Haus des Statthalters. Zuerst merkte sie nicht, wohin sie ihre Füße trugen. Die Gedanken überschlugen sich in ihrem Kopf. Was bedeutete das alles? Warum lebte sie hier in Larisa? Warum nicht bei ihren Eltern? Und warum hatte man ihr nie etwas davon gesagt?

Der Wind wurde heftiger, zerrte an ihrem Umhang. Sie packte ihn, hielt ihn fest an ihren Körper gepresst. Dann stand sie am Stadttor. Nur einen kurzen Augenblick blieb sie stehen, dann lief sie weiter, verließ die Stadt. Sie folgte der Straße, sah nicht nach links und nach rechts.

Ihre Gedanken überschlugen sich. Was war bloß passiert? Lebten ihre richtigen Eltern noch? Priscilla hatten sie sie genannt. Was war das für ein Name? Aus was für einer Familie stammte sie?

Ein Ochsenkarren, der gemächlich seines Weges zog, tauchte vor ihr auf. Der Wagen war mit Amphoren beladen, die in Stroh eingebettet sicher Halt fanden. Celia hatte den Karren bald eingeholt. Der Wagen war hinten offen, sodass sie sich ohne Mühe daraufsetzen konnte. Der Mann, der die Ochsen führte, bemerkte sie nicht.

Langsam ging es vorwärts. Die Straße schlängelte sich am Fluss entlang, näherte sich dem Abhang. Sie entfernten sich immer weiter von Larisa. Schließlich ging es den Weg nach oben. Celias Blick war auf ihre Stadt gerichtet, die Stadt, in der sie aufgewachsen war, die ihre Heimat war. Hatte sie nicht immer hier gelebt?

Auf einmal kam ihr das Haus des Statthalters in den Sinn. Das Atrium, der Garten, das Gefühl der Vertrautheit, als sie es zum ersten Mal betreten hatte. War sie vielleicht in so einem Haus geboren worden? Hatte sie als kleines Kind in einem solchen Haus gelebt? Aber als was? Als Tochter einer Sklavin? Nein. Die Frau im Traum war eine vornehme Dame gewesen. War sie die Tochter eines angesehenen Bürgers? Eines hohen Beamten? Sie wusste es nicht. Aber vieles sprach dafür. Ein armes Mädchen hatte keine Puppe mit einem Seidenkleid.

Der Wagen quälte sich die Straße hinauf. Oben angekommen, führte diese weg vom Abhang. Auf einmal merkte Celia, dass sie Larisa nicht mehr sehen konnte. Wie weit war sie mit dem Karren gefahren? Wo war sie? Schnell sprang sie ab. Der Wind war weiter aufgefrischt, wurde zum Sturm.

Celia verließ die Straße und lief durch trockenes Gras und Gestrüpp, das ihre Beine zerkratzte. Aber sie achtete nicht darauf. Neben ihr öffnete sich auf einmal ein schmaler, tiefer Graben. Erschrocken hielt sie inne, lief dann aber weiter.

Die Fragen hämmerten in ihrem Kopf. Warum hatten ihre Eltern ihr nie etwas gesagt? Sie heulte auf. Ihre falschen Eltern! Sie waren nicht, was sie gesagt hatten, hatten sie all die Jahre angelogen. Warum? Warum?

Der erste Tropfen traf sie auf die Hand, der nächste auf den Arm. Von einem Moment auf den anderen fiel der Regen, als hätte jemand einen Eimer über ihr ausgeschüttet. Lautes Donnern war zu hören. Celia erschrak. Sie sah sich um. Wo war sie? Sie wusste es nicht.

Es war, als hätte der Regen sie geweckt. Sie versuchte sich zu orientieren. »Ich muss zurück zur Straße«, murmelte sie vor sich hin. Schnell drehte sie sich um, lief mit gesenktem Kopf zurück. Obwohl sie den Kopf nach unten hielt, peitschte ihr der Regen ins Gesicht. Sie hielt sich zum Schutz die Hand vor das Gesicht, kämpfte gegen den Sturm, der ihr entgegenkam. Plötzlich blieb sie an einem Ast hängen, den sie nicht gesehen hatte, stolperte, stürzte. Unter ihr gab die Erde nach. Sie versuchte sich festzuhalten, aber vergeblich. Schreiend fiel sie hin und rutschte einen steilen Abhang hinunter. ›Der Graben!‹, schoss es ihr durch den Kopf. Ihre Hände fanden nirgends Halt. Ein Ast schlug ihr ins Gesicht. Dann wurde ihr Fall abrupt gestoppt. Sie konnte sich nicht auffangen, fiel in den Dreck. Jäh durchfuhr ein stechender Schmerz ihren rechten Fuß. Laut stöhnte sie auf, blieb aber vor Schreck ganz starr liegen. Auf einmal fühlte sie sich unendlich müde, wollte sich nicht mehr bewegen. Aber ihr Verstand sagte ihr, dass sie sich aufrichten musste. Vorsichtig stützte sie sich ab. Es war nicht einfach, denn die Erde war rutschig vom Regen, der immer noch in Strömen auf sie herabfiel.

Celia versuchte aufzustehen, aber der Schmerz in ihrem Fuß hinderte sie daran. Sie setzte sich, betastete ihren Knöchel. Er fühlte sich heiß und geschwollen an. Hoffentlich war er nicht gebrochen. Dann sah sie nach oben, schirmte dabei ihre Augen mit der Hand vor dem Regen ab. Ja, sie war in diesen Graben gefallen, den sie vorhin gesehen hatte. Er war vielleicht vier Schritte lang und zwei Schritte breit. Auf allen Seiten ging es steil nach oben, mindestens sieben Ellen hoch. Die Erde war rutschig vom Regen. Es gab einzelne Grasbüschel, ab und zu kleine Stauden, aber nichts, an dem sie sich festhalten konnte. Der Ast, der ihr ins Gesicht geschlagen hatte, war unerreichbar für sie. Mit einem Schlag wurde sich Celia ihrer Lage bewusst. Allein würde sie nicht aus dem Graben herauskommen.

Und niemand wusste, wo sie war.

Verzweifelt richtete sie sich auf, versuchte den Schmerz nicht zu beachten. Sie fasste nach einem Grasbüschel, um sich nach oben zu ziehen, aber das nasse Gras rutschte durch ihre Hände, ihre Füße fanden keinen Halt. Erneut stürzte sie. »Nein!«, schrie sie. »Nein!« Wieder versuchte sie es. Wieder und wieder. Aber egal, welche Seite sie wählte, immer rutschte sie ab, fiel zurück in den Schlamm.

So plötzlich, wie der Regen gekommen war, hörte er wieder auf. Celia sah nach oben zum Himmel, der noch voller schwarzer Wolken war. »Herr.« Sie sank zu Boden. »Herr, bitte hilf mir.« Verzweifelt schlug sie die Hände vors Gesicht und weinte. Warum nur musste das passieren?

Der Abend kam, aber Celia kehrte nicht aus dem Haus des Statthalters zurück. Daphne lief immer wieder zum Fenster, um nach ihr zu sehen. Aber umsonst.

Endlich hörte sie Servius zusammen mit Adrianos vom Markt kommen. Daphne lief die Treppe hinunter in die Werkstatt. »Celia ist nicht nach Hause gekommen!«, rief sie.

Ihr Mann erschrak. »Wie … wie meinst du das?«

»So, wie ich es sage. Sie ist noch nicht da.«

Der Schuhmacher versuchte ruhig zu bleiben. »Vielleicht hatte sie heute länger zu tun. Das kam schon öfter vor.«

»Ja, aber nicht so lange. Es ist spät. Was ist …« Daphne stockte, presste ihre Hände an den Mund.

Servius Contente wandte sich an seinen Lehrling. »Räum alles auf und geh dann nach Hause. Morgen sehen wir uns wieder.« Dann drehte er sich zu seiner Frau um. »Ich werde zum Haus des Statthalters gehen. Sicher ist sie noch dort.«

»Ich werde mit dir gehen«, entgegnete Daphne entschlossen und griff nach ihrem Umhang.

Der Schuhmacher nickte. Gemeinsam machten sie sich auf den Weg. Beim Stadthaus angekommen, klopfte Servius lauter an die Tür, als er geplant hatte. Ein Sklave öffnete. »Ja?«

»Ich bin der Schuhmacher Servius Contente. Meine Tochter Celia arbeitet für den Statthalter.«

Der Sklave hob die Augenbrauen. »Und?«, fragte er.

»Ich wollte wissen, ob sie noch da ist. Sie ist heute nicht nach Hause gekommen.«

Jetzt zeigte sich Verwunderung im Gesicht des Sklaven. »Celia war heute nicht hier.«

Daphne griff nach der Hand ihres Mannes, umklammerte sie. »Nicht? Aber … Sie wollte doch … Sie sagte …« Hilflos sah sie ihren Mann an.

Dieser atmete tief durch. Jetzt brauchten sie Hilfe. »Ist der Statthalter da?«, fragte er mit betont fester Stimme.

Der Sklave nickte. »Ich bringe euch zu ihm.« Er führte beide in den Speiseraum.

Titus Pectore war überrascht, den Schuhmacher und seine Frau zu sehen. »Seid mir gegrüßt. Was führt euch zu mir?« Mit einer Handbewegung forderte er beide auf, sich zu ihm zu setzen. Unsicher ließen sich beide nieder.

»Herr, verzeih, dass wir dich um diese Stunde aufsuchen. Aber Celia.« Der Schuhmacher schluckte schwer. »Sie ist verschwunden.«

Der Statthalter sah sie abwechselnd an. »Verschwunden? Was meint ihr damit?«

»Sie hat heute Morgen das Haus verlassen, um zur Arbeit zu gehen. Aber sie ist bis jetzt nicht nach Hause gekommen. Und dein Sklave sagte gerade, dass sie überhaupt nicht hier war.«

»Vielleicht hat sie jemanden besucht? Eine Freundin? Jemanden aus eurer Gemeinde?«

Aber Daphne schüttelte den Kopf. »Das würde sie nie machen, ohne vorher mit uns zu sprechen.«

»Vielleicht …« Der Statthalter stockte. Nein, das war keine Möglichkeit.

Aber Daphne hatte ihn verstanden. »Nein, Herr, nicht Celia. Sie hat keine heimliche Liebschaft.«

Der Statthalter überlegte. Warum vermittelten ihm beide, dass die Sorge berechtigt war? Eine Sorge, die er teilte, mehr teilte, als er für möglich gehalten hätte. »Ihr denkt an ein Verbrechen?«, fragte er fast tonlos.

Daphne sah ihren Mann an. Servius erwiderte ihren Blick. Sie hatten keine Wahl. Pectore musste die Wahrheit erfahren.

»Herr«, begann er. »Herr. Es ist etwas vorgefallen. Etwas, das sie vielleicht nicht verkraftet hat.«

»Was meinst du?«

»Nun. Celia …« Noch einmal versicherte sich der Schuhmacher mit einem Blick bei seiner Frau. Als diese nickte, fuhr er fort: »Celia ist nicht unsere leibliche Tochter. Sie wurde uns anvertraut, als sie noch sehr klein war. Heute hat sie es erfahren.«

Der Statthalter nickte. »Darum also die fehlende Ähnlichkeit.« Er fasste sich am Kinn, dachte nach. »Was ist mit ihren leiblichen Eltern?«

»Nun, Herr, das ist nicht so einfach zu erklären.« Daphne wurde unruhig. »Ist das jetzt wichtig? Celia ist verschwunden! Wir müssen sie finden!«

Pectore nickte. »Du hast recht.« Er stand auf und ließ nach Darius rufen.

»Herr? Was kann ich für dich tun?«

»Geh an die Stadttore. Nein, schicke zu jedem Tor einen Sklaven, findet heraus, ob Celia heute die Stadt verlassen hat. Kommt, so schnell es geht, hierher zurück. Und ihr«, wandte er sich an Daphne und Servius, »nehmt solange etwas zu euch. Esst und trinkt etwas. Ihr helft eurer Tochter nicht, wenn ihr hungert.«

Schweren Herzens nahmen beide die Einladung an, konnten jedoch vor Sorge kaum etwas essen.

»Es macht keinen Sinn, die Häuser der Stadt abzusuchen, solange wir nicht wissen, ob sie überhaupt noch hier ist. Es wäre verschwendete Zeit.« Der Statthalter rieb sich das Kinn. Er wollte mehr wissen. »Solange wir warten, solltet ihr mir eure Geschichte erzählen«, forderte der Statthalter das Ehepaar auf.

Daphne nickte. »Gut, Herr. Was haben wir schon zu verlieren?« Sie wechselte einen Blick mit ihrem Mann. »Celia ist die Tochter von Gaius Julius Dexter und dessen Frau Priscilla.«

Der Statthalter sah sie mit einem seltsamen Blick an.

»Herr«, beeilte sich Daphne zu sagen. »Die Namen werden dir nichts sagen. Gaius Dexter war unter Domitian Tribun der Prätorianergarde.« Daphne erzählte, was damals geschehen war. Schließlich war sie fertig und nahm schweigend einen Schluck aus ihrem Becher.

Pectore hatte schweigend zugehört. »Was ist aus den Eltern geworden? Was ist passiert, dass ihr Celia nicht an ihre Mutter zurückgegeben habt?«

»Wir haben Briefe geschrieben, aber Manassos hatte Rom verlassen. Niemand konnte uns sagen, wohin er mit seiner Familie gegangen war. Wir dachten, vielleicht erfahren wir es, wenn die Zeiten ruhiger geworden sind. Dann schrieb uns die Gemeinde aus Rom, dass Priscilla nicht mehr lebte. Was sollten wir tun? Du weißt selbst, wie es damals war. Nach Domitians Ermordung haben wir nicht mehr gewagt, uns nach Rom zu wenden, um nach Verwandten des Mädchens zu suchen. Keiner wusste, wie es weitergehen würde, wie groß die Gefahr war. Da haben wir beschlossen, hier zu bleiben, in Ruhe unser Leben zu führen und Celia als unserer Tochter ein gutes und behütetes Leben zu ermöglichen.«

»Ich verstehe.« Der Statthalter war nachdenklich geworden. »Und Gaius Dexter?«

»Als enger Vertrauter und Leibwächter des Kaisers fiel auch er dem Anschlag auf Domitian zum Opfer.«

Pectore nickte. »Sie heißt Celia. Müsste ihr Name nicht Julia sein?«

»Ja, Herr, das ist er auch. Wir haben sie Celia genannte, damit niemand erkennen kann, aus welchem Haus sie stammt. Ihr Vater sollte sie nicht finden können.«

»Hm. Ihr habt an alles gedacht.«

»Es ging um ihre Zukunft.«

Schweigend starrte Pectore auf seinen Becher, den er in der Hand hielt. »Du hast Brüder erwähnt. Was ist aus ihnen geworden?«, fragte er schließlich.

»Wir wissen es nicht, Herr.«

Der Statthalter nickte. Irgendetwas schien ihn zu beschäftigen.

»Herr.« Servius sah ihn an. »Gibt es etwas, das du weißt?«

»Nein«, antwortet Pectore. Langsam stellte er seinen Becher zurück. Er sah den Schuhmacher an. »Ich hoffe, dass Darius uns bald mehr berichten kann.«

Sie mussten nicht lange warten. Der Verwalter kam herein, außer Atem. »Herr, es ist, wie du gedacht hast. Celia hat heute früh die Stadt durch das Nordtor verlassen, noch bevor das Unwetter gekommen ist. Niemand hat gesehen, dass sie zurückgekommen ist.«

»Weiß jemand, wohin sie gegangen ist?«

»Nein, der Torhüter meinte, sie sei in Gedanken und nicht ansprechbar gewesen. Mehr konnte er nicht sagen.«

Pectore stand auf. »Sattle mein Pferd. Du gehst mit mir. Rabea soll dafür sorgen, dass meine Gäste gut versorgt sind.«

»Herr, wir wollen ebenfalls nach ihr suchen.«

»Nein!« Der Statthalter wandte sich zur Tür. »Ich verstehe eure Sorge. Aber ich werde den Zenturio Silvus Hilarus aufsuchen. Er und seine Soldaten werden mir bei der Suche helfen. Glaubt mir, das ist das Beste, was wir tun können.«

Ergeben blieben Daphne und Servius zurück. »Dann bleibt uns nichts als beten«, sagte die Frau leise.

»Ja.« Der Schuhmacher nahm ihre Hand. »Aber das können wir.«

Schnell lief Pectore durchs Haus zu den Ställen, wo sein Pferd bereitstand. Rasch stieg er auf. Mit Darius im Gefolge ritt er aus der Stadt zum Soldatenlager.

Silvus war überrascht, ihn um diese Zeit zu sehen. Aber als Pectore ihm erzählte, um was es ging, zögerte er nicht. Schnell hatte er Soldaten zusammengerufen, gemeinsam gingen sie auf die Suche.

Weit konnte Celia nicht gekommen sein. Sie war zu Fuß gewesen. Obwohl, je mehr Pectore darüber nachdachte, umso bewusster wurde ihm, dass ein ganzer Tag vergangen war. Falls ein schneller Wagen sie mitgenommen hatte, konnte sie überall sein.

Ein Teil der Soldaten, ihnen voran Pectore, folgte der Straße. Jeden, der ihnen entgegenkam, fragten sie nach dem Mädchen. Doch alle schüttelten den Kopf, keiner konnte ihnen weiterhelfen.

Als die Nacht hereinbrach, mussten sie die Suche abbrechen Sie verabredeten sich für den nächsten Morgen, um sich früh wieder auf den Weg zu machen.

Müde und ausgebrannt kam Pectore in seinem Stadthaus an. Das

Schuhmacher-Ehepaar kam ihm aufgeregt entgegen. »Herr, hast du sie gefunden?«

Pectore schüttelte den Kopf. »Nichts. Keine Spur. Wir sind der Straße gefolgt, haben in Höfen und Häusern nach ihr gefragt. Andere haben den Pinios abgesucht, die Ebene Richtung Osten und Süden. Aber wir haben nichts gefunden.« Er sah beide an. »Es tut mir leid. Wegen der Dunkelheit mussten wir die Suche abbrechen. Morgen jedoch werden wir sie bei Tagesanbruch fortsetzen. Bleibt heute Nacht hier, versucht zu schlafen. Morgen brauchen wir alle Kräfte.«

Für Celia verging der Tag nur sehr langsam und schleppend. Immer wieder versuchte sie, den Hang hinaufzuklettern, doch sie rutschte jedes Mal ab, kam nicht ein Stück vorwärts. Ihr Knöchel schmerzte mit jedem Versuch mehr. Entkräftet setzte sie sich schließlich auf den Boden. Ihr Magen knurrte, hatte sie doch noch nichts gegessen. Sie hatte Durst, aber das Wasser, das sich im Graben gesammelt hatte, war schmutzig und braun, ungenießbar.

In Celias Kopf wirbelten die Gedanken durcheinander, schlimmer als das Unwetter, das sie in diese Lage gebracht hatte.

Die Frage nach dem Warum, danach, wer ihre Eltern waren, quälte sie. Gleichzeitig kam die Angst, dass sie nie mehr aus diesem Loch herauskommen würde. Was war, wenn man sie nicht fand? Warum sollte man sie hier suchen?

»Mutter! Vater!« Wie sehr vermisste sie jetzt ihre Eltern, die beiden, die sie großgezogen hatten, sie geliebt und behütet hatten. Und sie war im Zorn davongerannt, war nicht bereit gewesen, sie anzuhören.

Doch da war auch die Lüge ihrer Eltern. Warum hatte ihr niemand gesagt, wer sie war? Woher sie kam?

Würde sie beide je wiedersehen? Sie hatten doch ihr Bestes getan. Sie waren ihr immer gute Eltern gewesen.

»Gott, hilf mir!« Musste sie hier sterben?

Celia weinte, schrie. Irgendjemand musste sie doch hören! War der Graben so weit von der Straße entfernt? Sie wusste es nicht.

Warum war sie bloß davongelaufen? Was hatte das für einen Sinn? Wie dumm sie doch war, wie unsäglich dumm.

Aber trotzdem! Hätten Daphne und Servius nicht geschwiegen, wäre das nie passiert.

Daphne und Servius. Celia stutzte. Warum hatte sie an die beiden mit ihren Vornamen gedacht? Mutter und Vater. Vater und Mutter. Ja, das war besser. Das waren sie all die Jahre gewesen.

Andererseits waren sie es auch nicht. Nicht mehr. Oder doch? Celia schwirrte der Kopf.

»Herr! Jesus Christus!«, rief sie. Doch Gott war nicht da. Sie hörte ihn nicht. »Du bist mein Hirte! Finde mich!« Doch er fand sie nicht, er hatte sie verlassen. Strafte er sie so für ihre Taten? Dafür, dass sie undankbar gewesen war? War sie das überhaupt? Ihre Eltern. Welche Eltern? Sie war doch diejenige, die belogen worden war.

Celia zog die Beine an ihren Körper, rieb ihren schmerzenden Knöchel. Hunger und Durst plagten sie. Immer wieder schrie sie, rief um Hilfe. Aber niemand hörte sie.

Die Gedanken drehten sich im Kreise, gingen hin und her. Manchmal weinte Celia verzweifelt, dann wieder saß sie ruhig da, starrte in den Himmel über ihr. Sie konnte am Schatten sehen, wie die Sonne wanderte und der Tag voranschritt. Wie im Nebel nahm sie wahr, dass der Regen endgültig aufgehört hatte. Dann lauschte sie wieder, hoffte etwas zu hören. Aber da war kein Mensch, keine Stimme, kein Schritt. Nichts. Nur der Wind, der sich im Gras bewegte, das Zirpen von Zikaden, Vögel, die über sie hinwegflogen.

Langsam wurde es Abend. Celias Bauch, ihr Hals taten weh. Sie wusste nicht, ob es vor Hunger war oder wegen der Tränen. Sie würde hier sterben. Und niemand, niemand würde sie jemals finden.

Sie legte sich hin, zog ihre Knie eng an sich, schlang ihre Arme darum. Sie fror, obwohl der Regen die Luft kaum abgekühlt hatte. Der Boden war noch immer glitschig und zugleich hart. Aber das war ihr gleichgültig. Sie fühlte sich leer und schuldig. »Verzeiht mit«, flüsterte sie. »Bitte verzeiht mir.«

Irgendwann siegte die Erschöpfung und sie fiel in einen schweren, traumlosen Schlaf.

Im Stadthaus kam der Statthalter nicht zur Ruhe. Er ging in seinem Schlafraum auf und ab. Dieser Tag war wie ein Traum an ihm vorbeigegangen, wie ein böser Traum. Celia war verschwunden. Was war passiert? Wo steckte sie? Lag sie irgendwo verletzt? Brauchte sie Hilfe? Lebte sie überhaupt noch?

»Mach dich nicht verrückt«, ermahnte er sich selbst. »Du darfst nicht vom Schlimmsten ausgehen.« Doch die Gedanken ließen sich nicht abschütteln.

Seit er von ihrem Verschwinden wusste, hatte er gehofft, seine Götter angefleht. Aber nichts, keine Hilfe, kein Hinweis. Nichts. Er warf sich aufs Bett, starrte an die Decke. Wo sollten sie noch suchen? Sie waren alle Wege abgegangen, hatten den Fluss abgesucht. Hätten sie sie überhaupt finden können, wenn sie darin ertrunken war?

Es war furchtbar. Alles. Selbst Silvus hatte heute weder gespottet noch dumme Scherze gemacht.

Celia. Er sah sie vor sich, ihre Augen, ihre runden Wangen, die schwarzen Locken. Er meinte ihr Lachen zu hören, sehnte sich nach ihrer Stimme, nach ihren Liedern. Sie durfte nicht tot sein. Wie sollte er das ertragen? Er legte seinen Arm über seine Augen, fühlte, dass sie feucht waren. Wie lange war es her, dass er geweint hatte?

Celia.

Er musste an Silvus denken, seinen Freund, der immer recht hatte. »Du liebst sie«, hatte er gesagt. Titus hatte sich gegen diesen Gedanken gewehrt, hätte er doch Verantwortung gegenüber dieser jungen Frau bedeutet. Aber es war so, das wusste er jetzt. Er liebte sie, so wie ein Mann eine Frau nur lieben konnte. Wie sollte er ohne sie leben?

Er dachte an sie, an die Gespräche, an ihren tiefen Glauben. Was war, wenn sie irgendwo verletzt lag, jemand sie gefangen hielt? Wie ging es ihr? Konnte sie beten? Ihr Gott müsste ihr doch helfen, oder etwa nicht?

Er konnte es nicht sagen. »Bitte, ihr Götter Roms, lasst das nicht zu.« Er sprang wieder auf. Plötzlich fiel ihm ein, dass er in Griechenland war. Betete er zu den falschen Göttern?

Mitten in der Bewegung hielt er inne und begriff im selben Moment: Ja, er betete zu den falschen Göttern. Wenn ein Gott helfen konnte, dann ihrer. Aber konnte er es wagen, zu ihm zu beten? Er wusste ja nicht einmal, ob er glauben konnte. War es vermessen, zu einem Gott zu beten, dem er bis jetzt mit Spott begegnet war und der doch so sehr dem entsprach, was er von einem Gott erwartete? Er fragte sich, was Celia jetzt sagen würde.

Lachen würde sie. Und er dachte an ihre Worte: »Die Frage ist, was will er von mir? Wozu will er mich gebrauchen?« Pectore setzte sich auf den Rand seines Bettes. Er fragte sich, wie er sich diesem Gott nähern sollte. Wie beteten die Christen? Er wusste es nicht. So hob er einfach die Hände. Das konnte nicht falsch sein. »Du, Gott der Christen, Jesus. Celia vertraut dir. Hilf ihr jetzt. Bitte, lass nicht zu, dass sie tot ist. Ich flehe dich an. Lass morgen unsere Suche erfolgreich sein. Geh du mit. Wer sonst kann uns helfen, wenn nicht du?«

Langsam ließ er die Hände zurück in den Schoß sinken. Hoffentlich war dieser Gott kein Gott, der viele Worte brauchte. Denn ihm fiel nichts ein, was er noch sagen sollte. Er legte sich aufs Bett, aber es dauerte noch lange, bis er einschlafen konnte. Doch er fühlte sich gestärkt und auf seltsame Weise hoffnungsvoll.

Bei Tagesanbruch saß Titus bereits im Sattel. Servius hatte die Hand am Zügel des Pferdes. »Herr, ich weiß, du hältst nichts davon. Aber wir haben die ganze Nacht gebetet. Wir beten auch jetzt. Geh mit Gottes Segen.«

Der Statthalter nickte. »Ich danke dir, mein Freund. Diesen Segen nehme ich gerne mit.« Er wollte gerade sein Pferd antreiben, als Rabea mit einer Frau in den Hof lief. »Herr, du bist noch da. Wie gut!«

»Was ist los?«

Rabea schob die Frau nach vorne. »Erzähl dem Statthalter, was du mir erzählt hast.«

Die Frau nickte eifrig. »Herr, verzeih, ich habe gerade erst davon erfahren, dass du dieses Mädchen suchst.« Sie zeigte auf Servius Contente. »Die Tochter des Schuhmachers. Ich habe sie gestern gesehen.«

»Wo war das?«

»Sie saß hinten auf einem Ochsenkarren. Schon oben auf der Straße. Dort ist sie abgesprungen und weg von der Straße gelaufen. Ich habe mich noch gefragt, was sie da will.«

»Wann war das? Und in welche Richtung ist sie gegangen?«

»Herr, das war direkt vor dem Unwetter. Sie ist nach Westen gegangen. Mehr habe ich aber nicht gesehen, ich habe mich beeilt, um vor dem Sturm nach Larisa zu kommen.«

Pectore nickte. »Ich danke dir.« Er hob seine Hand zum Abschied von Daphne und Servius und trieb sein Pferd an. Schnell ritt er durch die Stadt. Silvus wartete bereits mit seinen Soldaten vor dem Lager auf ihn. Pectore forderte ihn mit einem Wink auf, ihm zu folgen, ohne dabei anzuhalten.

Im Galopp ritten sie die Straße entlang. Der Zenturio holte seinen Freund ein, ließ sich erklären, wohin sie wollten.

Oben am Hang angekommen, verließen sie die Straße und teilten sich auf, um das Gelände in seiner ganzen Breite abzusuchen. Es schien eben und übersichtlich zu sein, doch das täuschte. Überall gab es Vertiefungen und Büsche, in denen ein Mensch gut verschwinden konnte.

Celia war kurz nach Tagesanbruch aufgewacht. Jetzt saß sie frierend da, die Arme fest um den Bauch gelegt, die Knie angezogen. Was sollte sie tun? Noch einmal versuchen, hinaufzuklettern? Sie wollte aufstehen, aber der Schmerz im Fuß ließ das nicht zu. Sie rieb ihren Knöchel, der noch weiter angeschwollen war.

Celia sah hinauf zum blauen Himmel. Es würde ein kühler, aber schöner Tag werden. Sie dachte an ihre Eltern, an den Kummer, den sie ihnen bereitet hatte. Sie würde sie nie mehr sehen, sie nie um Verzeihung bitten können. »Bitte, Herr, sag du ihnen, dass es mir leidtut.« War jetzt alles vorbei?

Die junge Frau war nahe dran, die Hoffnung aufzugeben. Doch noch lebte sie. Sicher wurde nach ihr gesucht. Vielleicht hatten ihre Eltern sogar den Statthalter um Hilfe gebeten. Aber würde er sie wirklich suchen lassen, nachdem sie ihn abgewiesen hatte? Nie würde sie vergessen, wie er danach den Raum verlassen hatte. »Verzeih mir, Celia.«

Sie schämte sich nicht für das, was sie gesagt hatte, sondern dafür, wie sie es gesagt hatte und dass sie ihn damit verletzt hatte. Er hatte sich seitdem nicht mehr zu ihr gesetzt, nicht mehr als notwendig mit ihr geredet. Auch wenn es ihr das leichter machte, ihm zu begegnen, so hatte sie doch darunter gelitten. Warum liebte sie ihn? Warum liebte sie ihn noch mehr, seit er Abstand zu ihr hielt? Warum war dieser Mann unerreichbar für sie?

Sie war es, die ihn um Verzeihung bitten musste. Sie hätte ihm anders erklären müssen, warum sie ihn abwies, nicht auf diese Art und Weise.

Es war ein bitterer Gedanke, dass sie nie mehr die Möglichkeit haben würde, die Menschen, die sie am meisten verletzt hatte, um Vergebung zu bitten.

Doch plötzlich hörte sie ein Geräusch. Waren das Pferdehufe? Das konnte nicht sein. Oder doch?

Doch, da war es wieder. Und noch mehr. Jemand rief ihren Namen.

Celia wollte schreien, aber ihre Stimme versagte. Sie hustete, versuchte es erneut. »Hilfe!« Ihre Stimme überschlug sich. »Hilfe! Hier bin ich.«

Stille. Noch einmal schrie sie. Dann hörte sie es wieder. Das Hufgetrappel kam näher, hielt über dem Graben an. Celia starrte gebannt nach oben. Da tauchte ein Gesicht auf. Sein Gesicht. Sie schlug die Hände vor den Mund, die Tränen kamen, ungehalten. Ihr ganzer Körper zitterte. Er war es. Titus Pectore. Er hatte sie gesucht und gefunden.

Der Statthalter rief ihren Namen, immer und immer wieder. Nichts, keine Antwort. Doch plötzlich meinte er etwas zu hören. Er zügelte sein Pferd, hob die Hand. Die Soldaten um ihn herum hielten ebenfalls an. Dann hörten sie es. Ein Hilfeschrei. Er kam von rechts. Pectore trieb sein Pferd erneut an. Dann sah er den Graben. Wieder zügelte er sein Pferd, stieg ab. Vorsichtig bewegte er sich auf den Rand des Grabens zu. Die Erde war noch immer glitschig. Er ging auf die Knie, beugte sich nach vorne. Da war sie. Tief unten saß die Frau, die er gesucht hatte. Schmutzig, mit wirren Haaren, aber lebend. Er sah, wie sie die Hände vor den Mund schlug, konnte von oben erkennen, wie sie zitterte. Weinte sie? Das war gut. Denn er weinte auch. Er hatte sie gefunden! Er hatte sie tatsächlich gefunden.

Mit einer schnellen Handbewegung wischte er sich die Tränen aus dem Gesicht, bevor er aufstand.

»Haben wir ein Seil dabei?«

Ein Soldat löste etwas von seinem Pferd. »Nein, Herr, aber damit müsste es gehen.« Er reichte dem Statthalter eine Peitsche.

Pectore nahm sie entgegen. »Ja, damit müsste es gehen«, wiederholte er.

Silvus, der von ferne gesehen hatte, dass sein Freund haltgemacht hatte, war hinzugekommen. Er sah in den Graben. »Wie willst du es anstellen?«

»Ich werde hinuntergehen. Die Peitsche ist lang und kräftig genug.

Ich werde sie ihr um den Bauch befestigen, damit ihr sie nach oben ziehen könnt. Danach holt ihr mich herauf.«

Silvus grinste. Die Erleichterung war ihm deutlich anzusehen. »Das entscheide ich dann noch.«

Der Statthalter lächelte seinen Freund an. »Ich danke dir für deine Hilfe.«

Aber der Zenturio winkte ab. »Ein Dienst unter Freunden.«

Pectore setzte sich nun an den Rand des Abhangs, ließ sich langsam nach unten gleiten. Dort kniete er sich neben Celia, sah sie an. Ihr tränenverschmiertes Gesicht, der Schmutz auf Haut, Haaren und auf ihrer Kleidung, ihr Blick. Beide schwiegen. Er hob die Hand, sanft strich er ihr die klebrigen Haare aus der Stirn. »Du lebst.« Mehr konnte er nicht sagen. Sie lächelte. »Und du hast mich gefunden.«

»Ich lass die Peitsche runter.« Silvus beendete mit seinem Zuruf diesen kurzen Augenblick der Nähe.

»Ja, ist gut.« Pectore stand auf, fing das Ende der Peitsche auf. »Kannst du aufstehen?«

Celia verneinte. »Mein rechter Knöchel. Er tut so weh. Vielleicht habe ich ihn gebrochen.«

Der Statthalter ging wieder in die Knie. Er nahm den Fuß, tastete ihn ab und bewegte ihn vorsichtig. »Ich glaube nicht, Celia. Aber wenn wir wieder in der Stadt sind, wird sich das der Militärarzt ansehen. Er ist der Beste für solche Verletzungen.« Dann stand er erneut auf, nahm das Ende der Peitsche. Er beugte sich zu der jungen Frau. »Heb die Arme an. Ich binde dir den Riemen um den Bauch. Halte dich gut daran fest, wenn Silvus dich hochzieht.«

Behutsam legte er den Riemen um, band ihn zusammen und überprüfte, wie stabil der Knoten war. Dann gab er Silvus ein Zeichen.

»Sie kann nicht mithelfen«, rief er nach oben. »Du musst sie hochziehen. Ihr Knöchel ist verletzt, vielleicht sogar gebrochen.«

Der Zenturio nickte. »Das schaffen wir. Ich habe ja ein paar kräftige Männer bei mir. Bei dir wird es schwerer werden, du alter Knochen.«

Celia sah den Statthalter überrascht an. Dieser lachte nur. »Wie du siehst, Celia, kann sich Erleichterung auch auf diese Art zeigen.« Er sah kurz nach oben und prüfte noch einmal die Stärke der Peitsche.

»Wird es halten?«, fragte Celia unsicher.

Er sah sie an. Zärtlich strich er ihr über die Wange. »Hab keine Angst«, sagte er sanft. »Es wird nicht angenehm für dich. Aber es wird gut gehen.« Sie nickte. Er fasste sie an der Taille. »Ich helfe dir auf und stütze dich, solange ich dich noch erreiche.«

In der Zwischenzeit hielten es Celias Eltern kaum mehr aus, untätig im Stadthaus zu warten. Servius, der an einem Tisch saß, bat seine Frau: »Bitte, setz dich doch. Es hilft unserer Tochter nicht, wenn du aufgeregt hin und her läufst.«

Daphne folgte der Aufforderung ihres Mannes, um sofort wieder aufzuspringen. »Ob sie Celia finden? Servius! Ich halte es kaum aus.«

Ihr Mann stand auf, nahm sie in die Arme, drückte sie fest an sich. »Mit Gottes Hilfe.«

Sie schlang die Arme um ihn, barg sich an seiner Brust und schluchzte: »Ja, mit Gottes Hilfe.«

Da öffnete sich das Tor zum Hinterhof. Der Statthalter kam herein, Celia auf dem Arm. Beide waren von oben bis unten verdreckt. Erde klebte in den Haaren, an der Kleidung und auf der Haut.

»Celia! Kind!« Daphne rannte zu ihr. »Mein Mädchen. Du lebst, du lebst.« Sie wollte sie umarmen.

»Bitte erlaube mir, deine Tochter auf eine Bank zu setzen.«

»Oh, verzeih. Natürlich.« Daphne trat zur Seite, sodass Pectore Celia vorsichtig absetzen konnte. Jetzt konnte sich ihre Mutter neben ihr niederlassen und sie in die Arme nehmen. Der Schmutz störte sie nicht, hatte sie doch ihre Tochter wieder.

Celia schlang ihre Arme um sie. »Verzeih mir, Mutter«, flüsterte sie. »Verzeih mir.«

»Ach, Kind. Es gibt nichts zu verzeihen. Wir sind diejenigen, die dir Leid zugefügt haben.« Daphne sah ihre Tochter an. »Wie geht es dir? Du siehst furchtbar aus. Bist du verletzt? Hast du Hunger? Durst?«

»Es geht mir gut, Mutter. Ich …« Sie sah den Statthalter an, der neben ihnen stand.

»Deiner Tochter geht es gut. Ich habe sie zuerst ins Lager gebracht. Der Militärarzt hat sie untersucht. Sie hat einen verstauchten Knöchel, der Ruhe braucht. Er ist aber nicht gebrochen. Zu essen und zu trinken hat sie bekommen. Jetzt, glaube ich, wäre ein Bad angebracht.«

Servius lachte. »Ja, mein Herr, das sehe ich auch so!«, rief er und wischte sich heimlich die Tränen aus dem Gesicht.

16. Geständnisse

Noch am selben Abend kehrte die Schuhmacher-Familie in ihr Haus zurück.

Titus Pectore verbrachte eine unruhige Nacht.

Viele Fragen gingen ihm durch den Kopf. Fragen, auf die er keine Antworten fand, die ihm weder Silvus noch irgendwelche Bücher geben konnten.

Der folgende Tag forderte ihn. Als Statthalter konnte er nicht einfach seinen Pflichten fernbleiben. Erst gegen Abend war es ihm möglich, das Haus des Schuhmachers aufzusuchen, um nach Celia zu sehen.

Er betrat die Wohnung mit gemischten Gefühlen, wusste er doch nicht, wie die Familie reagieren würde, wenn er das sagte, was er sich vorgenommen hatte.

Servius und Daphne empfingen ihn überaus freundlich. Nie würden sie vergessen, was Pectore für sie getan hatte.

»Wie geht es eurer Tochter?«, fragte der Statthalter, während er auf dem angebotenen Stuhl Platz nahm.

»Es geht ihr gut.« Daphne stellte einen Teller mit Brot und Oliven auf den Tisch. »Sie schläft viel. Auch jetzt. Ihr Knöchel schmerzt, aber der Arzt war heute da und hat nach ihr gesehen. Er hat noch einmal bestätigt, dass es nur eine Verstauchung ist, die bald ausheilen wird.«

Servius bestätigte seine Frau. »Mehr Sorgen hat uns die Erkältung gemacht, die sie sich zugezogen hat. Aber auch da hat er uns beruhigt. Er meinte, dass sie vor allem Ruhe braucht. Sie hat bis jetzt kein Fieber. Und er rechnet nicht damit, dass das noch kommen wird.«

Der Statthalter nickte. »Das ist gut. Habt ihr sie über ihre Herkunft aufgeklärt?«

»Ja, Herr. Wir konnten ihr alles erzählen. Es ist nicht leicht für sie, aber sie versteht, warum alles so gekommen ist, warum wir so handeln mussten.«

Wieder nickte der Statthalter. Er griff nach dem Brot und nahm ein Stück, ohne es zu essen. »Sie hätte sterben können«, sagte er leise. Nachdenklich sah er auf das Brot in seiner Hand. »Ich weiß, was Hunger und Durst bedeuten. Ich war Soldat, habe gekämpft, Zeiten erlebt, in denen der Tod näher war als das Leben.« Er hob den Kopf, sah beide abwechselnd an. »Aber ich habe dennoch nichts vom Leben begriffen. Erst jetzt …« Er sprach nicht weiter, legte das Brot auf dem Tisch ab.

Das Ehepaar wechselte einen Blick.

Der Statthalter schien in seine Gedanken versunken zu sein.

»Herr.« Servius suchte seinen Blick. »Herr, was beschäftigt dich?«

Pectore seufzte. »Vieles, mein Freund.« Er stand auf und ging zum Fenster. Die Hände hinter dem Rücken verschränkt, stand er da, sah hinaus. Langsam sank die Sonne, der Himmel war rot gefärbt. Am liebsten wäre er einfach gegangen. Aber das ging nicht, nicht nach dem, was gestern passiert war.

Langsam drehte er sich um, sah das Ehepaar an, das abwartend am Tisch saß. »Ja«, sagte er leise und atmete tief durch. »Ich komme aus einer reichen und angesehenen Familie. Als Offizier war ich erfolgreich, habe mich um Rom verdient gemacht. Der Kaiser setzte mich in Germanien als Prokurator ein. Die Stadt, die ich verwaltet habe, heißt Sumelocenna.« Wieder versank er in Schweigen. Etwas schien ihn zu beschäftigen. Er machte eine abwehrende Handbewegung und fuhr fort. »Provinzstatthalter in Larisa zu werden, war nur ein weiterer Schritt auf dem Weg nach oben. Wer weiß, was mich danach erwartet, was der Kaiser mit mir vorhat.«

Servius und Daphne sahen sich fragend an. Warum erzählte er ihnen das? Es ging sie nichts an. Sie waren Handwerker, einfache Bewohner Larisas.

Langsam begann der Statthalter, im Raum auf- und abzugehen. Er schien seine Gedanken zu ordnen. »Ich habe viel gesehen. Gutes und Schlechtes. Ich war mir immer bewusst, dass ich für das Wohlergehen der Menschen, die mir anvertraut sind, verantwortlich bin. Es war mir wichtig, Vertrauen zu schaffen. Denn Vertrauen schafft Verlässlichkeit, Treue. Ich habe manchen Kampf verloren, aber mehr gewonnen. Ich habe Leid und Elend erfahren, aber immer haben Glück und Erfolg überwogen. Nichts, das ich wollte, wurde mir verwehrt. Wenn man den Menschen freundlich, aber klar und bestimmt begegnet, wenn man gerecht ist, kann man viel erreichen. Mehr als mit Gewalt und Bevormundung.« Er setzte sich Servius gegenüber. »Aber es gibt etwas in meinem Leben, das ich nie gesehen habe. Ein Bereich, in dem ich mir genommen habe, was ich wollte. Es gab für mich keinen Grund, das infrage zu stellen, weil viele es so machen.« Er sah dem Schuhmacher direkt ins Gesicht. »Ich habe dir in die Hand versprochen, auf deine Tochter aufzupassen. Ich habe dir versprochen, dass sie in meinem Haus sicher ist. Du hast mir das Versprechen abgenommen. Aber, Servius Contente, ich habe dir angesehen, dass du mich richtig eingeschätzt hast. Deine Angst richtete sich nicht gegen irgendjemanden. Nein, deine Sorge drehte sich allein um mich. Und sie war berechtigt. Denn im Grund meines Herzens haderte ich mit dem Versprechen, das ich dir gegeben habe und das ich nicht bereit war, einzuhalten. Warum auch? Ich bin der Statthalter. Aber wer bist du? Wer ist deine Tochter?« Noch einmal atmete er tief durch, richtete sich auf. »Ich gebe zu, dass ich das Versprechen gebrochen habe. Doch deine Tochter ist nicht auf mein Werben eingegangen. Sie hat mich abgewiesen. Auf eine direkte, ernüchternde Art. Sie hat mir die Augen geöffnet, mir gezeigt, wer und wie ich bin. Glaube mir, es hat mir nicht gefallen, was ich da gesehen habe.« Er lachte leise. »Nein, es hat mir überhaupt nicht gefallen.« Er sah den Schuhmacher offen an. »Jetzt sitze ich hier und bitte dich, mir zu vergeben. Ich habe mich schuldig gemacht. Und es gibt nichts, was mich rechtfertigt.«

Servius war erstaunt. Mit einem solchen Geständnis hatte er nicht gerechnet. Er sah seine Frau an. Sie hielt den Blick auf den Statthalter gerichtet, ein kleines, sanftes Lächeln umspielte ihre Lippen.

Da musste auch er lächeln. »Herr. Ich danke dir«, sagte er und nickte Pectore zu. »Du hast recht. Du hast unser Vertrauen missbraucht. Aber es zeugt von Größe, dass du mich um Vergebung bittest. Denn, wie du sagst, wer bin ich? Wer ist meine Tochter?« Er stand auf und hielt dem Statthalter über den Tisch weg seine Hand hin. »Gott vergibt. Warum sollte ich es verweigern?«

Pectore stand auf und ergriff die dargebotene Hand. »Ich danke dir, mein Freund.« Fest drückte er die Hand. »Ich verspreche dir noch einmal, dass Celia nichts von mir zu befürchten hat.«

Servius nickte. Beide setzten sich wieder.

Daphne, die bisher geschwiegen hatte, merkte, dass sie jetzt reden musste. »Herr, das ist nicht alles, nicht wahr?«

»Wie meinst du das?«

»Celia. Es geht nicht nur darum, dass du sie in Ruhe lassen wirst.« Sie lächelte den Statthalter an. »Verzeih mir, wenn ich das ausspreche. Aber ich glaube, dass sie dir mehr bedeutet, als sie sollte. Du liebst sie und du weißt nicht, wie du damit umgehen sollst.«

Titus Pectore erwiderte nichts, sah die Frau lange nachdenklich an. Schließlich nickte er. »Aber sie ist unerreichbar für mich, nicht wahr? Euer Glaube wird sie immer daran hindern, mich als Ehemann anzunehmen.«

Überrascht rief Daphne: »Herr, so habe ich das nicht gemeint! Ich dachte, sie, die Tochter eines Handwerkers, kommt für einen Statthalter nicht infrage.«

»Ja, das ist nicht üblich. Von mir wird eine standesgemäße Heirat erwartet. Da hast du recht.« Pectore lächelte. »Noch vor zwei Tagen hätte ich dir das so bestätigt. Aber gestern …« Er schüttelte den Kopf, lachte kurz auf. »Ich bin auf drei Jahre verpflichtet. Was hindert mich daran, mich danach aus dem Staatsdienst zurückzuziehen, auch wenn der Kaiser ruft? Ich habe ein Gut, nur eine Tagesreise von Sumelocenna entfernt. Dorthin könnte ich gehen, dort mit ihr leben. Niemand würde daran Anstoß nehmen. Meine Familie wäre weit weg. Mein Vater lebt nicht mehr, niemand könnte mich aufhalten.«

Servius konnte es nicht fassen. »Du machst dir tatsächlich darüber Gedanken!«

»Ja, das tue ich. Zum ersten Mal in meinem Leben sind meine Ziele nicht Macht und Erfolg. Aber glaube mir, ich weiß, dass es ein Traum ist, der einer bleiben wird.« Er stand auf, um zu gehen. Dann fiel sein Blick auf das Kreuz. »Euer Gott. Ich habe ihn angerufen, ihn um Hilfe gebeten. Und jetzt frage ich mich, ob er es war, der mich Celia finden ließ. Ihr seid so sicher in eurem Glauben. Etwas, das ich mir auch wünsche. Aber bin ich deshalb schon ein Christ? Ich weiß es nicht.«

Noch einmal schüttelte er den Kopf. »Lebt wohl. Grüßt eure Tochter. Sie ist in meinem Hause willkommen, wenn es ihr besser geht. Sie soll ihre Arbeit aber erst dann wieder aufnehmen, wenn sie ganz bei Kräften ist.«

Damit ging er und ließ zwei ratlose Menschen zurück.

Hätten sie ihn aufhalten sollen, mit ihm über ihren Glauben reden sollen? Hätten sie ihn nach seinen Zweifeln, seinen Gedanken fragen sollen?

Und Celia. Sollten sie ihr von dem Gespräch erzählen? Von dem Geständnis?

Sie wussten es nicht.

Celia machte es ihnen leicht. Sie erzählten ihr, dass Pectore da gewesen war, nach ihr gefragt hatte und danach, wie es ihr ging. Sie nahm das hin, ohne etwas zu sagen. Lediglich nach ihrer Arbeit fragte sie und ob sie diese wieder aufnehmen konnte.

Ihre Gedanken jedoch gingen weiter. Sie wusste nun alles über ihre Vergangenheit, doch das, was geschehen war, hatte ihr das Vertrauen in ihre Eltern zurückgegeben. Hier gehörte sie her – egal, aus welchem Hause sie tatsächlich stammte. Dass ihr richtiger Name Julia war, nahm sie zur Kenntnis, mehr nicht. Sie war Celia, Tochter des Schuhmachers Servius Contente und dessen Frau Daphne. So war es. So würde es immer bleiben.

Was den Statthalter anging, war sie sich weniger sicher. Sein Werben um sie, ihre Ablehnung, das war vorbei, das hatte nichts mehr zu sagen.

Es war der kleine, stille Augenblick, als er sie angesehen hatte, ihr die Haare aus dem Gesicht gestrichen hatte, seine Hand an ihrer Wange. Nie hatte sie sich ihm so nah gefühlt. Sie liebte ihn. Und ja, er liebte sie. Und dennoch waren sie nicht füreinander bestimmt.

Es war besser, nicht darüber zu reden, weder mit ihm noch mit ihren Eltern. Sie sollte nicht einmal daran denken. Einen Traum zu begraben, den Mann, den sie liebte, aufzugeben, war unerträglich und schmerzhaft. Sie hatte das Gefühl, dass etwas in ihr zerbrach. Aber so war es nun einmal. Damit musste sie sich abfinden. Ihre Tränen weinte sie heimlich, gab sich so, wie sie immer gewesen war.

Dass sie dennoch anders war, dass sie weniger sang und lachte, fiel nur den anderen auf. Sie selbst merkte es nicht.

So kehrte langsam der Alltag ein. Celia arbeitete wieder im Hause des Statthalters, Pectore begegnete ihr freundschaftlich, aber zurückhaltend. Servius Contente und Daphne gingen ihren täglichen Pflichten nach. Alles schien normal zu sein.

Titus Pectore fiel es schwer, der Frau, die er liebte, zu begegnen. Sooft es ging, mied er das Haus, wenn sie da war. Aber er vermisste die Gespräche, die Zeit, die sie miteinander verbracht hatten. Und er vermisste ihr Lachen, ihren Gesang.

Nachts lag er lange wach, dachte an sie. Aber auch die Fragen, die er hatte, quälten ihn. War sein Gebet erhört worden? Wenn das so war, dann konnte er diesen Gott nur im Ganzen annehmen, mit allem, was die Christen glaubten. So vieles sprach dafür. Er erinnerte sich an ein Gespräch mit einem Juden aus der Zeit, als er in Jerusalem war. Wie hatte er das formuliert? »Mein Gott ist ein eifersüchtiger Gott.« Schon damals hatte er sich gefragt, wie Götter so viele andere neben sich dulden konnten. Der Gedanke an einen Gott, der das nicht zuließ, gefiel ihm. Es konnte keine zwei Kaiser in einem Reich geben, keine zwei Statthalter in einer Provinz, keine zwei oberste Befehlshaber in einer Armee. Wie sollte es viele Gottheiten für eine Erde geben?

Jetzt hatte er sein Gebet an diesen Gott gerichtet. Und war umgehend erhört worden. Oder war das Zufall?

Es war Silvus, der ihn schließlich darauf ansprach. Sie hatten den Tempel der Athene besucht, waren wie schon einmal vor dem Standbild der Göttin gestanden. »Weißt du noch, was du gesagt hast, als wir das erste Mal hier standen?«, fragte der Zenturio.

»Wir haben damals über vieles geredet. Was genau meinst du?«

»Nun, du sagtest, dass du Ehrfurcht und Staunen über Athenes Göttlichkeit empfindest, wenn du sie ansiehst. Jetzt merke ich, dass das nicht mehr so ist. Ich sehe mehr Zweifel und Fragen in deinem Gesicht, als dass du beeindruckt wärst.«

»Du beobachtest gut.«

»Das weiß ich nicht. Aber ich weiß, dass ich dich kenne. So viele Jahre sind wir schon Freunde und Weggefährten. Du konntest mir noch nie etwas vormachen.«

Der Statthalter nickte. »Du sagtest damals, dass du meine Zweifel teilst.«

»Ja, daran erinnere ich mich auch. Nur dass deine Zweifel stärker geworden sind. Seit Celia in dein Haus gekommen ist, hast du dich verändert. Seit ihrem Verschwinden bist du ein anderer Mensch.«

»Bin ich das?«

»Ja, Titus. Du warst schon immer nachdenklich. Wer dich nur oberflächlich kennt, merkt das nicht. Vor allem, wenn du über Dinge lachst oder sogar spottest. Aber das tust du jetzt nicht mehr. Dein Spott ist verloren gegangen. Du bist ernster geworden. Auch nach außen.«

Der Statthalter wandte sich von der Statue ab. »Komm, Silvus, lass uns nach draußen gehen.« Er verließ den Tempel, gefolgt von seinem Freund. Langsam ging er die Treppenstufen hinunter, die zum Tempel führten. Auf der letzten Stufe blieb er stehen, drehte sich noch einmal um. »Ich weiß nicht, was ich glauben soll, Silvus. In der

Nacht, als wir die Suche unterbrochen haben, habe ich zu den römischen Göttern gebetet. Auf einmal wurde mir bewusst, dass ich in Griechenland bin. Also müsste ich wohl zu den griechischen Göttern beten.«

»Du hattest Sorge, dass du die falschen Götter anrufst?«, fragte Silvus erstaunt.

»Ja. Du kennst meine Zweifel, was mich schon immer gestört hat. Auf einmal war das für mich ein konkretes Problem. Auf einmal hatte meine Frage etwas mit meinem Leben zu tun, ganz klar und deutlich. Es griff in meine Gedanken ein. Und machte mich hilflos. Da begriff ich plötzlich, dass ich zu Celias Gott beten musste, wenn es um sie ging.« Er lachte. »Es ist unglaublich. Ich wusste nicht, wie ich das machen sollte. Wie beten Christen? Wie will ihr Gott, dass sie beten? Ich wusste es nicht. Da habe ich die Hände gehoben und ihn angefleht.« Er atmete tief durch, fasste sich ans Kinn.

»Was ist passiert?«, fragte Silvus, als sein Freund nicht weiterredete.

»Nichts. Zumindest nichts Greifbares. Ich habe keine Stimmen gehört und auch kein Zeichen bekommen. Ich spürte nur plötzlich Ruhe, Hoffnung und Frieden in mir. Und am nächsten Tag fanden wir Celia. War das eine Gebetserhörung? Oder war es Zufall? Hat der Gott der Christen gehandelt oder das Schicksal?«

»Was sagt dein Herz?« Silvus legte ihm die Hand auf die Brust. Er war ernst geworden. »Was sagt dein Herz?«

Der Statthalter sah seinen Freund an. Auf einmal löste sich etwas in ihm. Es war, als hätte diese Frage, die Hand seines Freundes Ketten in ihm gelöst, von denen er nicht gewusst hatte, dass sie da waren. Tief atmete er ein. Auf einmal stand die Antwort auf seine Fragen klar und deutlich vor seinen Augen. Er legte seine Hand auf die seines Freundes. Seine Stimme zitterte, als er sprach. »Es ist wahr. Er ist der, den ich immer gesucht habe.« Am liebsten hätte er geweint. »Silvus, ich bin ein Christ. Und habe es nicht gemerkt.«

Der Zenturio nickte. »Dann geh. Deine Fragen brauchen Antworten. Suche Servius Contente auf. Er wird dir den Weg in die

Gemeinde ebnen.« Er zog seine Hand zurück. »Du bist mein Freund, Titus. Du wirst immer mein Freund sein. Dennoch glaube ich, dass dies der Anfang vom Abschied ist. Denn diesen Weg werde ich nicht mit dir gehen können.« Damit stieg er die letzte Stufe hinab und ging schnell davon.

Der Statthalter sah ihm lange nach. Ja, Neues zu wagen, hieß immer, Altes zurückzulassen. Dieser Abschied schmerzte. Er sah nach oben, zum Eingang des Tempels, durch den er den Kopf der Statue sehen konnte. Nein, das war nicht mehr seine Göttin. Sein Weg war ein anderer.

Pectore verließ den Tempelplatz, machte sich auf den Weg zum Schuhmacher. Es war an der Zeit, ihm und seiner Familie alles zu erzählen, was er wusste.

Celia kam von der Arbeit nach Hause. Sie war müde, es war ein langer Tag gewesen. Ihre Eltern warteten sicher schon mit dem Essen auf sie.

Als sie die Wohnung betrat, war sie überrascht, den Statthalter zu sehen. Er saß am Tisch mit ihren Eltern, stand aber auf, als sie eintrat.

Celia sah ihre Mutter an. Sie wirkte ungewöhnlich ernst. Ihr Vater hatte den Blick auf den Tisch gerichtet. Was war hier los?

»Sei gegrüßt, Celia.« Der Statthalter lächelte ihr freundlich zu. »Ich hoffe, es geht dir gut.«

»Ja, Herr.« Sie kam zum Tisch. »Warum bist du hier?« Sie sah von ihrer Mutter zu ihrem Vater und umgekehrt. »Irgendetwas stimmt doch nicht.«

Daphne ergriff ihre Hand. »Bitte setz dich, Kind. Der Statthalter hat dir etwas zu erzählen.«

Misstrauisch setzte sich Celia. Es konnte nichts Gutes sein, was er ihr zu sagen hatte. Wären ihre Eltern sonst so still und ernst?

Pectore setzte sich ebenfalls. »Celia, ich möchte nicht lange drum herumreden. Es ist so …« Er holte tief Luft. »Es ist so, dass ich deinen ältesten Bruder kenne.«

Verblüfft sah Celia ihn an. Was hatte er gerade gesagt? Konnte das wahr sein? »Du machst Scherze.«

»Nein, Celia. Es ist mir ernst. Als deine Eltern mir erzählten, aus welcher Familie du stammst, war ich noch unsicher. Aber als der Name deiner Mutter fiel, wusste ich, dass er dein Bruder ist.« Er senkte den Blick. »Es hätte mir schon früher auffallen müssen. Die Ähnlichkeit ist zu groß.«

»Wie meinst du das?«

Der Statthalter stützte seine Ellenbogen auf, fasste sich mit beiden Händen an die Stirn. »Es tut mir leid, dass ich es dir nicht gleich gesagt habe. Aber dein Bruder, Gaius Dexter, wohnt in Sumelocenna, der Ort, in dem ich als Prokurator tätig war. Er ist einer der Ortsvorsteher.«

»Oh.« Celia wusste nicht, was sie dazu sagen sollte. »Bist du sicher?« fragte sie schließlich. »Der Name könnte Zufall sein.«

»Es ist kein Zufall«, sagte Servius leise. »Hör dem Statthalter zu. Das ist noch nicht alles.«

»Was denn noch?«

»Dein Bruder hat seine Mutter bei sich aufgenommen. Priscilla lebt bei ihm.« Der Statthalter sah Celia offen an. »Verstehst du? Deine Mutter lebt. Sie ist nicht tot.« Wieder fasste er sich an die Stirn. »Sie muss, als sie in deinem Alter war, ähnlich ausgesehen haben wie du. Außer den schwarzen Locken und den blauen Augen. Aber ihr Gesicht, ihre Art sich zu bewegen, ihr Lachen. Ich hätte es vom ersten Tag an wissen müssen.« Erneut hob er den Kopf, sah sie an.

Celia schluckte. Sie wusste nicht, wie sie das Gehörte einordnen sollte. Sie griff nach Daphnes Hand. »Das ist meine Mutter«, flüsterte sie. »Hier gehöre ich her.«

Daphne schluchzte auf. »Ach, Celia. Bin ich das wirklich? Priscilla lebt. Gehörst du nicht zu ihr?«

»Ich weiß es nicht.« Celia sah den Statthalter an. »Kennst du auch meine anderen Brüder, die Zwillinge? Weißt du, was aus ihnen geworden ist?«

»Ich weiß nur, dass beide in der Armee dienen, einer in Gallien, der andere in Britannien. Kennengelernt aber habe ich sie nie.«

Celia nickte. Sie senkte den Blick. »Ich danke dir, dass du gekommen bist, um uns das zu erzählen«, sagte sie leise, ohne dabei aufzusehen. »Ich bitte dich aber, jetzt zu gehen. Meine Eltern … wir müssen jetzt allein darüber reden.«

Der Statthalter nickte. Er stand auf. Für einen Augenblick legte er seine Hand auf Servius' Schulter. »Es tut mir leid. Ich wollte euch keinen zusätzlichen Kummer zufügen. Aber …«

»Es ist gut«, unterbrach ihn der Schuhmacher. »Es ist richtig so.«

Pectore konnte nichts mehr dazu sagen. So blieb ihm nur, zu gehen und die Familie allein zu lassen.

Sie redeten lange, überlegten hin und her, was das zu bedeuten hatte. Aber sie fanden keine Antwort. Schließlich gingen sie zu Bett.

Daphne und Servius konnten kaum schlafen. War es jetzt doch so weit, dass sie ihre Tochter verlieren würden? Jetzt, da sie wusste, dass ihre leibliche Mutter noch am Leben war und wo diese wohnte? Was machte das mit Celia? Würde sie ihre Meinung ändern, sie nicht mehr als ihre Eltern betrachten? Warum hatte der Statthalter nicht den Mund gehalten?

»Ach, Servius, er hätte es uns nicht sagen müssen. Er hätte schweigen können. All die neuen Fragen. Was wird jetzt kommen?« Daphne weinte. Ihr Mann aber konnte sie nur festhalten, wusste er doch auch nicht weiter.

Celia aber lag in ihrem Bett. Sie dachte an ihren Traum, an die Nacht in dem Graben, daran, wie sie sich für ihre Eltern entschieden hatte. All die Gedanken, die damals in ihr aufgekommen waren, ging sie erneut durch, überlegte, fragte.

In ihr wuchs der Wunsch, die Frau, die sie geboren hatte, kennenzulernen. Ebenso ihren Bruder. Und dennoch, trotz der Sehnsucht, die in ihr aufkeimte, wurde ihr immer klarer, dass das trotzdem nichts ändern konnte. Tief in der Nacht traf sie erneut ihre Entscheidung für die beiden Menschen, die sie großgezogen hatten. Das war ihr Zuhause, hier gehörte sie her.

Es schien sowieso unmöglich, den weiten Weg nach Germanien zu machen. Auch wenn der Statthalter sie unterstützen würde.

Am nächsten Morgen war sie vor ihren Eltern wach. Sie machte Feuer, bereitete den Getreidebrei zu und deckte den Tisch.

Als ihre Eltern aufstanden, war alles vorbereitet.

Gemeinsam setzten sie sich, sprachen das Tischgebet.

Daphne und Servius warteten ab. Es war offensichtlich, dass Celia eine Entscheidung getroffen hatte. Nur welche?

Schweigend aßen sie. Schließlich legte die junge Frau ihren Löffel zur Seite. »Ich möchte Priscilla kennenlernen. Ebenso meinen Bruder. Aber es wird nichts ändern«, sagte sie und lächelte. »Mutter, Vater, es wird nichts ändern.«

Daphne schlug die Hand vor den Mund, sah ihre Tochter an. Servius atmete erleichtert aus. Dann lagen sie sich in den Armen, hielten sich fest. Alles war gut, alles würde bleiben, wie es war.

Nachdem Servius in die Werkstatt gegangen war, räumten die Frauen den Tisch ab. Daphne warf immer wieder einen Blick auf ihre Tochter. Schließlich fasste sie diese am Arm. »Celia«, sagte sie. »Du weißt noch nicht alles.«

»Was gibt es noch?« Celia erschrak. Sie hatte genug von Neuigkeiten, die sie überforderten.

»Der Statthalter. Er ist Christ. Er kam gestern nicht nur, um dir von deiner Familie zu erzählen. Er kam auch, um uns um Hilfe zu bitten. Er möchte sich der Gemeinde anschließen. Servius soll ihn dort einführen. Er hat viele Fragen. Und hofft auf Antworten.«

Celia stellte die Schüssel, die sie noch in der Hand hielt, ab. »Christ? Hat er das gesagt? Bist du sicher, dass es ihm ernst ist?«

»Ja, das bin ich.«

»Also wird Vater ihn mitnehmen, wenn er das nächste Mal zur Versammlung geht?«

»Ja. Wir beide werden dabei sein, wenn es dir recht ist.«

Celia nickte. Aber ihre Gedanken gingen weiter. Wenn Pectore Christ war, wenn es ihm wirklich und wahrhaftig ernst war, dann … ja, dann … Sie wagte kaum weiterzudenken.

Daphne lächelte. »Ich sehe dir an, was in deinem Kopf vorgeht. Hab Geduld, warte ab. Vielleicht wird sich alles zum Guten für dich wenden.«

Celias Mund öffnete sich, verzog sich zu einem stillen Lachen. Sie hob den Blick zum Kreuz. Sollte ihr Traum wahr werden? Waren sie vielleicht doch füreinander bestimmt?

III

Sumelocenna

112 nach Christus

Der Spiegel zeigte die Wahrheit und beschönigte nichts. Seufzend legte Priscilla ihn zur Seite. »Ach Eusebia, du magst meine Haare noch so gut frisieren, die grauen Strähnen lassen sich doch nicht verbergen.« Sie strich sich mit den Fingern über die Schläfen. »Und die Falten auch nicht.«

Die angesprochene Frau lachte. »Das Alter macht nun mal keinen Unterschied zwischen Arm und Reich. Es trifft jeden einmal.«

Priscilla stand auf und drehte sich um. »Aber du bist genauso alt wie ich, hast aber nicht ein graues Haar. Das ist nicht gerecht.«

»Dafür war ich lange genug Sklavin, während du eine freie und reiche Frau warst.«

Priscilla lächelte sie an. »Das Leben hat es nicht immer gut mit mir gemeint. Aber dass du bei mir geblieben bist, als ich dich freigelassen habe, und mir zur Freundin geworden bist, war eines der schönsten Geschenke, die es für mich bereitgehalten hat. Ich danke Gott täglich dafür.«

Eusebia erwiderte das Lächeln, sagte aber nichts. Dann legte sie den Kamm, den sie noch immer in der Hand hielt, beiseite. »Es ist Zeit, dass du zu den anderen gehst. Sie warten sicher schon mit dem Essen auf dich.«

Priscilla lachte wieder. »Freundin und Ermahnerin.«

Aber Eusebia hatte recht. Im Speiseraum wartete bereits ihr Sohn Gaius Dexter mit seiner Frau Acca und den Kindern auf sie. Freudig wurde sie begrüßt. Priscilla setzte sich und ließ sich einen Becher mit Wasser einschenken. Die Kinder plapperten und erzählten, es wurde gelacht, geredet. Schließlich wurden sie von einem jungen Sklaven geholt, um sie zu ihrem Hauslehrer für den täglichen Unterricht zu bringen.

Gaius wartete, bis sie den Raum verlassen hatten. Dann nahm er einen Brief zur Hand, der die ganze Zeit neben ihm gelegen hatte.

»Acca, Mutter«, begann er. »Wir erwarten Besuch.«

»Besuch? Von wem?«, wollte seine Frau wissen.

»Gestern Abend habe ich einen Brief von Titus Pectore erhalten.«

»Unserem früheren Prokurator?«

»Ja. Er hat vor, nach Germanien zurückzukehren.«

»Oh!«, rief Priscilla aus. »Sind die drei Jahre schon um? Die Zeit vergeht so schnell.« Ja, sie wurde wirklich alt. »Aber er wird doch nicht wieder das gleiche Amt bekleiden?«

»Nein, natürlich nicht. Das wäre ein Rückschritt.«

»Was will er denn?«

»Nun. Er hat einen völlig anderen Weg gewählt. Titus schreibt, dass er sich nicht mehr im Staatsdienst befindet. Er hat den Kaiser um seine Entlassung gebeten, die ihm dieser gewährt hat.«

»Warum das? Er war immer sehr ehrgeizig.«

»Das ist wohl vorbei.«

»Dann will er sich in Sumelocenna niederlassen?«

»Nein. Er zieht weiter auf sein Gut. Aber er hofft, dass wir ihn für ein paar Tage als Gast aufnehmen werden. Seine Frau ist guter Hoffnung. Und er möchte sie nach der langen Reise etwas zur Ruhe kommen lassen, bevor sie sich endgültig zu seinem Gut aufmachen.«

Acca setzte sich auf. »Er ist verheiratet? Titus Pectore ist verheiratet? Und strebt ein Leben auf dem Land an? Weit weg von Vergnügungen und Gesellschaft?«

»Ja, das klingt seltsam. Es passt nicht zu ihm.« Gaius legte den Brief zur Seite. »Ich bin gespannt, was er zu erzählen hat und warum er das getan hat.«

Priscilla nickte. Sie hatte den früheren Prokurator immer geschätzt. Seine Menschlichkeit und seine Freundlichkeit hatten immer für ihn gesprochen. Aber es stimmte, was Gaius sagte. Trotz allem hatte er das Leben in vollen Zügen genossen. Ihn sich als gesetzten Ehemann und Gutsherrn vorzustellen, war nicht einfach.

»Wann erwartest du ihn?«

»In ein bis zwei Wochen. Er will den Sommer ausnutzen, um sich einzurichten. Nun, er wird einen gut bestellten Haushalt vorfinden. Sein Verwalter hat das Gut in seiner Abwesenheit zuverlässig und treu geführt.« Gaius lachte. »Titus und verheiratet. Da bin ich mal gespannt.«

Titus Pectore zügelte sein Pferd und hob die Hand. Seine Begleiter hielten an, der Wagen neben ihm ebenfalls.

Links von ihnen floss der Nicarus friedlich dahin. Vor ihnen erhoben sich die Mauern einer Stadt. Das Tor war geöffnet. Menschen gingen ein und aus.

Er zeigte auf die Stadt. »Das also ist Sumelocenna.« Er sah Celia an, die neben ihm auf dem Wagen saß. Ihr Bauch war deutlich gewölbt, sie wirkte müde. »Hier wirst du dich ausruhen können.«

Celia nickte, sagte aber nichts.

Titus beugte sich zu ihr, nahm zärtlich ihre Hand. »Du hast Angst.«

»Natürlich. Wie werden sie mich empfangen, wie damit umgehen? Sie ist meine Mutter. Aber heißt das, dass sie sich freuen wird, mich zu sehen? Alte Wunden werden aufbrechen, vor allem, wenn sie merkt, dass die Menschen, denen sie mich anvertraut hat, zu meinen Eltern geworden sind.«

»Du machst dir zu viele Gedanken. Es sind 16 Jahre vergangen, seit sie dich verloren hat. Sie wird sich vor allem darüber freuen, dass du lebst. Deine Mutter habe ich als freundliche Frau kennengelernt. Sie lacht gerne und scheint in sich zu ruhen. Sie genießt es, bei ihrem Sohn zu leben, durch ihn eine Familie zu haben. Sie wird glücklich sein, wenn du kommst.«

»Du hättest sie vorwarnen sollen.«

Titus Pectore schüttelte den Kopf. »Nein, sie sollen dich sehen, damit sie es glauben können.« Er grinste. »Und ehrlich gesagt, freue ich mich darauf, in ihre überraschten Gesichter zu schauen.«

Celia lachte. »In diesem Punkt wirst du dich nie ändern.«

»Nein, wohl nicht.« Er trieb sein Pferd wieder an. Langsam näherten sie sich der Stadt.

Sie folgten der Hauptstraße und machten schließlich vor einem größeren Gebäude halt. Pectore stieg ab. Dann half er seiner Frau vom Wagen. Seinen Begleitern bedeutete er, vor dem Haus zu warten. Celia zog ihren Umhang zurecht. Unsicher, fast ängstlich sah sie ihren Mann an. Er nahm ihre Hand, drückte sie kurz. »Es wird alles gut. Vertrau mir.«

Noch bevor sie den Eingang erreicht hatten, wurde die Tür bereits geöffnet. Ein Sklave, der den früheren Prokurator sofort erkannt hatte, verneigte sich ehrerbietig. »Seid gegrüßt im Hause des Gaius Dexter.« Er ließ beide eintreten. »Mein Herr ist zu Hause. Ich bringe euch zu ihm.« Er nahm beiden die Umhänge ab und übergab sie einem anderen Sklaven. Dann bat er sie, ihm zu folgen.

Schweigend gingen sie hinter dem Sklaven her. Er führte sie in das Atrium, wo Gaius ihnen entgegenkam. »Mein Freund. Es ist schön, dich wiederzusehen.« Die Männer gaben sich die Hand. »Drei Jahre sind eine lange Zeit. Aber ich hätte dich trotzdem nicht so früh in Germanien zurückerwartet.«

Pectore lachte. »Ja, das war auch nicht mein Plan. Aber das Leben verläuft manchmal anders, als wir denken.« Er wandte sich seiner Frau zu, die ihren Blick gebannt auf den Mann vor ihr gerichtet hatte. Das also war ihr Bruder. Er, der ihre Flucht ermöglicht hatte. Ihr Mann wollte sie gerade vorstellen, als hinter ihnen ein Schrei ertönte. Erschrocken drehten sie sich um.

Da stand Priscilla, die Hände vor dem Mund. Sie zitterte. »Nein«, flüsterte sie. »Nein, das ist nicht wahr.« Langsam kam sie auf sie zu, ihr Blick starr auf die junge Frau gerichtet. »Es ist nicht wahr.«

»Mutter, was hast du?« Gaius begriff nicht.

Aber seine Mutter weinte. Vor Celia blieb sie stehen, hob langsam ihre Arme. Mit zitternden Händen fasste sie in das schwarzgelockte Haar. Jetzt erst sah Gaius, dass auch die junge Frau weinte. Auf einmal fiel ihm die Ähnlichkeit zwischen den beiden Frauen auf. Das war verrückt. War diese Frau etwa …? Nein, das konnte nicht sein. Überrascht sah er den früheren Prokurator an. Titus Pectore nickte ihm zu. »Das ist meine Frau Celia. Du kanntest sie unter dem Namen Julia. Deine Schwester, die du vor eurem Vater gerettet hast.«

Priscilla hatte inzwischen Celias Hände genommen. »Es wird viel zu erzählen geben«, sagte sie leise. »Aber das wird warten müssen.

Das Erste, was du brauchst, ist ein Bad. Es wird dir nach der langen Reise guttun.« Sie legte den Arm um ihre Tochter. »Komm, ich selbst werde dir dabei behilflich sein.«

Celia ließ sich von ihrer Mutter wegführen. Noch einmal drehte sie sich zu ihrem Mann um, lächelte ihm glücklich zu.

Titus Pectore lächelte zurück, folgte beiden Frauen mit seinen Blicken, froh und dankbar dafür, dass es ein gutes Wiedersehen war.

Renate Ziegler

Berenike – Liebe schenkt Freiheit

Rom 92 n. Chr. – Nach dem gewaltsamen Tod ihres Vaters wird die junge Berenike als Sklavin nach Rom verschleppt. Sie landet im Haushalt eines gefühlskalten Prätors und soll sich um seinen Sohn kümmern. Doch Berenike blickt langsam hinter die kalte Fassade des Witwers… Ein spannender, historischer Roman zur Zeit der Christenverfolgung.

Gebunden, 13,5 x 21,5 cm, 256 S.
Nr. 395.864, ISBN: 978-3-7751-5864-0
Auch als E-Book e

Nicola Vollkommer

Wie Möwen im Wind

Lady Charlotte hat keine Wahl: Sie muss standesgemäß heiraten, damit die Macht der Familie erhalten bleibt. Doch dann öffnet sich die Tür eines alten Klosterturms und dunkle Geheimnisse reißen ihren Heimatort in den Abgrund.

Ein Cornwall-Roman von Nicola Vollkommer.

Paperback, 14 x 21,5 cm, 288 S.
Nr. 395.583, ISBN: 978-3-7751-5583-0
Auch als E-Book e

Carolyn Miller

Die unnahbare Miss Ellison

Alle schwärmen für den zurückgekehrten Earl of Hawkesbury – alle außer Lavinia Ellison. Die Pfarrerstochter hält ihn für arrogant und rücksichtlos und ahnt nichts von seinen starken Schuldgefühlen. Als er auf Lavinia trifft, muss er sich dem Schmerz seiner Vergangenheit stellen!

Gebunden, 13,5 x 21,5 cm, 384 S.
Nr. 395.855, ISBN: 978-3-7751-5855-8
Auch als E-Book e

Jennifer Delamere

Wohin dein Herz mich ruft

London 1881 – Die unabhängige Julia Bernay will Medizin studieren und Ärztin werden. Der Rechtsanwalt Michael Stephenson hat es durch harte Arbeit geschafft, dem schlechten Ruf seiner Familie zu entkommen. Ein schicksalhafter Unfall in der Londoner U-Bahn führt die beiden zusammen.

Gebunden, 13,5 x 21,5 cm, 384 Seiten
Nr. 395.905, ISBN: 978-3-7751-5905-0
Auch als E-Book e